ELSE BUSCHHEUER | der koffer

ELSE BUSCHHEUER

der koffer

Roman

Diana Verlag

FSC
Mix
Produktgruppe aus vorbildlich bewirtschafteten Wäldern und anderen kontrollierten Herkünften

Zert.-Nr. SGS-COC-1940
www.fsc.org
© 1996 Forest Stewardship Council

Verlagsgruppe Random House FSC-DEU-0100
Das für dieses Buch verwendete
FSC-zertifizierte Papier *EOS*
liefert Salzer, St. Pölten.

Schutzumschlag | SILTEX MOIRÉ print
Überzug | WIBALIN print
von Winter & Company
(www.winter-company.com)
Herstellung | Helga Schörnig
Satz | Leingärtner, Nabburg
Gesetzt aus der Stone Serif 10,7/15,2 pt
Druck und Bindung | GGP Media GmbH, Pößneck

ISBN-10: 3-453-29000-3
ISBN-13: 978-3-453-29000-6

»Man weiß eigentlich nicht so viel über seine Eltern …
im Nachhinein möchte ich mir wünschen, dass sie
mich geliebt haben.«

wolfgang kohlhaase

ERSTES KAPITEL

»Ich weiß nicht, ob das 'ne gute Idee ist.« Rhett hockt hinterm Lenkrad, als fürchte er, sich den Kopf zu stoßen. »Zumal es gleich regnet.«

»Guck nach links«, mahnt Sonnie, die kalte Nase an der warmen Scheibe. »Es ist eine wunderbare Idee, und nachher setzen wir uns zu Hause aufs Parkett und saufen uns ins Koma.«

Ihre Blicke treffen sich wie eilige Passanten.

»Werden wir nackt sein?«, fragt Rhett.

Sonnie sieht Mia Farrow und John Cassavetes auf dem Parkett in einer leeren Wohnung. Sie sieht Maria Schneider und Marlon Brando auf dem Parkett in einer leeren Wohnung. Alle nackt.

»Nicht ausgeschlossen«, sagt sie.

Rhett spürt ein Kribbeln in der Eichel.

»Stopp!«, ruft Sonnie.

Auf ihrer Straßenseite ist ein halber Hausstand aufgetürmt. Zwei Chinesen wühlen drin. Als sie das Auto sehen, wackeln sie wie Pinguine in den Rachen der Nacht. Zehn Meter weiter stoppt Rhett den Lincoln.

»Mein Gott, ich dachte, ich hab jemanden überfahren!«

»Ganz frisch«, sagt Sonnie. »Das Sofa ist noch gar nicht nass.«

Sie springt aus dem Auto. Rhett fährt weiter. Ein Fluchtinstinkt. Er fürchtet Sonnies wilden Aktionismus. Er hat einen Heidenrespekt vor ihrer Impulsivität. Am Straßenrand im Regen Möbel zu suchen, das entzieht sich seiner Vernunft und seinem Ordnungssinn. Sonnies Verhalten ist oft befremdend. Gleichzeitig bestätigt es seinen Wunsch, sich selbst zu komplettieren. Er hat Sonnie, weil er sich Sonnie nicht ausdenken kann. Seine Fantasie reicht nicht aus, um sich Sonnie auszudenken. Ihr heller Kopf, ihr schöner Arsch.

»Jetzt bleib doch hier! Pack mit an«, ruft Sonnie dem Lincoln nach. Aber der biegt schon um die Ecke. Sie dreht sich um. Kopfschüttelnd. Rhett sucht einen Parkplatz. Es regnet gleich. Sie braucht ihn jetzt. Und er sucht einen Parkplatz. In Paris waren sie eine Woche lang überallhin zu Fuß gegangen, weil Rhett sich nicht entschließen konnte, den Parkplatz gleich vorm Hotel aufzugeben.

Sonnie läuft zurück. Sie schwitzt in ihrer Herbstjacke. Für einen Moment beschleicht sie das Gefühl, Rhett zu diesem Schritt gezwungen zu haben. Sie hat ihn umgarnt, sie hat ihn manipuliert, sie hat ihn mit der Spitzhacke aus seiner Beziehung gehauen. Ein Blitz wirft einen Fetzen Tag auf den Müllberg.

When you see the lightning, you count til you hear the thunder.

Sonnie zählt einundzwanzig, zweiundzwanzig, dreiundzwanzig. Der Donner kommt auf vierundzwanzig. Er verzehnfacht Volumen und Anzahl der Tropfen. Sie sind enttäuschend warm. Sie platzen auf Sonnies Stirn. Schränke, Regale, Koffer, Reisetaschen, Kartons und Mülltüten. Alles nass.

Das Sofa auch. Wie ein großer Schwamm. Keine Spur von Rhett. Sonnie bückt sich nach einem Koffer, ein »Lady Baltimore«, rot, dreißiger Jahre, von rauem Kakerlakendreck überzogen. Die Schlösser geben nicht nach. Sonnie umfasst den nassen Bakelithenkel. Sie hebt den Koffer an. Er ist schwer.

Da kommt Rhett angefahren. Er hupt.

»Kein Parkplatz«, ruft er.

»Ist okay. Lass uns Schluss machen für heute.«

Er öffnet von innen die Wagentür. »Schatz gefunden?«

»Yep!«

Sonnie wuchtet den »Lady Baltimore« auf die Rückbank. Rhett lächelt.

»Du bist ja ganz nass«, sagt er.

Sonnie fährt mit den Fingern durch sein langes Haar und bleibt hängen.

»Du bist ja ganz trocken.«

Es ist seine Alltagsuntüchtigkeit, die sie immer angerührt hat.

Sie sieht verführerisch aus, so nass, denkt Rhett. Sie ist schön. Sie ist stark. Sie hat ihren eigenen Kopf. Sie ist eine von den Frauen, bei denen man nie weiß.

Zu Hause.

Sonnie schließt die Tür auf.

Rhett umarmt Sonnie.

Rhett ist viel größer als Sonnie.

Rhetts Erektion sticht in ihren Nabel wie ein Dorn. Jede Umarmung verliert die Unschuld durch den Nabeldorn. Außerhalb von Erektionen sieht Rhett wenig Anlass zu Umarmungen. Außerhalb von Umarmungen sieht er jedoch stets Anlass zu Erektionen.

Fünf Tage später kommt Rhett aufgebracht nach Hause. Ihr Zuhause ist Teil einer Fabriketage, in welcher abgerissene Künstler ein schattenhaftes Dasein führen. Rhett hat den Tonfall gekränkter Rechtschaffenheit. Das ist neu. Aus dem Liebhaber schält sich ein Ehemann heraus. Über alles breitet Rhett ein Planquadrat von Ordnung und Vernunft. Kakerlaken. In seinem Lincoln. Das ginge ja wohl zu weit.

»Und alles nur wegen deines Hangs zum Unrat.«

Der Koffer! Sonnie erinnert sich jäh. »Wo ist er?«

»Auf dem Müll«, sagt Rhett und wäscht sich die Hände. Rhett wäscht sich häufig die Hände. Sonnie verspürt den Wunsch, allein zu sein. Wie sehr hat sie sich gesehnt, jahrelang, ihn endlich zu haben, nicht mehr teilen zu müssen, herzeigen zu können. Wie viel Kraft und Zeit hat es sie gekostet, ihm abzutrotzen, was man hier Commitment nennt.

»Das hast du nicht getan! Nicht wegen einer Kakerlake! Wir sind hier in New York!« Sonnie ist eine Zugereiste. Sie hat eine romantische Sicht auf New York.

»Was soll dieser Satz?«, sagt Rhett. »Warum sagt jeder, wenn ihm die Argumente ausgehen, ›Wir sind hier in New York‹?«

Rhett ist hier geboren. Er hat eine pragmatische Sicht auf New York.

»Jetzt sei mal nicht albern. Wir sind hier in New York! Da gehören Kakerlaken zur Familie. Und jetzt sei so lieb, geh runter und hol mir den Koffer.«

Es ist eine ihrer wenigen Gemeinsamkeiten, dass sie im Zusammenhang mit New York schnell emotional werden.

»Ich bin nicht so lieb …« Rhett macht Sonnie nach. »… ich hole dir den Koffer nicht. Diese Wohnung ist insektenfrei, und sie wird es auch bleiben.«

Stille.

Rhett geht Hände waschen. Sonnie läuft ihm nach.

»Wo ist er?«, fragt sie, provoziert von Rhetts Händewascherei. »Ich hab dich was gefragt!«

»Im Hof neben den Mülltonnen.«

Rhett steht jetzt im Türrahmen. Sie drückt ihn mit dem Hintern aus dem Weg und geht barfuß zum Fahrstuhl.

»Wenn du den Koffer in unsere Wohnung bringst«, ruft er ihr nach, »brauchst du mit mir heute nicht mehr zu rechnen.«

Die Fahrstuhltür springt auf. Gong steckt das knochenlose Flundergesicht heraus.

»Letzte Fuhle!« Gong klopft auf seine gefälschte Rolex.

»Einmal noch hoch?«, fragt Sonnie. Gong kichert, als könne er speziell Sonnie nichts abschlagen.

»Balfuß?« Gong zeigt auf Sonnies nackte Füße. Sie nickt. Alles scheint sich aufs Günstigste zu fügen. Sie will Rhett ja nur für heute loswerden, nur für einen Abend. Das ist ihr Koffer, sie hat ihn gefunden, sie hat ihn im strömenden Regen erkämpft, sein Inhalt geht nur sie etwas an. Später bei der Versöhnung mit Rhett – auf Anfrage auch nackt – wird sie sagen, er hätte ihr keine Wahl gelassen mit seiner albernen Entscheidungsfrage.

Im Hof zerfetzt ein Hund eine Bush-Gummipuppe.

Der Rasen ist kühl, feucht, stachelig. Der Koffer leuchtet blutrot neben den Mülltonnen. Kinder in zu großen Sachen streichen um ihn herum. Sonnie verscheucht sie, packt ihn, läuft zurück ins Haus, steigt in den Fahrstuhl, kurzatmig vor Gier. Sie hat ein Faible für alte Koffer. Es ist ihre Patina, das Gewesene, Weitgereiste, das sie wehmütig macht und erregt.

»Velleisen?« Gongs Augäpfel bewegen sich unter den Hautwülsten seiner verquollenen Augen wie Parasiten. Sonnie stellt den Koffer ab und pustet sich die Haare aus dem Gesicht. Tagelang hatte sie ihn komplett vergessen, jetzt will sie keine Sekunde länger warten.

Ein junger Mann in einer bekleckststen Latzhose lümmelt vor einer Staffelei, Pinsel in der rechten Hand, Zigarette in der linken.

Sonnie trägt den Koffer an dem Latzhosenmann vorbei.

Sonnie trägt den Koffer an Rhett vorbei.

Rhett steht im Loft. Seine hechtgrauen Augen flackern.

Er reibt sich den Sieben-Tage-Bart und dreht seinen Borsalino in der Hand.

Über die mimische und gestische Darstellung seiner Unentschlossenheit hat Rhett vergessen, was er eigentlich wollte.

»Letzte Fuhle«, quengelt Gong und klopft auf sein Handgelenk.

Rhett erinnert sich. »Ich komme!« Seine Rückenwirbel drücken sich durch den Trenchcoat.

Nanu, denkt Sonnie, wo geht er hin? Er hat keine Stammkneipe, er hat keine Freunde, der Botanische Garten ist schon zu.

Die Wohnungstür fällt ins Schloss. Sonnie hat Rhett vergessen. Sie kniet sich hin. Sie beugt sich über den Koffer. Die Haare fallen ihr ins Gesicht.

Die Hände gleiten über die rote Bakelithaut.

Wunde Kuppen betasten rostige Schlösser.

Sie wollen sie öffnen, aber rutschen ab und hinterlassen feuchte Spuren.

Sonnie ist von Geburt an ungeschickt. Sie verwechselt links und rechts. Sie parkt ein wie der erste Mensch. Sie kriegt keinen Nagel in die Wand. Sie kann kein Blut sehen. Zwei linke Hände eben. Typisch Frau. Weibliche Klischees. Zum Kotzen.

Aus der Küche, die nicht mehr als eine Nische ist, holt sie das Messer. Rhett und sie hatten Hab und Gut bei ihren Partnern zurückgelassen. Morgens um drei hatten sie bei Key Food neues Besteck gekauft, kichernd wie ein Studentenpaar. Dazu ein Küchenmesser für 2,99 Dollar, das den Vermerk »sehr scharf« trägt. Das Messer steckt noch in der Plastikhülle. Sonnie reißt sie auf, ungeduldig, so ungeduldig, dass sie sich bis zum Knochen in den Daumen schneidet.

Sonnie wird schwarz vor Augen. Die Sensation drohender Ohnmacht wird begleitet von plötzlicher Schwäche, von einem Schwapp Kohlendioxid, das in alle Blutgefäße kriecht. Sonnies Blut flimmert und prickelt. Macht Tropfmuster aufs Parkett, blutrot, kofferrot. Sie widersteht dem Impuls, sich fallen zu lassen. Sie kniet auf dem Parkett und atmet tief. Ihr Blick fällt auf eine Schüssel, die auf dem Parkett steht. Eine Schüssel mit flaumigen weißrosa Pfirsichen.

Sie findet zu ihrer Stärke zurück. Sie robbt ins Bad. Das Bad ist ein fensterloser Verschlag mit Dusche, Waschbecken und Klo. Zahnpastakleckse auf dem Boden. Das Waschbecken ist winzig. Unmöglich, beim Ausspucken zu treffen. Sonnie sucht nach Pflastern. Ihr ist übel. Sie steht auf. Sie macht kleine Schritte. Sie stützt sich aufs Waschbecken. Es wackelt. Sie setzt sich aufs Klo. Sie macht Rhett verantwortlich, der nun ziellos durch die Straßen streift, einer Kakerlake wegen, und der sicher im selben Moment Sonnie dafür verantwortlich macht. Sie erschrickt. Er wird doch nicht?

It's a crazy world. Anything can happen, Ilsa.

Diese Nörgelei im Gewand der Sorge! Er wird doch nicht zu Joy zurückgehen? Sich bei ihr ausweinen? Auf bei Sotheby's ersteigerten Möbeln? In ihrem protzigen Central-Park-West-Apartment, aus dem er Sonnies wegen ausgezogen ist? Wird er sich fragen, wie er das alles hatte aufgeben können für eine nicht mehr junge Amazone, eine Amazone mit fettem Arsch, die viel zu selten nackt ist, die ihn nach Chinatown verschleppt, Kakerlaken in sein Auto schleust und ihn hinauswirft, ihres Hangs zum Unrat wegen?

I'm into garbage. It's my thing.

Sie hatte Joy nur einmal gesehen. Sonnie war mit Jake in der »Bible Lounge« im Village gewesen. Ihre Ehe lag im Koma. Vielleicht war es ihr nicht klar. Heute kann sie das deutlich sehen. Ihr Blick ist nicht mehr durch Gefühle verstellt. Sie weiß, dass sie glaubte, Jake zu lieben, aber sie kann sich nicht erinnern an das Gefühl selbst. Vielleicht war es ein eingebildetes Gefühl gewesen, wie hysterische Blindheit, und sie hat ihn nie geliebt. Vielleicht hat sie niemals geliebt. Vielleicht ist sie ein Liebeshypochonder. Lässt sich Wahrheit nur im Nachhinein herstellen, denkt Sonnie, weil sie im Jetzt immer zu nah ist? Weil alles, was zu nah ist, verschwimmt?

Der Barbesuch sollte belegen, dass alles in Ordnung sei, aber es war damals nichts mehr in Ordnung gewesen. Er hatte die Idee der offenen Ehe nicht mit in die Beziehung gebracht. Er hatte sie unter dem, was er Sonnies kastrativen Einfluss nannte, entwickelt. Sie war ihm, er formulierte die Beleidigung als Kompliment, »too much Frau«, um ihn geil zu machen. Sie war schuld an seiner Impotenz. Die Impotenz wurde dadurch kaschiert, dass Sonnie den halb erigierten Penis in sich hineinstopfte. Ein routinierter Handgriff. Sonnie erinnert sich gut.

Machen Sie mal eine typische Handbewegung.

Lembke. Robert Lembke.

Machen Sie mal eine typische Handbewegung. Das Rausflutschen und Wieder-Hineinstopfen von Jakes weichem, dünnem, halb erigiertem Penis. Das macht mich impotent, dass du nie kommst, sagte er.

Sonnie schämt sich, während sie sich erinnert. An ihr zu lautes Lachen, das diesen Handgriff begleitet. Ihr Unbehagen. Ihr Schuldgefühl. Sie waren auseinander gedriftet, langsam, aber stetig. Sie wollten wieder aufeinander zuschwimmen an jenem Abend in der »Bible Lounge«. Neu anfangen. Wollten sie wirklich?

Sonnie hatte zwei Monate zuvor Rhett auf einem Thanksgiving-Dinner bei Matthew Barney kennen gelernt. Sie hatte seitdem oft an Rhett gedacht, dass sie sich sicher viel zu sagen hätten. Sie hätten sich viel zu geben. Sie hatte ein Gefühl entwickelt, sich das Gefühl verboten, es schließlich doch zugelassen. Es war ein Gefühl der Neugier. Die Neugier breitete sich aus wie eine Gürtelrose. Und juckte.

Und da saß sie. In der »Bible Lounge«. In ihrem braunen engen Kleid aus Cholas Boutique. Mit dem falschen Mann, mit dem falschen Plan. Nun sollte, mit aller der Idee innewohnenden Gewalt, ihre Ehe gerettet werden.

Mit dem zeitlichen Abstand kommt es Sonnie so vor, als hätte Jake sie zu allem überredet. Zu der Beziehung. Zu der Ehe. Zu der Liebe. Zum Sex. Sie hatte eine Nacht mit ihm verbracht, in der er – immerhin war er verunfallt und beinvergipst – eine annehmbare Erektion hinlegte. Am nächsten Morgen hatte er behauptet, sie anzubeten. Sonnie hatte gedacht: Anbetung ist etwas, das Frauen Mitte dreißig gut tut. Sie hatte Chola angerufen. Chola hatte die Verbindung mit den Worten begrüßt: »Zwischendurch immer mal einer zum Ausruhen.«

Sonnie zog bei Jake ein.

Sie wurde Programmchefin seines Kinos.

Es gab kein Limit. Sie wünschte sich dies, sie forderte das. Sie hatte auf ihn gezielt. Und Jake, anstatt Haken zu schlagen, hatte die Hände gehoben und war ihr vor die Büchse gelaufen. Sie äußerte Unzufriedenheit über seine Liebhaberqualitäten, über seine Ehemannqualitäten, über seinen Kinderwunsch. Was immer er sagte, über Liebe, Vertrauen, Zärtlichkeit, Ewigkeit, es verschaffte ihr nicht einmal den Anflug von Genuss. Sie war eine Jägerin! Wie konnte er es wagen? Niemand kann eine Jägerin jagen. Später hatte sie genau diese Dinge von Rhett ersehnt, hatte Nächte durchgeweint und durchwacht und sich gesehnt. Sie hatte Rhett jagen müssen. Sie hatte ihn gejagt und gejagt und gejagt. War der Richtige immer der Neue? War der Richtige immer der, von dem man nicht genug bekam?

Schon als Sonnie den Fuß in die »Bible Lounge« setzte, hatte sie unter der Discokugel auf der Tanzfläche eine dunkelhäutige Frau wild tanzen sehen. Groß, schmalgliedrig, hautenger Catsuit.

Young. Pretty. Big tits. Your basic nightmare.

Eine hungrige Anakonda. Das Aufreizende ihres Tanzes bestand im Minimalismus. Gezügelte Zügellosigkeit. Und sie wusste es. Rund um sie hatte sich eine Art Spalier aufgetan. Es lag ein Raunen in der Luft, eine weitgehend männliche Andacht, ein Atemanhalten, eine kollektive Erektion.

Jake, blind für die Anakonda, unterbreitete Sonnie seinen Eherettungsplan. Er wolle einen Dreier versuchen. Er habe bereits eine Dame im Auge. Er habe die Zustimmung der Dame bereits eingeholt. Er habe die Dame bereits ausprobiert. Mit zwei Sätzen hatte Jake ihre Ehe beendet, anstatt sie zu retten: »Ich habe die Dame bereits ausprobiert. Mit ihr bin ich nicht impotent.«

Sonnie sitzt auf dem Klo und starrt auf ihren Daumen. Vom Regen in die Traufe. Sie ist vom Regen in die

Traufe gekommen. Von einem Mann, der nie konnte, zu einem Mann, der immer kann.

Aber Rhett hat Joy mit ihr betrogen. Er hat Joy für sie verlassen. Es hilft nichts. Die Eifersucht schnürt ihr die Kehle ab. Die Eifersucht, die sie noch töten wird. Rhett hat keine Ahnung davon. Eifersucht und Verlustangst hat sie von Anfang an vor ihm verborgen. Sie verachtet sich für das, was sie »weibliche Mechanismen der Liebe« nennt, für das Warten auf Anrufe, Gefallsucht als fixe Idee, die den eigenen Charakter stranguliert, für die Darstellung von Geilheit, die immer der echten vorauseilt. Diensteifrig. Schneller. Lauter.

Im selben Tempo, in dem eine Frau ihr Herz verliert, verliert sie ihr Hirn. Das weiß Sonnie. Jede Frau weiß das. Niemand kann das ändern. Sie kann es nicht ändern, und die Gewissheit quält sie. Es ist banal. Doch diesmal verbirgt sie das, was sie als typisches weibliches Verhalten verbucht und verachtet. Allein das Verbergen kostet unendlich viel Kraft. Es macht sie indifferent. Es macht sie unscharf. Solange sie Rhetts Geliebte war, hatte sie Zeit, sich gehen zu lassen. Immer, wenn er weg war, ließ sie sich gehen. Tränen in seiner Gegenwart – undenkbar.

Sonnie zieht einen von Rhetts Gummifingerlingen über den verpflasterten Daumen. Rhett besitzt mehrere Kartons davon. Er benutzt Fingerlinge, wenn er sich Zäpfchen einführt, aus hygienischen Gründen, wie er sagt. Aus Ekel vorm eigenen Anus, wie Sonnie vermutet. Rhett fürchtet Bakterien. Er teilt keinen Bissen mit Sonnie. Er trinkt nie aus Sonnies Flasche. Nur beim Sex, da kommt ihm jede Schweinerei recht.

»Nimmst du die Dinger auch zum Popeln?«, hatte Sonnie Rhett kurz nach dem Einzug gefragt und ihm lachend einen der Fingerlinge hingehalten. »Ich pople nicht«, hatte er geantwortet. Und auch gelacht. Und dann hatten sie gebalgt. Und dann hatte sie im Spaß versucht, den Fingerling auf Rhetts Penis zu ziehen, der immer stand, immer stand wie ein großer erhobener Hartgummifinger, viel zu groß für einen Fingerling, viel zu groß für sie, viel zu hart für sie. Egal. Sie wollte ihn. Sie wollte, dass er sie wollte.

Sonnie greift nach dem Hörer. Rhett hat kein Funktelefon. Er lehnt Funktelefone ab. Er nennt sie Hundeleinen. Sie wählt die Nummer von Rhetts Atelier, die sie auswendig kann. Es geht niemand ran. Sie wählt Joys Nummer, die sie auswendig kann. Der Anrufbeantworter springt an. »Niemand da. Nachrichten für Joy Johanson und Rhett Montiel nach dem Beep.«

Zorn packt Sonnie. Sie denkt daran, wie sie einmal einen Karpfen töten musste, weil Jake es nicht fertig gebracht hatte. Dann stößt sie die Messerspitze unter den ersten Schnappverschluss. Das Zimmer wird heller, als der Koffer sein Geheimnis preisgibt.

We can't see what's inside, but a small glow emits from the case.

Rhett starrt auf die schwarzen staubigen Gitter der Fahrstuhltür. Gong schließt sie mit resolutem Ruck.

Nicht unterbuttern lassen.

Schwester Cäcilia hat ihm das eingebläut. Du darfst dich nicht unterbuttern lassen. Nie. Das war einer ihrer beiden Lebensratschläge gewesen. Der andere war:

Big boys don't cry.

Gong drückt den Knopf. Der Fahrstuhl fährt an. Dabei hab ich mich selbst bestraft, denkt Rhett. Es war falsch. Es ist kindisch. Er sollte zurückgehen. Schließlich wohnt er auch da. Nicht die Kakerlaken haben ihn vertrieben, nicht Sonnies Dickkopf, nicht ihr Hang zum Unrat. Es ist ihr Hunger auf Neues, der ihn kränkt. Ihr Hunger auf Neues hat sie zusammengebracht. Nun ist er nicht mehr neu. Nun muss Abwechslung her. Ein Koffer!

»Sie will den Abend lieber mit einem Koffer verbringen als mit mir«, murmelt Rhett.

Im selben Moment verliert Gong die Spannung. Es ist, als ließe jemand die Luft aus ihm heraus, als schmölze seine kompakte Ingwerknollen-Statur. Gong reißt die Augenschlitze auf. Er verdreht sie. Er verdreht sich. Sein flaches Gesicht kracht in die Fahrstuhlarmatur.

Mit einem Ruck stoppt der Fahrstuhl. Rhett wird gegen die Wand geschleudert. Er fällt auf den Hinterkopf. Er verliert das Bewusstsein. Als er erwacht, starrt er in Gongs verquollene Augen. Der Chinese liegt auf ihm mit der Endgültigkeit eines Erdhaufens. Schaum tropft aus Gongs Mund in Rhetts Gesicht.

Rhett schreit. Er strampelt. Er wirft den leblosen Körper ab. Er schüttelt sich. Er schnappt nach Luft, aber es ist nicht genug da.

Es stinkt nach Schmieröl, nach Angstschweiß, nach verbranntem Gummi und nach Benzin. Er ist ein Kind. Da ist der Rumpf der Mutter. Die Umrisse des durch die Scheibe geschleuderten Vaters, seine blutigen Hände. Er wischt Gesicht und Hände am Trenchcoat ab. Rhett hat ein halbes Dutzend Therapeuten verschlissen und zwei Dutzend Freundinnen, ohne das Bild aus seinem Kopf zu kriegen.

Er hat Angst vor Bakterien. Er hat Angst vor Enge. Er hat Angst vor Blitzlichtern.

Er träumt alle Formen von Todesarten. In seinen Albträumen zertrümmert ein Stein seinen Schädel. Ein Windstoß schleudert ihn unter die Subway. Er wird von Stromschlägen durchzuckt, überrollt, zerquetscht. Er wird gehängt, geköpft, erstochen, erschossen. Er fällt aus einem Fenster und zerschellt auf dem Asphalt. Er gerät in eine Industriemaschine, die seine Gliedmaßen amputiert. Er wird bei lebendigem Leib aufgeschlitzt und ausgeweidet. Er kennt den Tod, und er will ihn nicht kennen. Er trifft den Tod an jeder Straßenecke, aber er grüßt ihn nicht. Er hat panische Angst vorm Tod. Er flieht den Tod in allen Erscheinungsformen. Er denkt nicht an den eigenen, liest nicht über den anderer, in seinem Wachzustand gibt es keinen Tod. Einmal hat er einen in die Jahre gekommenen Playboy, der einen weißen Anzug trug, sagen hören: »Meine Lebensdevise? No bad news!« Das fand Rhett schlüssig. So will er das Leben. Gegen Träume ist er machtlos, seine Realität kann er kontrollieren.

No bad news.

Dachte er.

Und nun das. Nun hat dieser Chinamann … ausgerechnet jetzt … Es muss etwas Schlimmes sein. Gong liegt merkwürdig verrenkt da. Rhett zieht den Trenchcoat aus. Er stopft ihn unter Gongs Rücken. Was soll er tun? Was macht man in einer Situation wie dieser? Er ruft. Sein Ruf verhallt ungehört. Die Fahrstuhlarmatur ist chinesisch beschriftet. Ihr Geheimnis hat Gong immer streng gehütet, hat sich dicht davor gestellt, bevor er die Register zog. Nun würde sein Herrschaftswissen ihn das Leben kosten. Es ist Freitagabend. Dies ist ein Bürogebäude. Rhett ist mit einem sabbernden chinesischen Mehlsack im Fahrstuhl eingesperrt.

Rhett ruft.

Gong röchelt.

Nacktes schwarzes Vinyl, Knüllpapier, Briefe, Bücher. Irgendwo im Haus hat es gekracht. Sonnie gießt Weißwein ins Glas. Sie betrachtet den Kofferinhalt. Sie hat einen Schatz erwartet. Sie hat einen Schatz verdient. Geldscheine, Goldbarren, Juwelen, CIA-Dossiers, einen Djinn im Lendenschurz, ein halb verwestes Menschenbein. Stattdessen nur Unrat. Müll anderer Leute. Kakerlakeneier, Kakerlakenleichen. Rhett hat Recht. Rhett hat immer Recht.

Sie greift nach dem Haargummi, den sie ums Handgelenk trägt. Sie knebelt ihre Haare damit am Hinterkopf zusammen. Sie leert das Glas mit großen durstigen Schlucken und füllt es gleich nach. Sie rafft ihr fusseliges schwarzes Hauskleid, von dessen Aufdruck »I love New York more than ever« nur noch »York … ever« übrig geblieben ist.

Sie betastet die Dinge, die einst jemandem wichtig gewesen waren und dann so unwichtig geworden waren, dass er den Koffer auf die Straße gestellt hatte. Oder jemand anders hatte den Koffer auf die Straße gestellt.

Vermutlich eine Frau. Es sind wir, die Dinge wie diese schnell und reibungslos erledigen, denkt Sonnie. Sie hat einen bitteren Geschmack auf der Zunge. Sie spült ihn mit saurem Wein weg.

Sonnie beugt sich über den Koffer. So verharrt sie. Zeit vergeht. Sonnies Füße schlafen ein, sie merkt es nicht. Es sind nicht die Dinge an sich, es sind nicht die Gegenstände selbst, es sind die Erinnerungen, die sie freisetzen. Es ist der scharfe Duft der Erinnerung.

Sonnie assoziiert mehr, als sie erkundet. Der Inhalt des Koffers führt sie vom Besitzer des Koffers weg und hinein in sich selbst. Sie legt fast mechanisch eine zerlesene Bibel beiseite, einen halbblinden versilberten Handspiegel mit Keulengriff, eine schwarze Billardkugel. Bei Dingen, die sie an nichts erinnern, bleibt ihre Annäherung äußerlich, wie die einer Putzfrau, die Nippes abstaubt und zurück in die Vitrine stellt.

Ein Programm vom Moulin Rouge in Paris, nass geworden, die Seiten gewellt, aneinander hängend, kellerklamm. Paris – das ist für sie *Der letzte Tango, Der eiskalte Engel, Außer Atem, Zazie*. Paris – das ist die Erinnerung an eine Woche Hotel in Saint Germain des Prés, ein kleines Hotelzimmer, in dem Rhett und sie wie Karnickel rammeln, ausgedehnte Spaziergänge, Blasen an den Füßen, Metro statt Auto, Rotwein, Küsse, viele Küsse, wunde Lippen, wunde Nippel, wunde Innereien. Paris – das ist ihr Heiratsantrag und Rhetts Nein.

Sie löst die Seiten des Programms voneinander, ohne darin zu blättern. Es riecht verschimmelt.

Der Keller. So roch der Keller ihrer Großmutter, in den sie sie oft geführt hatte, mit kleinen schlurfenden

Schritten, um ihr Fallobst in die Hände zu drücken und klebrige Gläser selbst eingemachten schwarzen Pflaumenmuses. Beides warf Sonnie draußen in den Müll, denn sie mochte kein klebriges Pflaumenmus, keine schrumpeligen Äpfel, und die noch schrumpeligere Großmutter schon gar nicht. Es schien ihr damals ungerecht, dass die Großmutter, die wie eine Sterbende umherschlich, immer noch lebte, während der Großvater gestorben war. Dabei war er so stark und kräftig gewesen. Und er war Sonnies Freund gewesen. Das Versprechen des Lebens war eingehalten im knorrigen Großvater, der wie ein Holzfäller lief, wie ein Nussknacker aß, der zeitlos schien, unendlich, unsterblich. Sonnie versucht, sich an sein Gesicht zu erinnern.

Sonnie hockt auf dem Boden.

Sie riecht die betäubende Süße von Eingemachtem.

Die Niedertracht der Welt wird ihr bewusst, die der Jugend insbesondere.

Ihr Herz zieht sich zusammen. Sie schämt sich.

Ohne das Taschentuch hätte sie sich vielleicht nie wieder an den Großvater erinnert. Und warum ist sie auf einmal so sentimental, dass sie weinen könnte?

Sonnie weiß, dass sich weder ihr Gesichtsausdruck noch ihre Haltung geändert haben, während sie sich in den letzten Minuten erinnert hat, geschämt hat, wütend war, sentimental war. Das ist es, was Menschen zur Verzweiflung bringen sollte, denkt sie, dass keiner dem anderen ansehen kann, was vorgeht. Kein Mensch weiß, was in einem anderen Menschen vorgeht. Sie denkt an Rhett mit seinem klugen, schwermütigen Pokerface, das er nur verliert im Moment des Orgasmus.

Dann wird sein Gesicht weit und klar, erstarrt wie im freudigen Schreck, mit erhobenen Brauen. Wie ein Clown sieht Rhett aus in jenen Sekunden, mit weit aufgerissenen Augen, Nüstern, Mund. Das ist ein Rhett-Gesicht, das nur ihr gehört.

Sie hält eine Schallplatte in der feuchten Hand, schmierig, stark zerkratzt, tausendmal gespielt, Rachmaninoff, das 2. und das 3. Klavierkonzert. Sie würde die Platte jetzt gern hören, auf einen Plattenteller legen, sie würde den Tonarm gern mit zwei Fingern aufs Vinyl aufsetzen, das leise Knistern hören, das Knacken und Kratzen und Quietschen der versehrten Oberfläche, aber sie hat keinen Plattenspieler. Ihre Eltern hatten einen Plattenspieler. Im Schrank unterm Fernseher. Und Schallplatten daneben, von Frank Schöbel und Chris Dörk, von Sandra Mo und Jan Gregor, von Adamo. Der Plattenspieler wurde nie benutzt. Er war kaputt, hieß es.

Sonnie legt die Platte weg.

Eine herausgerissene Seite aus einem Buch, Trompeter, trompetende Männer, Fotos und Text. Sonnie hört manchmal Musik. Sie gefällt ihr, oder sie gefällt ihr nicht. Sie stellt das Radio lauter, oder sie stellt es ab. Das ist alles. Sie hat keine Ahnung von Musik. Sie hört Musik, wenn irgendwo Musik gespielt wird, sie mag sie, sie mag sie nicht, aber sie versteht sie nicht. Musikverstehen ist eine männliche Wissenschaft.

This is what they call classical music, isn't it? ... I can tell because there's no vocal.

Sonnie wird von Wehmut erfasst, weil ihr Musik immer ein Rätsel bleiben wird, weil der Großvater tot ist, weil die Mutter tot ist, weil der Koffermensch tot ist, bestimmt ist er tot, und wer weiß, wo Rhett ist, und wer weiß, wie lange sie selbst noch lebt.

Behördenpost von 1973, Schriftstücke, bekleckerte Rechnungen, ein Männername, den sie wieder vergisst. Ein Zettel, liniert, gefaltet, vergilbt, Kinderschrift. Cher Papa, lieber Papa, übersetzt Sonnie, dann verlässt sie ihr Französisch. Dabei hat sie in der Schule Französisch gehabt. Wo ist das nur hin? Wo ist nur mein Leben hin?, denkt sie und steckt den Zettel in ihre Handtasche.

Rhett stürzt zu den Schaltknöpfen und starrt sie an. Er will ihnen Logik abringen. Der Hebel. Gong bewegt immer den Hebel, bevor er Knöpfe drückt. Oder danach? Aber den Hebel bewegt Gong, das glaubt Rhett zu wissen. Doch der Hebel ist verkantet. Er gibt keinen Millimeter nach. Rhett drückt aufs Geratewohl zwei Knöpfe, einen roten und einen schwarzen. Nichts.

Rhett drückt alle Knöpfe.

Rhett schlägt auf die Knöpfe.

Mit der flachen Hand.

Mit der Faust.

»Ich hab's heraufbeschworen«, murmelt Rhett. Er hatte sich's ausgemalt, immer und immer wieder, hunderttausendmal. Er wusste nie, wie es passieren wird und wann, aber dass es passieren wird, war ihm klar. Vollkommen unsinnig war die Hoffnung, davonzukommen.

Er wirft sich mit dem ganzen Körper gegen die Armatur. Ein Witz. Er prellt sich die Schulter. Wenn er ein

Filmheld wäre, würde er die Tür einrennen, mit einem Tritt zum Bersten bringen, das Schloss aufschießen. Vielleicht würde er auch geheime Luken finden und sich abseilen, mit spielerischer Leichtigkeit.

Er zieht seinen Schuh aus und drischt ihn gegen die Gitterstäbe. Gong gurgelt. Aus seinem Mund tritt mehr schaumige Flüssigkeit aus. Rhett zerrt seinen Trenchcoat unter Gong hervor, wühlt in den Taschen, zieht den Wohnungsschlüssel heraus. Er klopft mit dem Schlüssel gegen die Gitterstäbe. »Ich hab's gewusst«, murmelt Rhett. Er murmelt es wieder und wieder. Wenn jetzt das Leben an ihm vorbeizieht, denkt er, dann ist der Tod nah. Tatsächlich sieht Rhett Bilder. Aber es scheinen nur die peinlichen Momente seines Lebens zu sein, die sich aneinander reihen. Bettnässerei, beim Onanieren erwischt, verdroschen werden, eingesperrt sein, spannen durch Schlüssellöcher, ein Rotlichtviertel in Bangkok, verschweigen, versagen, übel riechen …

Gab es nichts als peinliche Momente? War sein Leben so ein Rattenschiss? Rhett atmet schwer. Er fragt sich, ob er stinkt. Er prüft permanent, ob er stinkt. Nach Schweiß, nach Dreck, aus dem Mund, aus dem Arsch. Es gibt so viele Möglichkeiten zu stinken. Und wenn man bedenkt, wie viele Leute stinken, warum soll er dann nicht stinken? Und wenn man bedenkt, wie viele Leute lügen, wer sollte ihm jemals die Wahrheit sagen?

Der Fahrstuhl stöhnt auf und sackt einen Meter tiefer. Und da kann Rhett ihn riechen, den Gestank der Angst.

Ein Blitz gießt stahlblaues Licht in den Raum. Sonnie stemmt sich gegen das Schiebefenster. Erst gibt es nicht nach. Dann doch. Leise gleitet es nach oben. Kühle Nachtluft fährt ihr in die Lungen. Sonnie zählt. Einundzwanzig, zweiundzwanzig, dreiundzwanzig. Kein Donner.

Das Leben ist kurz, denkt sie. Das Leben ist zu still. Ihr Leben ist zu still. Ihr Leben ist Warten auf Donner. Es ist, als hätte draußen jemand New York ausgeschaltet. Sie hält die Luft an, lauschend, so lange, bis im Haus ein metallenes Klopfen zu hören ist. Sie ist nicht allein. Ein Umstand, der sie beruhigt.

»Hallo«, ruft sie. »Haaallooo! Jemand zu Hause?« Und sie lauscht. Und kichert beschwipst. Und wühlt weiter.

Ein von Brandflecken durchlöchertes Seidentuch. Eine zerknitterte Filmrolle. Ein gelblich schmutziges Notenblatt, bedeckt mit dünnen Notenhälsen, die sich biegen unter der Wucht der Melodie. Ob er für eine Frau komponiert hat?, denkt Sonnie. Romantik muss her, muss in mein Leben. Donner muss her. Musik muss her, irgendwas, irgendwas Elementares, Lautes.

Sonnie kann die Noten nicht lesen, aber sie fühlt ihre Kraft. E7, B6, Klänge, Akkorde, Vibrationen, codiert. Sie möchte sich auf eine der Noten schwingen, ihr fusseliges Hauskleid raffen, wegfliegen, woandershin. Neu anfangen. Als jemand anders. Mit jemand anders. Woanders.

I dance like the wind.

Sie steht auf und dreht sich, dreht sich.

Fly fly fly Clarice, fly fly fly.

So hatte sie Englisch gelernt. Mit Videokassetten. Mit Filmen. Als sie neu in New York war, in den Achtzigern. Regelrecht gepaukt hatte sie. Jede Nacht. Sie sah dieselben Filme. Sie spulte die Kassetten zurück, einzelne Szenen, wieder und wieder. Sie schlug Wörter nach, bis sie verstand. Sie sprach lippensynchron mit, bis sie es drinhatte. Sie erpaukte sich das Beiläufige, die Aussprache, den Slang. Bis heute gibt es Repliken, die ihr so natürlich über die Lippen kommen, dass man sie für schlagfertig, ihr Englisch für brillant hält.

English, motherfucker! Do-you-speak-it?

Nur durch Zitate kann sie fluchen wie ein Bierkutscher.

Stick your cock up her ass, you motherfucking worthless cocksucker.

Sonnie dreht sich, bis sie strauchelt und fällt. Sie liegt auf dem alten Parkett. Sie überlegt, wen sie kennt, der diese Geheimsprache entschlüsseln könnte. Musik. Ihr fällt niemand ein, vielleicht, weil sie die Flasche Wein inzwischen so gut wie geleert hat, vielleicht, weil sie sich Freunde nicht nach Tauglichkeit aussucht. Andere sind befreundet mit Anwälten, Tischlern, Steuerberatern, Zahnärzten. Andere haben für jeden Belang einen Freund. Sonnies Freunde sind wie sie und taugen nichts, ein Obdachloser, eine Lebenskünstlerin, eine kinderreiche Sozialhilfe-Empfängerin. Die Großmutter hat ganz Recht. Sie ist für nüschte.

Für nüschte.

Sonnie trinkt die warme Neige aus der Flasche. Ein Kassenzettel von Key Food, drei Dollar und 88 Cent. Ihr Key Food im East Village? Nicht zu erkennen. Damals wurden Adresse, Datum, Uhrzeit noch nicht auf jeden Kassenzettel gedruckt. Heute wären sie das perfekte Alibi. Wann, sagten Sie, ist er erschossen worden? Um neun Uhr abends? Nein, da war ich bei Key Food, hier, sehen Sie selbst!

»Weitokai!« Es knackt. Es rauscht. Aus Gongs gedrungener Brust kommt eine Micky-Maus-Stimme. Mit fahrigen Bewegungen öffnet Rhett Gongs Windjacke und fördert aus der Innentasche ein Funkgerät zutage. Aus dem Funkgerät kommt eine Stimme. Das Funkgerät hat zwei Knöpfe. Rhett drückt einen und ruft »SOS!«. Er drückt den anderen und ruft »Hilfe!«. Er lauscht. Er drückt noch mal den einen Knopf und ruft »Un-fall!«. Er drückt den anderen und ruft »Fahr-stuhl ka-putt!«. Er lauscht. Er drückt beide Knöpfe und ruft mit dünner, sich überschlagender Stimme: *»Somebody? Somebody?«*

Er fürchtet sich vor seinem eigenen Echo. Vorm Knirschen und Knacken der Fahrstuhlhalterung. Vor Gongs Röcheln. Vor Gongs Tod. Vor *bad news*. Er hat Angst vor den großen Männern. Mit den Uniformen. Mit den Masken. Mit den Schweißgeräten.

Der Stimme am anderen Ende der Leitung ist nichts anzumerken. Sie kräht, sie schnattert, sie keift in abgerissenen, hastigen, unverständlichen Lauten. Hinter jeder zweiten Silbe steht ein Fragezeichen.

Hinter Rhett steht ein Ausrufezeichen. Das war's, denkt er. Schlotternd lässt er sich in den Schneidersitz nieder.

Er drückt das Rückgrat durch.

Er macht seine Atemübungen.

Er murmelt Ellis' Affirmationen.

»Ich bin eine Parzelle des Universums. Das Universum fühlt sich glücklich in mir. Ich bin die Brooklyn Bridge, der Hudson River, das Empire State Building, der Central Park …«

Sie helfen nicht.

Sie haben noch nie geholfen.

Rhett schließt die Augen. Er ist ein Bankräuber. Er ist ein gefährlicher, maskierter Mann. Er riecht nach frischem männlichem Schweiß. Er stürmt in die Bankfiliale. Er macht coole Sprüche. Er lässt sich Geldsäcke zuwerfen. Alle fürchten ihn. Alle bewundern ihn. Er schießt auf die Überwachungskameras. Er ist mutig und stark. Er entkommt mit dem Geld.

Sonnie hat sich bis auf den Kofferboden gewühlt. Krümel und tote Kakerlaken, dazwischen ein Männertaschentuch, beige mit braunem Rand. Sie knüllt das Taschentuch in der Faust, hebt es ans Gesicht, riecht daran.

Mit derselben Selbstverständlichkeit, mit der sie sich vor dreißig Jahren ausgeblendet hat, kommt ihre Kindheit zurück. Geräuschlos steht sie hinter ihr und schaltet den Projektor an:

Die Bilder flackern in Sepia. Sonnie mit Zöpfen auf Großvaters Schoß. Er wischt ihr mit seinem schmutzverkrusteten Taschentuch den Mund ab. Das Taschentuch ist beige mit braunem Rand.

Dann kommt der Geruch. Der Großvater riecht nach Sonne und Kernseife. Der Tabak riecht nach Vanille. Das Taschentuch riecht nach Schmieröl.

Dann kommt der Klang. Das Klimpern des Kleingeldes, das der Großvater immer in den Hosentaschen hat. Pfennige, Fünfer, Groschen. Die leise heisere Stimme des Großvaters. Das trockene Schmatzen, als er sie auf die Wange küsst.

Sie hat sich ewig nicht an ihn erinnern können. Warum so lange nicht? Warum jetzt?

An die Großmutter dachte sie oft, nie an ihn. Sie hat kein Bild ihrer Kindheit herstellen können in ihrem Kopf. Nun steht sie im Zimmer, ihre Kindheit, wie eine andere Person. Und sie hat den Großvater mitgebracht.

Do you think, the dead come back and watch the living?

Sonnie robbt zu Rhetts CDs. Sie robbt auf Händen und Knien. Die CDs stapeln sich auf dem alten Parkett. Sie kniet vor den CD-Türmen. Ihr Gesicht kommt ihnen nah. Sie wirft einen um. Sie murmelt vor sich hin. Die CDs liegen verstreut. Sonnie wühlt in den CDs. Sie zieht eine heraus. Sie gluckst fröhlich. Sie wirft die CD ein und drückt auf PLAY.

ZWEITES KAPITEL

Es ist weit nach Mitternacht. Rhett schließt die Wohnungstür auf. Er bleibt stehen und keucht vom Treppensteigen. Sonnie liegt zusammengerollt auf dem Boden, in ihrem schwarzen, fusseligen Hauskleid, neben sich ein umgestoßenes Weinglas mit Lippenstiftspuren, einen Föhn, verrottete Papierfetzen. Seine CDs sind aus den Hüllen gerissen und auf dem Boden verstreut. Überall Blutspuren.

Er erschrickt. Nach zwei Stunden Fahrstuhl mit Gong und vier Stunden Notaufnahme kann man nur erschrecken bei einem Anblick wie diesem. Was ist hier geschehen? Eine Orgie? Ein Überfall? Und der schmutzige Koffer …

No bad news.

Der Koffer. In flagranti! Natürlich! Dazu muss sie ihn betrügen. Mit dem Koffer. Er leert eine eiskalte Dose Pepsi. Er eilt unter die Dusche. Die Vorstellung, sie den Armen des anderen zu entreißen, törnt ihn an. Nackt und sauber kniet er neben Sonnie nieder.

Sie atmet Weinwolken aus.

Er atmet Zahnpastawolken aus.

Er ist sich jetzt sicher, nicht zu stinken.

Sonnies Kleid ist hochgerutscht. Rhett legt seine Finger auf ihren Hintern. Ein Batzen Hefeteig, der ihm entgegenwächst. Was für ein Arsch! Was für ein Aktmodell sie wäre! Wie wunderbar er sie malen könnte, wenn er ein Maler geworden wäre! Warum ist er nicht Maler geworden in einer Welt, in der es sogar Pfuscher wie Picasso zu höchstem Ruhm gebracht haben?

Ein blauer Fleck sitzt über dem Beckenknochen. Sonnie ist wie eine reife Frucht, sehr druckempfindlich. Rhett drückt seine Fingerkuppen in Sonnies Backen. Er nimmt die Finger weg. Zehn Dellen bleiben und verschwinden langsam wieder. Sonnies Hintern lässt Rhett den Albtraum vergessen, die Feuerwehrmänner mit den Schweißgeräten, die Fahrt im Krankenwagen zum St. Vincent's Hospital. Das Warten in der Notaufnahme. Rhett streichelt Sonnies Hintern, knetet ihn, drückt ihn, küsst ihn. Wie herzlos er ihn vorhin aus der Wohnung geschubst hat, wie weich und weiblich er jetzt fällt! Rhett betrachtet Sonnie. Ihren hellen Kopf. Ihren schönen Arsch.

Seit der Pubertät hat Rhett das weibliche Gesäß kategorisiert. Sein erstes war das von Schwester Cäcilia. Er hatte sie durchs Schlüsselloch beobachtet, als sie sich entkleidete. Eine klassische Birne, die über das vollendete Reifestadium hinaus am Baum hängen geblieben war. Der Baum begann bereits, sich seinen Saft zurückzuholen. Die Frucht mumifizierte. Der verbotene Anblick von Schwester Cäcilias Hintern war Rhetts Urerlebnis – sein Einstieg in die Arschwissenschaft. Er konnte ohnehin mit Gefühlen schlecht hantieren, er wollte sie nur handlich portionieren und wusste damals bereits, dass er es darin nie zur Meisterschaft bringen würde. So wurde stattdessen das weibliche Gesäß sein Steckenpferd.

Als er vierzig Jahre später Sonnie traf, unterschied er drei Grundformen, den Apfel, die Birne und die Kugel, sowie zahllose Untergruppen und Mischformen, alle im Selbstversuch erprobt.

Joys straffer, vorlauter Fettsteiß war die klassische Kugel. Zwei Kugeln. Zwei Kanonenkugeln. Der Gott der Form, der auf einen Altar gehört, mit Blumengirlanden bekränzt, mit Weihrauch besprengt, angebetet. Die feste ledrige Form symbolisiert die Sehnsucht nach dem vollkommenen Menschen, der totalen Vereinigung. Doch so vollendet Joys Arsch für Rhett als verhinderten Künstler war, so deprimierend war er für ihn als Mann, deprimierend in seiner Perfektion, abweisend in seiner Elastizität. Rhett hatte gelesen, auf Jennifer Lopez' Hintern könne man, wenn sie steht, einen Cocktail abstellen. In Joys Fall traf das wirklich zu. Ein Umstand, der ihn permanent an seine Haut erinnerte, die bereits in Zipfeln von den Ellbogen hing. Joy, perfekt wie eine schwarze Barbie, war nicht die richtige Gefährtin für ihn. Sie war eine Pein der Perfektion.

Mit Sonnies Arsch begegnete Rhett erstmals die Formlosigkeit. Erst war sie eine Festung, ihr Blick war bewaffnet, wie Schießscharten, aus denen Handfeuerwaffen des Spottes ragten, und er hatte eine friedliche Revolution veranstalten müssen, ähnlich der, die die Mauer in ihrer kommunistischen Heimat niedergerissen hatte, um Sonnie zum Herunterlassen der Brücke zu bewegen. Aber dann stand sie vor ihm, ungeschützt, nackt, mit dem Urvertrauen eines paarungswilligen Weibchens.

Der Tag, als Rhett Sonnie zum ersten Mal nackt sah, war sein Himmelfahrtstag. Ihr Körper war nicht schlaff und zerflossen, sondern üppig und weich, zugleich plump und weiblich, wie ein Gemälde, auf dem Gauguin Rubens' Hand geführt hatte. Sonnie stand zwischen Rhett und dem Tod, eine weiße, weiche Barrikade. Rhett musste den Tod nicht mehr sehen, er durfte Sonnie sehen. Rhett war berauscht von der blassen Mattigkeit ihres Leibes, von ihren traumwandlerischen Bewegungen, vom Wogen ihrer Schenkel, von den großen fleischigen Backen. Er war gerührt, wenn Sonnie versuchte, ihr Hinterteil vor ihm zu verbergen. Die Bewegung, mit der sie versuchte, ihren großen Hintern mit ihren großen Händen zu bedecken, hatte etwas Mädchenhaftes, das ihren sonst so forschen Auftritt brach.

»Hast du die ganze Flasche allein getrunken?«, fragt Rhett und legt seine stoppelige Wange auf ihre Backe.

Sonnie rülpst und murmelt »Jake«.

I'm very drunk and I intend on getting still drunker before the evening's over.

»Hast du mich eben Jake genannt?«

Rhett wundert sich, dass Sonnies impotenter Exmann in ihren Räuschen herumspukt. Er sieht die dünnen weißen Striche an den Innenseiten von Sonnies Handgelenken. Er streichelt Sonnies Arme, aber er lässt die Narben aus. Er hat Sonnie nie nach den Narben gefragt.

No bad news.

Sonnie dreht sich schmatzend auf die andere Seite. »Trink nie allein, Scarlett«, würde Jake das Filmzitat pariert haben. »Es ruiniert die Reputation.« Er würde sich an sie geschmiegt haben, ganz ohne Nobeldorn, er würde sie in seine großen weichen Hände genommen haben.

Stattdessen krabbeln Rhetts Spinnenfinger über Sonnies Körper.

Am nächsten Morgen sind beide vom Vorsatz beseelt, am anderen etwas gutzumachen. Rhett erhebt sich ächzend von der Matratze. Er bereitet das Frühstück zu: viel zu dünner Kaffee, pappiges Weißbrot, blau gekochte Eier. Und Sonnie – isst das Frühstück. Eines der Missverständnisse ihres jungen Zusammenlebens ist, dass Rhett denkt, Sonnie frühstückt gern dünnen Kaffee, pappiges Weißbrot und blau gekochte Eier, und das auch noch im Bett.

So, do you want more eggs or should we just fuck on the linoleum one last time?

Sonnie, die es hasst, im Liegen, mit ungeputzten Zähnen und ohne Zeitung zu frühstücken, isst, damit Rhett sich freut. Es ist wie im Gleichnis vom alten Ehepaar: Die Frau liegt im Sterben. Sie wünscht sich, einmal die untere Hälfte des Brötchens zu essen. Der Mann aber hatte immer heldenhaft verzichtet auf die obere Hälfte, ein halbes Leben lang. Während Rhett die Geschichte deprimiert, schon allein weil sie vom Tod handelt, erscheint sie Sonnie romantisch. Für die große Liebe ein Opfer zu bringen, etwas in die Waagschale zu werfen, irgendwas, und sei es ein Brötchen, das ist ihr Verständnis von Romantik.

Ohne den Scheiß-Koffer wäre das alles nicht passiert, denkt Rhett. Was, wenn der Chinamann im Fahrstuhl gestorben wäre? Was, wenn der Fahrstuhl in den Tiefen des Schachtes zerschellt wäre? Ein verspäteter, längst verdienter Tod wäre erfolgt. So ist er aufgewachsen, als Unfallüberbleibsel ohne jegliches Überlebensrecht. Jemand, der sich durchschummelt, der vom Sensenmann übersehen worden ist. Er hatte mit seinen Eltern im Auto sterben sollen. Immer wieder und immer öfter ist sie zu ihm zurückgekehrt, die Frage, welchen Zweck ausgerechnet sein Überleben erfüllen soll. Er hat eine weitere Gnadenfrist erhalten. Doch worin besteht die Gnade?

Dem Koffermann hat sicher auch jemand Frühstück gemacht, denkt Sonnie. Aber wer? Eine Haushälterin? Seine Frau? Seine Geliebte? Dieselbe, die nach seinem Tod den Koffer in den Regen stellte? Ihre Mutter hatte ihrem Vater jeden Morgen Frühstück im Arbeitszimmer serviert, grünen Tee und ein in »Reiterchen« geschnittenes Butterbrot. Nie hatte er gemeinsam mit ihnen am Frühstückstisch gegessen.

Rhett ist froh, nicht allein zu sein. Er beugt sich über Sonnie und küsst sie auf die kalte Nasenspitze. Sonnie ist seine Insel. Nur Idioten bringen *bad news* mit auf ihre Insel.

Sonnie rollt sich von der Matratze, steigt über das Chaos der vergangenen Nacht, geht zur Stereoanlage und drückt auf PLAY.

»Rachmaninoff«, ruft Rhett begeistert. Er nimmt sich ihr Kissen und stopft es hinter seinen Rücken. Er liegt gern genauso krumm wie er geht.

»Gestern Nacht hab ich Farben gesehen beim Musikhören«, sagt Sonnie. »Dicke rote und gelbe Farben, Kleckse, träge Kleckse, wie in Magmalampen.«

»Solltest du im hohen Alter von vierzig auf den Geschmack gekommen sein?«

»Neununddreißig. Noch bin ich neununddreißig.«

Ob sich etwas ändert im Leben eine Frau, wenn sie vierzig wird?, denkt Sonnie.

»Wusstest du, dass die Vierzig die Symbolzahl der Prüfung ist?«

Vierzig.

It's there. It's just sitting there. Like some big dead end.

»Und du bist einundfünfzig.«

Das Abbeißen vom Toast macht nicht mal ein Geräusch.

»Korrekt, und ich schätze mich glücklich, einer von den Opas zu sein, die eine junge Knackige abkriegen. Ich bin jedenfalls damals gern vierzig geworden. Als die verzehnfachte vier repräsentiert die Zahl vierzig Vollkommenheit. Aber noch bist du 39,999 Periode.«

Periode. Sonnie registriert ein flaues Gefühl. Das Gefühl sitzt im Bauch. Sie ist dreieinhalb Wochen über die Zeit. Vielleicht der Umzug. Vielleicht die Wechseljahre. Vielleicht …

»Das 3. Klavierkonzert, eine berühmte Aufnahme von 1978, Carnegie Hall«, sagt Rhett. Sonnie legt sich wieder neben ihn auf die Matratze und versucht, ihr Kissen hinter seinem Rücken hervorzuziehen.

»Ach, du hörst, dass es eine Aufnahme von 1978 ist? Angeber! Und überhaupt! Gib mein Kissen her!«

»Ich würde jetzt gern sagen, dass ich das höre, aber da ich nur eine CD von Rachmaninoff besitze, du hingegen gar keine, habe ich blitzschnell kombiniert.«

Rhett ist über seinem Versuch, schlagfertig zu sein, für einen Moment unaufmerksam. Es gelingt Sonnie, ihr Kissen zurückzuerobern.

Er stöhnt auf.

»Was ist denn?«, fragt Sonnie wie jemand, der die Antwort nicht hören will.

Rhett schlürft stumm den dünnen Kaffee. Er hat eine Beule am Hinterkopf. Er hat Kratzer am Rücken. Er lässt sich zurückfallen und schließt die Augen. Ganz heiß wird ihm. Der Aufprall. Der dunkle, enge Raum. Das Knirschen in den Stahlseilen. Der sabbernde Chinamann, der wie ein Mehlsack auf ihm liegt. Die Angst. Die Feuerwehrleute mit Masken und Schweißgeräten. Der Krankenwagen. Das Elend in der Notaufnahme. Sein tatsächliches Erlebnis ist mit seinem Albtraum verschmolzen. Er träumt immer Katastrophen und Unfälle. Manchmal erlöst ihn sein Aufwachen regelrecht. Wenn er nach dem Aufwachen begreift, dass er noch nicht querschnittsgelähmt, noch nicht geisteskrank, noch nicht ermordet ist, ist er für den Bruchteil einer Sekunde froh. Der unmittelbar nächste Impuls ist Scham.

»Willst du gar nicht wissen, was in dem Koffer ist?«, fragt Sonnie.

»Ich seh es ja, ich seh es ja! Gerümpel. Gerümpel und Ungeziefer!«

Sonnie mustert Rhett. Wie ein prähistorischer Vogel liegt er da. Sie denkt an Cholas neuen Liebhaber, dessen bloßer Anblick sie zu verjüngen scheint. »Bei Männern würden wir uns nie inne Quere kommen, Mädel«, hat Chola einmal gesagt. Sonnie fühlt sich von

Männern angezogen, die eine Vergangenheit haben, von gewesenen. Chola hält sich an Jünglinge, an die straffen, die mit der Zukunft. »Vergangenheit hab ich selber«, sagt Chola. »Warte nur, bis du vierzig bist. Bei mir fing's erst mit vierzig an, dass mir die Fohlen gefallen ham.«

Sonnie wird bald vierzig.

Sie ist schon 39,999 Periode.

»Vierzig Jahre wanderten die Hebräer durch die Wüste«, sagt Rhett.

Sonnie hat ihm nicht gesagt, dass sie überfällig ist. Sie wollen beide keine Kinder. Sie haben keine und sie wollen keine.

»Im Alter von vierzig Jahren empfing Mohammed seine Visionen«, sagt Rhett.

Der Mann ist ein kommunikativer Idiot, denkt Sonnie. Nie entsteht ein Gespräch. Immer wirft er mir Fakten hin. Wie Knochen. Zum Apportieren.

»Es ist ein Live-Mitschnitt«, sagt Rhett. »Vladimir Horowitz spielt.«

Sonnie steht auf. Sie balanciert ihre Sei-glücklich-Tasse in der Hand. Sie hat noch nicht daraus getrunken. Sie hockt sich wieder vor den Kofferinhalt.

»Der größte Pianist der Welt, wenn du mich fragst«, sagt Rhett, der gern ihre volle Aufmerksamkeit hätte.

Ich frag dich aber nicht, denkt Sonnie. Sie hört Rhett immer nur im Zusammenhang mit Toten Superlative benutzen. Nie hat sie ihn sagen hören, sie sei die schönste Frau auf der Welt, die leidenschaftlichste Liebhaberin, die brillanteste Schreiberin, nahe liegende Dinge wie diese. Sie lebt ja auch noch.

»Es gibt noch eine andere Aufnahme mit Horowitz, von 1951. Die hab ich leider nicht.«

»Die Essenz«, sagt Sonnie. »Die Essenz eines Lebens in einem Koffer.« Die Formulierung kommt ihr noch im selben Moment pathetisch vor, aber Rhett hört sowieso nicht zu. Er führt Selbstgespräche.

»Rachmaninoff hat mal gesagt, dass Horowitz das 3. Klavierkonzert besser spielt als er selber.«

Sonnie holt tief Luft, aber nicht tief genug. Die Kuppel aus Musik sinkt tiefer und tiefer. Sie legt sich zentnerschwer auf den pappigen Toast, den dünnen Kaffee. Man muss betrunken sein, um das zu ertragen, denkt Sonnie.

»Als Mahler Chef der Philharmoniker war, hat er dieses Konzert dirigiert, 1909 hier in New York«, sagt Rhett. »Mit Rachmaninoff am Klavier! Alma Mahler saß im Publikum und dachte nur an Kokoschka.«

Sonnie hockt vorm Koffer und ärgert sich.

Dieser Mann auf der Matratze.

Liegt da und doziert.

»Gropius. Kokoschka kam später«, sagt sie, ihrer Sache nicht ganz sicher.

Rhett liegt auf der Matratze und ärgert sich.

Diese Frau vorm Koffer.

Ihr Hang zu Chaos, Unrat, Widerspruch!

Warum ist sie nicht hier, bei ihm, dem Frühstückmacher und Welterklärer?

Warum wühlt sie lieber im Müll?

»Na siehst du! Und dann leugnest du immer, eine Society-Kolumnistin zu sein!«

Rhetts Kommentar versetzt Sonnie einen Stich. Als Rhett und sie sich kennen lernten, war Sonnie Scout für deutsche Verlage gewesen, Rhett unterrichtete Kunstgeschichte an der Columbia University. Sonnie ahnte Bestseller vorher und sicherte Übersetzungsrechte. Rhett war der von verliebten Studentinnen umschwärmte Kunstprofessor. Im Lauf der Jahre hatte Sonnie sich – glücklichen Zufällen geschuldet – den Ruf einer Spürnase erworben und immer mehr Geld verdient. Aber dann war sie müde geworden, gequirlten Mist von jungen Koksköpfen zu lesen, zumal die Koksköpfe immer jünger und immer dümmer wurden und der Mist immer gequirlter.

Seit einem Jahr schreibt Sonnie Filmkritiken für ein Internetmagazin, bei dem ihre Freundin Chola sie untergebracht hat. Die Honorare sind symbolisch. Sonnie geht graduell in Rhetts Besitz über. Das gibt ihm offenbar das Recht, sich über sie lustig zu machen. Er muss doch wissen, dass sie keine Society-Kolumnistin ist. Er muss doch wissen, dass eine solche Bemerkung sie kränkt. Er müsste es wissen. Aber weiß er es?

Seit sie zusammenleben, hat Sonnie das Schreiben von Filmkritiken als Ausrede zur Sexvermeidung genutzt, die Arbeit hat das Rennen gegen die Migräne gemacht, die sie zu inflationärem Herumliegen in verdunkelten Zimmern verdonnert hätte.

In den Jahren zuvor, den Jahren des Betrugs, des Verstecks, des Kampfes, war Sex zwischen Sonnie und Rhett ein Rausch, ein Muss gewesen. Er war vom Herbeisehnen seltener konspirativer Zusammenkünfte beflügelt. Die Verfügbarkeit war damals schmerzlich eingeschränkt. Sonnie hat sich nach Rhett verzehrt. Ein wichtiges Entfachungsmoment für Geilheit. Das Sehnen. Das Begehren. Das Verzehren. Nun steht Sex auf dem Tagesmenü, wie der pappige Toast, en suite.

Sonnie packt den »Lady Baltimore« wieder voll. Kurz fällt ihr Blick in den halbblinden Handspiegel. Er zeigt ihr kein Bild. Sie putzt mit dem Ärmel das schwärzliche Glas, sie wienert es, bis ihr Unterarm heiß ist. Das Spiegelglas bleibt beschlagen, wie bewölkt. Sie kann ihr Gesicht nicht sehen. Er muss kaputt sein, denkt sie. Sie packt den Koffer wieder ein, ein Ziehen in den Gliedern, ein Pochen im Daumen, ein Stechen in den Schläfen.

Jetzt bloß keine Grippe, denkt sie. Nicht auch noch das. Wo ist noch der Brief mit der Adresse? Wie alt ist der Besitzer des Koffers? Hat er schon gelebt, damals, 1909, hat er im Konzertsaal gesessen, als Mahler Rachmaninoff dirigierte?

Bullenentsamer müsste man sein, denkt Rhett. Und er stellt sich vor, wie er in weitschaftigen Gummistiefeln zum Gehege geht, eine künstliche Vagina in der Hand, ein üppiges Füllhorn. Er läuft breitbeinig, wegen der Stiefel und weil er ein Cowboy ist. Er knurrt, pfeift und flüstert durch den Zaun zu dem Bullen, um ihn sexuell zu erregen. Er führt ihm eine Kuh zu, er drückt ihm den eckigen Kuharsch ins Maul. Der Bulle wiegt dreitausend Pfund. Er schnaubt. Er trippelt hin und her. Noch ist er nicht geil. Rhett zieht sich nun einen Gummihandschuh an, einen mit einem langen Schaft. Er reibt den Schaft mit Vaseline ein. Er steckt die behandschuhte Hand tief in den After des Bullen, so hat er es einmal im Fernsehen gesehen. Rektale Stimulation heißt das. Rhett bewegt den glitschigen Gummiarm im Rektum des Bullen vor und zurück. Eine warme zottige Grotte.

Er ekelt sich gar nicht. Der Bulle springt nach oben, sein monströser Penis richtet sich auf. Der Bulle will die Kuh besteigen. Aber Rhett ist schneller. Noch bevor der Bulle in die Kuh eindringen kann, streift ihm Rhett die künstliche Vagina über. Das ist eine knifflige Sache. Aber Rhett ist stark. Rhett ist erfahren. Es klappt. Rhett fängt den Samen ab. Einen Liter dampfenden, duftenden Bullensamen. Der Samen reicht, um 1300 Kühe zu schwängern. Der Stallgeruch. Der Pissgeruch. Der Geruch der Männlichkeit.

»Komm her, bitte«, ruft Sonnie.

Rhett rafft sich auf. Kommt. Hockt sich neben Sonnie.

Er hebt ihre Haare hoch.

Er küsst sie hinters Ohr.

Er streichelt ihren Arm.

Sonnie greift nach hinten, umschließt seinen Hals mit den erhabenen Wirbeln. Es muss furchtbar sein, allein zu sterben. Sie spürt den Abdruck seines harten kleinen Mundes. Es muss furchtbar sein, allein zu sterben, denkt sie. Deswegen tun sich so viele Menschen zusammen, die gar nicht zusammenpassen.

One should not live alone.

Da war was mit einem Koffer. Wo war das nur? In dieser Show. Die Show im deutschen Fernsehen. Wie hieß der Showmaster noch? Dieser dünne Holländer. Ehemänner müssen raten, was die Frau in ihren Urlaubskoffer packen würde. Ehefrauen müssen vorhersagen, wie der Mann den Satz beenden würde.

War das im Ost-Fernsehen oder im West-Fernsehen?

»Außenseiter Spitzenreiter«, murmelt Sonnie. »Nein, Rudi Carrell.«

»Hast du was gesagt?«

Auf einmal wird Sonnie die Tatsache bewusst, dass Rhett und sie aus verschiedenen Teilen der Welt stammen, aus verschiedenen Generationen, von verschiedenen Kontinenten, und nun in einer Wohnung zusammengepfercht sind. Viel lieber hätte sie jetzt jemanden an ihrer Seite, der sagt: Ach, herrlich, weißt du noch? *Am laufenden Band*? *Ein Kessel Buntes*? Sonnie sieht die hagere Gestalt von Rudi Carrell, so wie sie gestern den Großvater gesehen hat. Carrells Lächeln. Sein Gaulgebiss. Seine alberne Showmaster-Frisur. Sie sieht Herricht und Preil. Den Sketch vom Mückentötolin. Aus der großen Entfernung, 6000 Kilometer, zwanzig Jahre, verschmelzen die beiden Deutschlands. Sie werden eine einzige ferne Heimat, die sich um Sonnies Vergangenheit geschlossen hat wie eine Muschel.

Die Mutter.

Die Mutter vorm Fernseher.

Die Mutter und die Großmutter auf dem Sofa vorm Fernseher.

Die Mutter, die Großmutter und Klein-Sonnie vorm Fernseher.

Die Mutter mit Handarbeiten in der Hand.

Die Großmutter mit Handarbeiten in der Hand.

Klein-Sonnie mit der Sei-glücklich-Tasse in der Hand.

Mit einem Menschen zusammenzuleben, der Rudi Carrell nicht kennt, der nicht vorm Fernseher gesessen hat, auf dem Sofa, zwischen Mutter und Großmutter, erscheint Sonnie seelisch grausam. Was hatte Rhett geprägt, die Johnny-Carson-Show? Abbott & Costello? Hatte er zwischen seiner Mutter und seiner Großmutter auf dem Sofa vorm Fernseher gesessen? Könnte sie sagen, was in einem Koffer wäre, der die Essenz seines Lebens enthielte?

Die Tasse wäre jedenfalls in meinem, denkt sie und freut sich, dass sie wenigstens die Tasse behalten hat, als sie den Hausstand ihrer Mutter auflöste. Diese hässliche Sammeltasse aus Meißener Porzellan, in der sie immer kalten Hagebuttentee gefunden hatte, wenn sie aus der Schule kam. Nie war sie enttäuscht worden, wenn sie die umgedrehte Untertasse herunternahm, nie sah sie die Mutter Hagebuttentee kochen. Es schien eine Zaubertasse zu sein, in der ständig kalter Hagebuttentee nachwuchs und die ihr stets goldverschnörkelt zurief: Los, sei glücklich! Sei doch endlich glücklich!

Sie hat den Hausstand ihrer Mutter fast komplett auf den Müll gekippt. Der Vater hatte keinen Finger gerührt. Er hatte an seinem Schreibtisch gesessen, als sei nichts geschehen, als sitze die Mutter in der Stube über den Handarbeiten und sei gar nicht gestorben. Und nun, Jahre später, hatte Sonnie den Koffer eines Fremden nach Hause geschleppt. Hatte damals jemand die Dinge der Mutter aufgelesen und sich dieselben Fragen gestellt? Warum schmeißen wir unseren eigenen Ballast weg und fischen den anderer aus dem Dreck?, denkt sie. Ist es leichter, in anderen Leben herumzuwühlen?

»So eins hatte ich auch.« Rhett greift nach dem Taschentuch und lässt es wieder in den Koffer fallen.

»Kakerlaken übertragen Infektionskrankheiten«, murmelt er. »Gibt es so was heute noch? Wieder verwendbare Taschentücher?«

In Rhetts Koffer wäre also ein Stofftaschentuch, denkt Sonnie. In einem unbeobachteten Moment schüttet sie den dünnen Kaffee weg und setzt neuen auf.

»Ich glaube nicht«, ruft sie. »Mein Großvater hatte solche. Ich weiß noch, ich hab die immer gebügelt und gefaltet als Kind. Aber es hat nie gepasst, ein Zipfel war immer länger, der, an dem sie aufgehängt waren. Wir haben damals die Wäsche an Wäscheleinen getrocknet, mit Klammern dran.«

Rhett lacht auf. »Du tust ja geradeso, als käme ich vom Mars. Aber so ist es ja offenbar auch. Männer vom Mars, Frauen von der Venus.«

Männer vom Mars, Frauen von der Venus.

Rhett spielt auf einen Buchtitel an, den letzten Bestseller, den Sonnie nach Deutschland verkauft hatte. Ein furchtbares Buch. Rhett hatte es von ihrem Hotelnachttisch genommen und in einer Nacht gelesen. »Ich dachte, Paare machen so was, dieselben Bücher lesen«, hatte er gesagt. Er musste sie verwechselt haben. War es nicht vielmehr ausgemacht, dass keiner des anderen Kreise störte?

Sie sieht ihn an. Da sitzt er, der Marsmensch, in sich zusammengesunken. Eben war er noch fröhlich. Jetzt starrt er. Jetzt ist er abwesend, weit weg, dort, wohin er sie noch nie mitgenommen hat.

»Irgendeine spezielle Erinnerung?«

Rhett schüttelt den Kopf. Mit dem eigenartigen Gesichtsausdruck, der ihr stets alle Türen zu ihm verschließt.

You look like a normal person, but actually you are the angel of death.

»Es ist mir unheimlich«, sagt er, im selben Moment, als sie denkt: Er ist mir unheimlich.

»Warum?«

Rhett antwortet nicht. Er nimmt das von Brandflecken durchlöcherte Seidentuch. Er riecht daran, wie Sonnie zuvor an dem Taschentuch gerochen hat. Er steckt seine Nase hinein, deren Rücken rund ist wie ein gespannter Bogen. Er scheint die Kakerlaken vergessen zu haben. Seine Gesichtskonturen haben jetzt etwas Scharfes, Kriegerisches.

Unsere Gedanken treffen sich nicht, denkt Sonnie. Unsere Seelen treffen sich nicht. Diese Stille. So feindselig. Ich muss etwas sagen, denkt Sonnie. Ich muss etwas fragen.

»Ob das An-Dingen-Riechen ein Impuls ist, den wir von den Affen behalten haben? Obwohl unser Verstand uns sagt, dass uns kein angenehmer Duft erwarten wird?«

Rhett lächelt halbseitig. Er geht Händewaschen. Als er zurückkommt, ist er wieder bei sich. Aber ist er bei ihr?

»Genau. Mendelt sich durch. Kennst du den Witz, wo der Vater dem Sohn sagt, man muss die Frauen dort küssen, wo es stinkt?«

»Nein, und ich will ihn auch nicht hören.«

Rhett und Witze. Sonnie wirft sich in seine Richtung und hält ihm den Mund zu. Vielleicht ist er nicht bei ihr, aber sie ist bei ihm. Er brabbelt durch Sonnies Hand. »Der Junge bringt seine Freundin zu einer Jauchegrube und küsst sie dort.«

Sie verlieren das Gleichgewicht und fallen um. Vereinzelte Lacher, dann Ratlosigkeit. Sonnie macht sich los und wühlt nach der Autogrammkarte.

»Du hörst doch so Sachen, Jazz. Kennst du den?«

»Zeig mal her … Jacques Cohen, *international trumpeter*. Sagt mir jetzt nix.«

»Der Koffer eines Jazzfreundes …«

»Nicht unterschrieben.«

Rhett steht auf und läuft zum Bücherregal, dem bisher einzigen Möbelstück in der Wohnung. Im Bücherregal stehen überwiegend Rhetts Bücher, Sachbücher, Nachschlagewerke, Biografien. Sonnie greift wahllos eines heraus und liest: »Sie widerriefen ihre Tat, indem sie die Tötung des Vaterersatzes, des Totem, für unerlaubt erklärten, und verzichteten auf deren Früchte, indem sie sich die frei gewordenen Frauen versagten.« Sie klappt das Buch zu. Kopfschüttelnd.

Rhett sucht. Rhett findet. Ein Jazzlexikon. Er zieht es aus dem Regal. Er leckt den Finger an. Er blättert im Namensverzeichnis.

»Was mich wundert …«, sagt er. »Kein Fan will eine unsignierte Autogrammkarte.«

»Wer denn sonst? Ein Verwandter?«

»Niemand. Oder … der Autogrammkartendrucker. Oder der Plattenverlag. Oder der Künstler selbst.«

Sonnie läuft zurück. Sie wühlt wieder im Koffer, von einer Ahnung erfasst. Wie ist gleich der Name des Mannes?

»Causher, Chandler, Cojak, Hier! Cohen! Wie heißt der mit Vornamen? Alf?«

»Nee. Jacques. Jacques Cohen. Ist das nicht ein jüdischer Nachname?«

»Alf hab ich. Und Jack. Jack Cohen … Trompeter … geboren 1901 in Detroit … Dixieland Beat … Chicago zwischen 1918 und 1928 … dann erste Zusammenarbeit mit Duke Ellington.«

Sonnie hält jetzt einen der Briefbögen in der Hand, in heller Aufregung.

»Rhett! Hier auf dem Briefpapier steht derselbe Name … Jacques Cohen … und auf dem Kuvert auch! Das ist der Koffer von dem Trompeter! Aber das muss ein anderer Cohen sein. Meiner ist glaub ich Franzose, hier sind Briefe in Französisch.«

»… danach ging er nach Europa.«

Sonnie hat Rhett angesteckt. Er schlägt das Buch wieder zu. Er stellt es weg. Hastig. Er greift ein anderes aus dem Regal. Eben war der Koffer noch ein Keil. Nun bringt er sie einander näher. So schaltet man den Rivalen aus, denkt Rhett. Man macht ihn sich zum Freund.

Rhett und Sonnie suchen.

Sonnies Gesicht ist nah am Papier.

Rhett liest mit ausgestreckten Armen.

Sie lesen die Namen gemeinsam vor.

Cohen, Axel.

Cohen, Jack.

Cohen, Rudy.

»Schlag Jack auf«, drängt Sonnie, »Seite 35, 75, 293.«

Sein Finger fährt stockend über die Zeilen. Sie nimmt seine Hand weg, die den unteren Teil des Textes abdeckt. Dass sie mit ihm leben will, heißt nicht automatisch, dass sie in Zeitlupe mit ihm leben will.

»Hier … Jack Cohen! Jack kann die englische Form von Jacques sein!«

»Er wird nur kurz erwähnt, im Zusammenhang mit einem Max R. Jackson 1929.«

»Wenn er 1929 schon Musik gemacht hat, dann ist er zumindest kein Teenager mehr.«

»Na, was denkst du denn, warum seine Möbel auf der Straße stehen?«

»Meinst du, er ist gestorben?«

Fingergerangel. Jeder will zuerst.

»Hier! Ich hab's!« Sonnie liest vor: »Jack Cohen, oder, wie er sich lieber nannte, Jacques Cohen …«, sie wechseln einen triumphierenden Blick, »… ist den europäischen Jazzfans bekannt durch seine Zusammenarbeit mit Duke Ellington in den Mittdreißigern in Europa. 1939 tourte er mit ›Willie's Hot Chocolate Road Band‹ durch Harlem …«

»Das waren die heißen Zeiten«, sagt Rhett und legt eine schwelgerische Miene auf, »damals hat's noch gebrummt in Harlem. Cotton Club, Lenox Lounge, Showman, natürlich das Apollo-Theater … Hier unten geht's weiter!«

Er ist stolz, etwas gefunden zu haben, das Sonnie entgangen ist.

»›Cohen arbeitete achtzehn Jahre in Europa und kam dann zurück nach New York, wo er jedoch nicht an alte Erfolge anknüpfen konnte.‹ Von wann ist das Buch?«

»Warte … 1988.«

»›Derzeit betreibt er im Washington Square Park einen Hot-Dog-Stand. Er spart darauf, zurück nach Paris zu gehen, wo seine Familie lebt …‹ Frag doch deinen Penner! Der hängt doch da immer rum, im Park. Vielleicht kennt er ja den Trompeter.«

»Ezekiel. Den könnt' ich fragen. Obwohl, das ist ja schon fast zwanzig Jahre her …«

Sonnie verzeiht Rhett den Penner. Er hat eben diese arrogante Haltung ihren Freunden gegenüber. Und er hat ja Recht. Ezekiel ist ein Penner. Nur, diese Geringschätzung! Dieser Upper-Eastside-Snobismus! Vielleicht ist es auch Neid. Er selbst hat keine Freunde. Wenn sie ihn nach Freunden fragt, murmelt er etwas wie: Sind weggezogen … gestorben … Kontakt verloren.

Dann wieder, nur Sekunden später, fühlt sich Sonnie Rhett nahe. Er Sherlock Holmes, sie Doktor Watson. Sie küsst ihn. Er küsst zurück. Sie küssen sich mit der Aufgeregtheit von Pfadfindern. Es ist fast wie früher, als sie fürchten mussten, ertappt zu werden.

»Mist, schon so spät«, sagt Rhett. Er geht duschen. Sonnie wühlt weiter, den Stempel seines kleinen Mundes auf den Lippen. Sie kennt außer Rhett keinen Mann, dessen Mund einen so nachhaltigen Eindruck hinterlässt. Sie mag seinen Mund. Sie mag seine Küsse, die einen jedenfalls, die Wegschubsküsse für Abschied und Aufbruch. Die anderen, die nassen, geilen, bohrenden, die sie in die Enge treiben, die sie an die Wand nageln, die Zungenfickküsse, die mag sie nicht. Nicht mehr.

Sonnie nimmt die Schallplatte aus dem »Lady Baltimore« und wäscht sie mit warmem Wasser ab, sanft streicht sie über die Rillen, von denen sich die Schmutzverkrustung nur langsam löst und den Blick freigibt auf unzählige Kratzer.

Sei doch endlich glücklich!

Der Wasserkessel pfeift, erst heiser, dann schriller. Er pfeift Sonnie in den Alltag zurück.

DRITTES KAPITEL

Sonnie in der Subway. Sie hält die *New York Times* wie einen Hund auf dem Schoß. Die Sonntagsausgabe. Kiloschwer. Sonnie betrachtet einen Aufkleber am Fenster: »Mein Bush wäre ein besserer Präsident.« Sonnie betrachtet die anderen Fahrgäste. Sie sucht nach einem Gesicht, das dem des Koffermanns ähnelt. Baumrindenfarben. Mit hohen Jochbeinen. Mit Lippen, die einen hellgrauen Kreis bilden. Der zahnlose Chinese mit Cowboyhut. Die fette Frau, die fast drei Sitze einnimmt und eine Wollmütze mit der Aufschrift »New York Princess« trägt. Der orthodoxe Jude mit Hutschutz aus durchsichtiger Folie. Einen Moment zu lange bleibt Sonnies Blick am Gesicht einer bildschönen Latina hängen. Dann verzerrt eine grüne Kaugummiblase es zur Fratze.

Als Grund für ihr Hierbleiben hatte Sonnie damals angegeben, in New York säße in jeder Subway die ganze Welt. New York hatte sie mit der Wucht einer Benetton-Werbung getroffen.

Niemand von ihren deutschen Verwandten hatte sie verstanden, und Sonnie hatte keine weiteren Anstalten gemacht, zu begründen, warum sie die vom Vater gewünschte Universitätskarriere aufgegeben hatte, warum sie ausgewandert war. Ihre Mutter vermutete, es stecke ein Mann dahinter. Und Sonnie unternahm wenig, um die Vermutung zu zerstreuen. Ihre Beziehung zu New York anderen zu erklären, die nach anderen Maßstäben anderswo leben, ist bis heute unmöglich. Ihre Beziehung zu New York sich selbst zu erklären, ist bizarr: Es ist eine Sado-Maso-Beziehung, eine lesbische Sado-Maso-Beziehung, in der Sonnie die Unterworfene ist.

Sonnie ist New York hörig.

Die Queen ist eine strenge Herrin.

Wie oft hat die Queen Sonnie weggeweht, platt gemacht, niedergebügelt, hat sie abgetrieben, ausgepeitscht, eingesperrt, auf jedwede Art bestraft, einfach nicht zurückgeliebt. Wie oft hat die Queen versucht, Sonnie zu überfahren, zu erfrieren, zu braten, mit Geräuschen, Gerüchen, Albträumen, Ängsten in den Wahnsinn zu treiben. Wie oft schon war Sonnie eifersüchtig gewesen, eifersüchtig bis zur Besinnungslosigkeit, weil New York sie mit jedem, der vorbeikam, betrog, weil jeder glaubte, ein Recht auf sie zu haben, weil jeder, der seinen Fuß auf ihr Terrain setzte, nachher tat, als hätte er sie gehabt. Wie oft standen Sonnie und die Queen deswegen kurz vor der Trennung. Wie oft schon in den letzten zwanzig Jahren wollte Sonnie einfach weggehen, nicht um woanders zu sein, nur um nicht mehr in New York zu sein, um die Queen zu bestrafen, und blieb doch, weil es nur sie selbst wäre, die bestraft würde. Wie sie es auch dreht und wendet, sie wird bestraft.

Und nun sind Sonnie und die Queen schon so lange zusammen, immer in Veränderung, in Bewegung, auf Gedeih und Verderb ineinander verstrickt. Sie werden wesentlicher, sie wachsen aneinander durch Reibung und Schmerz. Manchmal ist Sonnie plötzlich glücklich, grundlos glücklich. Jetzt zum Beispiel, in der sich ruckelnd bewegenden alten Subway, erleben sie, New York und Sonnie, jenen Moment des Stillstands und der vollkommenen Harmonie, von dem man nie weiß, wann er kommen wird, wie lang er bleiben wird, in welchem Zustand er einen zurücklassen wird. Deswegen ist Sonnie immer noch in New York. Sie wartet auf Momente wie diesen.

Erst jetzt wird ihr bewusst, dass sie den Juden anstarrt. Er sitzt ihr direkt gegenüber. Er ist in ein zerfleddertes Gebetsbuch vertieft. Sie erschrickt. Im abweisenden Gesichtsausdruck, in der weltabgewandten Körperhaltung des alten Mannes glaubt sie, ihren Vater wiederzuerkennen, Dr. phil. Edgar Splettstösser, den Rührmichnichtan, der keine Umarmung wollte, sie nicht auf seinen Schoß klettern ließ, sie nie küsste. Die Hand sollte sie ihm geben, bevor sie ins Bett ging. Das von ihrer Mutter in zischendem Befehlston vorgetragene »Sag dem Vater Gute Nacht« meinte, dass sie in sein Arbeitszimmer gehen und ihm die Hand schütteln sollte. Fast schien es ihr damals, als drohe die Mutter mit dem Vater: Wenn du nicht spurst, musst du dem Vater die Hand geben. Nicht irgendeine Hand indessen, »das schöne Händchen, Sonja!«.

Der Jude sieht auf, so wie ihr Vater aufgesehen hatte, aus seinem Bücherberg, ganz von der Ferne kam sein Blick unter damals schon grauen Wimpern, als sei ihm dieses dicke Kind unbekannt, als sei es nicht befugt, sich in seinem Zimmer aufzuhalten, als drohe eine weitere erzieherische Maßnahme.

Ich leg dich gleich übers Knie.

Nur für wenige Momente richtete er seine höfliche Aufmerksamkeit auf Sonnie, und nie ganz. Und während sie ihm ihre Hand hinhielt, während er, die Lesebrille auf der Spitze seiner großen Nase, sie etwas fragte, das keine Kenntnis ihrer Person erforderte, nämlich ob sie die Hausaufgaben gemacht oder das Abendbrot aufgegessen hätte, überrieselte sie Scham, als sei bereits ihre weiche klebrige Kinderhand für den Vater eine Zumutung.

Es war, als strenge sich Sonnies Vater an, das Gegenteil seines Vaters zu sein, an den sie sich nun wieder glasklar erinnert: Er hieß Fritz und war ein kräftiger rotbäckiger Naturbursche, der sie kicherndes Bündel immer durchkitzelte, kniff, in die Luft warf, bevor er sich von einem Tag auf den anderen niederlegte und starb. Bleib, wie du bist, waren seine letzten Worte gewesen. Sie stellten Sonnie vor eine unlösbare Aufgabe. Sie wusste ja nicht, wie sie war. Nur zu gern wäre sie wenigstens die geblieben, von der ihr Großvater dachte, dass sie es sei, aber auch das wusste sie nicht. Genauso, wie es ein Rätsel war, dass der Großvater und die Großmutter zusammengefunden hatten, die böse kleine Hutzelfrau und der gutmütige klobige rotbäckige Hüne, der ihr nichts gut genug tat, nicht mal sterben. Und wie war aus dem Großvater ihr Vater hervorgegangen, der blutarme, gelehrte, immer abwesende, den sie lieber nicht anfassen, um nichts bitten wollte.

Die Subway bleibt mitten auf dem Gleis stehen. Sonnie sucht die gegenüberliegende Sitzreihe ab. Jeder einzelne Passagier kann ein Hinweis sein, ein Hinweis, sie weiß gar nicht worauf.

Der Lautsprecher rauscht. Der Zugführer bedankt sich für die Geduld der Fahrgäste, noch bevor sie sie unter Beweis stellen können. Der Jude ist inzwischen ausgestiegen. Gegenüber sitzt nun ein kleines Mädchen.

Es dreht den rechten Fuß im Gelenk.

Es dreht den linken Fuß im Gelenk.

Die Gelenke knacken.

Der Sitz knarrt.

Sonnie fühlt sich nicht belästigt, so wie sie sich sonst immer in Gegenwart von Kindern belästigt fühlt. Sie erinnert sich an den Brief. Sie wühlt in ihrer Handtasche danach. Sie zieht den kleinen karierten Zettel heraus, der über den Atlantik gereist ist, von Paris nach New York, vor vielen Jahren. Er ist undatiert. Er ist gerichtet an den Koffermann, den internationalen Trompeter, den Hotdog-Verkäufer, den fernen Vater. Vielleicht hatte die Mutter des kleinen Mädchens gesagt, los, Valerie, setz dich hin, schreib einen Brief, wenigstens einmal im Jahr. Immerhin ist er dein Vater!

Das schöne Händchen, Sonja!

Eine runde verspielte Mädchenschrift. Beide Seiten mit Füllfederhalter beschrieben: Cher Papa, lieber Papa. Acht Zeilen vorn, sechs hinten. Und eine Teufelsfratze. Und eine ungelenke Unterschrift, Valerie.

Der Koffermann hat eine Tochter. Wieder befällt Sonnie das klamme Gefühl in der Leistengegend. Der Mann pflanzt sich fort, denkt sie, und dann geht er weg. Die Frau pflanzt sich fort und ist gefangen.

Viele Herzen hatte Valerie dem Vater nach Kleinmädchenart unter ihren Namen gemalt. Weil sie ihn liebte? Weil sie nicht wusste, wie den Rest des Blattes füllen? Sie muss ungefähr im Alter von Sonnies Gegenüber gewesen sein, als sie den Brief schrieb. Sonnie sieht ihrem Gegenüber ins Gesicht. Das Gesicht ist prall und orange wie ein Luftballon. Es hat noch nichts Böses erlebt.

Kinder, denkt Sonnie, was ist das? Was soll das? Wie spricht man damit?

As I was going to St. Ives I met a man with seven wives. Each wife had seven sacks, each sack had seven cats, each cat had seven kits. Kits, cats, sacks, wives, how many were going to St. Ives?

Das Mädchen entnimmt seiner Schultasche ein Pomadetöpfchen. Es fettet seine Lippen ein. Am Finger des Mädchens ist ein Tintenklecks. Es beruhigt Sonnie, dass auch im dritten Jahrtausend Füllfederhalter noch klecksen.

Sonnie steigt an der 72. Straße aus. Die neue Subway-Station ist eröffnet worden. Die Umbauarbeiten haben ewig gedauert. Solange Sonnie in New York ist, jedenfalls hat es sich so angefühlt. Sonnie beschließt, dass die Eröffnung der neuen Subway-Station eine neue Epoche einläuten wird. New York ist nur zu ertragen, wenn man es in Gitter, in Abschnitte, in Zeiträume einteilt, nur häppchenweise. Sonnie hat also eine neue Epoche beschlossen. Aber was wird ihr diese Epoche bringen? Was hat die Queen diesmal vor? Was, wenn sie mit Rhett eine Wohnung an der Upper West Side genommen hätte?

Hättehättehätte.

Die Upper West Side ist, wie jeder Stadtbezirk in Manhattan, eine Stadt in der Stadt. Rhett, der sich hier wohl fühlt, der hier viele Jahre lang mit Joy lebte, für den es morgens ein Spaziergang durch den Central Park war, zur Columbia University zu gehen, hatte darauf bestanden, dass sie sich hier eine Wohnung suchen. Da aber Sonnie den Kontakt zum Makler hielt, hatten sie hier keine gefunden. Sonnie ist kein Upper-West-Side-Typ. Zu viele Hunde, Kleinkinder, Blockwarte, Kleingartenverbände mit Vereinssitzungen.

Sie riskiert ungern, Joy in einem der zahlreichen Feinkostläden am Upper Broadway in die Arme zu laufen, aber als sie am Fairway vorbeiläuft, geht sie rein. Sie saugt tief den Duft ein, den Mix aus Kräutern, Gewürzen und Gebratenem. Sie hat unbändigen Appetit auf Kohlrabi. Plattrunde, weißgrüne junge zarte Kohlrabi, roh, geschält, geviertelt. Sie schreitet die Obst-und Gemüseregale ab.

Red Peppers, Green Peppers, Orange Peppers, Yellow Peppers, Strawberries, Blueberries, Blackberries, Raspberries, Cranberries, Red Seedless Grapes, Green Seedless Grapes, Black Grapes, Chick Peas, Snow Peas, Sprout Beans, Flat Beans, Cava Beans, Red Potatoes, Yokon Gold Potatoes, Idaho Baking Potatoes, Red B Potatoes, Yukon C Potatoes, White C Potatoes, Horseradish, Anise, Broccoli, Endive, Lettuce, Radicchio, Baby Spinach, Red Oak, Green Oak, Baby Lollo Rosso, Ruccola, Red Radishes, Scallions, Squash, Yellow Squash, Spanish Onions, Red Onions, Yellow Onions, Vidalia Onions, Yellow Carots, Baby Carots, Zucchini, Bi-Colored Corn, Cauliflowers, Cucumbers, Seedless Cucumbers, Tomatos

Kein Kohlrabi. In Chinatown gibt es bestimmt Kohlrabi, denkt Sonnie. Sie liebt Chinatown für seine Bodenständigkeit und Emsigkeit, für seinen Gestank und seine Obstpreise, es ist ein wesentlicher Körperteil von New York, ein tragender.

Columbus Avenue Ecke 75. Ein Straßenstand mit Jesus-Postern und erbaulichen Broschüren. »... *it's Alpha and Omega's Kingdom come. And the whirlwind is in the thorn tree. The virgins are all trimming their wigs...*«, singt ein bulliger Schwarzer. Um seinen Hals hängt eine Gitarre. An der Gitarre ist ein Stars&Stripes-Aufkleber. Er fixiert Sonnie, nähert sich ihr und flüstert: »Do you feel me?« Ein feuchtes Pappschild steht hinter ihm an der Wand: WOMEN DESERVE BETTER THAN ABORTION.

In der Redaktion herrscht das übliche Durcheinander. Sonnie verjagt eine Praktikantin mit pinken Kreolen und Schuhen wie Spitzhacken. Sonnie loggt sich ein. Sie ruft die Filmkritik auf, die sie sich ins Büro gemailt hat, einen Verriss, den sie vermutlich wird verteidigen müssen. Sie liest letztmals Korrektur. Zu ihrer Befriedigung findet sie noch einen Tippfehler. Sie sendet die Datei dem Chef vom Dienst. Der Chef vom Dienst ist Scorsese-Fan, aber kein Fan von ihr.

Chola sitzt an ihrem Platz, ein hart erkämpfter Fensterplatz mit Panorama auf die Strawberry Fields. Chola starrt auf den Bildschirm. Sie trägt ein selbst entworfenes Abendkleid. Sie trägt immer selbst entworfene Abendkleider, sie schläft sogar in ihnen. In ihrem Mundwinkel hängt eine Zigarette. So würde Sonnie sie in Erinnerung behalten, im Abendkleid mit Kippe im Mundwinkel und dem Pony, der aussieht wie eine hochgerutschte Mütze. Sonnie fotografiert Chola mit der Digitalkamera, die Rhett ihr zum 38. Geburtstag geschenkt hat.

»Ein Belegfoto, für Bloomberg.«

»Sollten die mir jemals ernsthaft das Rauchen verbieten im Büro, dann kündige ich«, knurrt Chola im Damenbass.

»Mach das bloß nicht, als Freie geben sie dir nicht mal einen Computer!«

»Nix Freie. Fahr ich eben einen Schulbus. Oder Taxi. Oder spiel wieder Schlagzeug.«

Chola ist über irgendwas sauer. Sie ist meistens über irgendwas sauer. Der Filter ihrer Zigarette ist mit blutrotem Lippenstift beschmiert. Blutrot wie der Koffer.

»Was 'n das für eine Scheiße hier mit dem neuen Virusprogramm? Dauert ja Stunden, ehe man 'n Foto wegschickn kann.«

»Chola?«

Erst jetzt nimmt Chola sie wahr.

»Hi, Sonnie-Babe, was 'n los?«

Sonnie hält ihr den Brief hin.

»Kannst du das bitte übersetzen? Hier … Lieber Papa … wie geht's weiter?«

Chola sieht auf den Zettel, wieder auf Sonnie, wieder auf den Zettel. Sie liest in aufgesetzt leierndem Tonfall: »Ich hoffe, du bist gesund, mir geht es gut. Mama fragt, wann du kommst. Sie weint immer, außer wenn Onkel Alain da ist. Dann quiekt sie.«

Chola lacht tief und dreckig.

»Jacques war in den Osterferien bei Großpapa in Versailles, da hat ihm der Hund das Ohr abgebissen. Er sieht jetzt aus wie ein Pirat. So sieht er aus, hat er selber gemalt.« Sie dreht den Zettel um. »Samma, wofür brauchst 'n das?«

»Ins Ohr gebissen oder Ohr abgebissen?«

»Ohr futsch, steht hier. Und Mama quiekt, wenn Onkel Alain kommt.«

»Was steht drunter? Unter der Zeichnung? Da steht doch noch was drunter!«

Chola stöhnt. »Lieber Papa, ich vermisse dich. Xoxo, Valerie.«

Sie gibt Sonnie den Zettel zurück und fixiert wieder den Bildschirm. Chola ist eine begabte Essayistin, scharfsinnig, lustig, gutmütig. Sie spricht mehrere Sprachen, darunter die Sprache der Männer – nur Computersprache ist für sie ein Buch mit sieben Siegeln.

»Du kannst die Funktion ausschalten.«

»Was? Wo?«

»Hier unten. Norton anklicken. Optionen. Häkchen raus bei ›ausgehende E-Mails‹.«

Der Chef vom Dienst nähert sich. Er drückt den Brustkorb heraus, macht kleine Tippelschritte und schau-kelt beim Laufen mit dem Kopf. Zornig quellen seine Augen aus den Höhlen. Offenbar hat er seine E-Mails gecheckt.

»You made my day!«, sagt Chola. »Was will denn Basedow?«

Sonnie zuckt die Schultern. »Scorsese vermutlich.«

Chola grinst und zeigt auf die Praktikantin mit den pinken Kreolen. Sie hat eine Wespentaille und hohe, jugendliche Brüste. »Die quiekt immer, wenn Onkel Basedow kommt.«

»Echt? Altes Klatschmaul.«

»Zeig mal das Foto … Furchbar! Löschen!«

Von sich selbst mag Chola nur Fotos, die mehr als dreißig Jahre alt sind. »Guck mal hier!« Sie geht in die Grätsche, rafft ihre hochgeschlitzte Samtrobe, lüpft ihren Rock und zeigt auf ihre sehnigen, vom Selbstbräuner etwas gelblichen Beine. Basedows Augen quellen noch weiter heraus.

»Wo denn?«, fragt Sonnie und bückt sich. »Ich seh nichts. Was ist denn da?«

»Na, Krampfader! Kommt raus! Vollnarkose, Schnitt hier, Schnitt hier, und – zack! Raus in einem Stück, ein Meter nochwas. Für Schönheit muss frau auch 'n bisschen büßen. Und was is das jetzt für 'n Brief?«

Sonnie ist schon halb weg. »Später!« An der Tür trifft sie einen jungen Mann, der ihr zunickt. Er hat den wiegenden Gang eines Wesens, das auf Bäumen groß geworden ist. Ein straffer, elastischer Junge. Mit sehr dunkler, samtener Haut. Mit Pferdeschwanz und Glutaugen und Giraffenwimpern. Mit einem Mädchengesicht. Kein Wunder, denkt Sonnie.

Der junge Mann hält Chola von hinten die Augen zu. Chola quiekt.

Die Krieger stechen Messer in Kälberhälse. Sie fangen den Blutstrahl mit einer Holzschale auf. Sie trinken das Kälberblut auf ex. Lieber einen Tag als Löwe leben als hundert Tage wie ein Schaf. Die Kriegerfrauen tragen Tonscheiben in den Unterlippen. Die Tonscheiben sind so groß wie Frisbees. Die Lippen sehen aus wie vertrocknete Regenwürmer. Je größer die Tonscheibe, desto mehr Kühe kriegt der Vater für die Tochter.

»Mein Mann hat mich für 35 Kühe gekauft«, sagt die Frau mit der größten Tonscheibe, die sich für den besseren Sitz derselben die unteren Schneidezähne herausschlagen ließ. Wenn sie lacht, spannt sich ihre Unterlippe um die Scheibe wie ein morscher Keilriemen.

Rhett hockt auf einer Umzugskiste, versunken in die Fernsehsendung über den fernen äthiopischen Stamm. Er stellt sich vor, den Tag mit warmem Tierblut zu begrüßen. Er kann es schmecken, metallen, süßlich, dick. Das Primitive hat Rhett schon immer angezogen. Auch Sonnies Pennerfreund Ezekiel zollt er insgeheim Respekt. Das ist ein Mann. Verwittert, zerlumpt, handfest. Lieber einen Tag als Löwe leben als hundert Tage wie ein Schaf.

Es klingelt an der Tür. Rhett versucht einen männlichen Gang. Er öffnet.

»Levi & Sohn Umzüge?«, ruft jemand. Der Mann ist von ungeschlachter Gestalt. Ein Grizzly. Ein Grizzly in Latzhose. Geschorener Kopf, Vollbart, große lila Hände. Er hat ein Sofa geschultert, als sei es ein Spielzeug.

»Ja, bitte, kommen Sie herein«, ruft Rhett und saugt den scharfen aromatischen Geruch von Proletarierschweiß ein. Das könnte eine neue Fantasie werden: Rhett als Möbelpacker. Rhett mit Latzhose, Vollbart, großen lila Händen.

Der Grizzly stiefelt an ihm vorbei. »Wohin?«, ruft er.

»Genau dort«, sagt Rhett. Sein Gang gerät zum Trippeln im Schatten des Grizzlys. Der wuchtet das Sofa vor den Fernseher.

»Schreibtisch noch. Und ein Bett«, sagt er.

Das Schlafnummer-Bett! Rhett hatte es am Upper Broadway gekauft. Eigentlich hatte er den Laden wegen des Anti-Albtraum-Kissens im Schaufenster betreten.

Eine Frau war auf ihn zugekommen. Ihre Gestalt hatte Sonnies geähnelt. Das hatte Rhett für die Frau eingenommen, auch wenn sie schärfere Züge hatte, strohigere, kürzere Haare und einen weniger grandiosen Arsch. Ihr Lächeln schien eingeübt, aber sie gab sich Mühe.

»Haben Sie Erfahrung mit dem Schlafnummer-Bett?«, hatte die Frau gefragt und auf eine endlose Matratzenwiese gezeigt, die sich hinter ihr auftat.

»Ich hab mal nachts einen Werbespot gesehen, mit dieser Schauspielerin ...«

»... Lindsay Wagner ...«

»Genau.«

»Haben Sie Schlafprobleme? Schnarchen, Rückenschmerzen, Albträume ...?«

»Alles«, hatte Rhett gesagt und sein halbseitiges Verführerlächeln aufgelegt, »alles und mehr.«

JOIN THE SLEEP NUMBER REVOLUTION hatte in großen Lettern an der Wand gestanden. Und Rhett fand sich von hoher Bereitschaft erfüllt, Teil der Schlafnummer-Revolution zu werden. Ein Revolutionär. Ein Schlafnummer-Revolutionär.

»Mit diesem Bett erreichen Sie einen perfekten Nachtschlaf«, hatte die Frau gesagt mit Verheißung in der Stimme, als wolle sie persönlich Pate stehen bei Rhetts Schlafnummer-Revolution.

»Haben Sie eine Partnerin?«

Er hatte fest geschwiegen. Aber er war drauf und dran gewesen zu sagen: »Nein« oder »Keine feste« oder »Ja, aber sie versteht mich nicht« oder »Ja, aber sie hat mich betrogen« oder »Ja, aber wir leben getrennt«.

War Sonnie seine Partnerin? Freundin? Lebensgefährtin? Geliebte? Und welche Verpflichtung ergab sich daraus? Und was ging das die Verkäuferin an?

Die hatte einfach weitergesprochen.

»Beim Schlafnummer-Bett kann auf jeder Seite der Matratze die persönliche Schlafnummer eingestellt werden. Wollen wir Ihre Schlafnummer herausfinden?«

Rhett hatte nur stumm nicken können.

Sie war vorangegangen, klassischer Birnenarsch, Birne Helene, und hatte ihn zu einem King-Size-Bett geführt. Groß. Weiß. Weich. Himmelfahrt.

»Welches ist Ihre Hälfte?«

»Links.«

»Machen Sie es sich bequem.«

Rhett hatte gestockt. Was sollte das heißen? Was meinte sie? Sollte er sich auf das Bett setzen? Auf das Bett legen? Schuhe aus? Oder würde er sich lächerlich machen, zöge er die Schuhe aus? Und was, wenn seine Füße röchen? Was, wenn er stänke?

»Hier?«

»Ja, hier.«

Rhett hatte sich vorsichtshalber hingelegt, ohne die Schuhe auszuziehen. Birne Helene jedoch hatte die Riemchen ihrer Pumps abgestreift, war barfuß kniend auf das Bett gekrochen, hatte sich über ihn gebeugt, ihn mit ihrer Körperwärme touchiert und ihm eine Fernbedienung in die Hand gedrückt.

»Haben Sie es gern hart?«, hatte sie gefragt.

Das war zu viel für Rhett.

»Ich denke, Sie sind eine Siebzig«, hatte sie gesagt.

Rhett hatte einen Windhauch gespürt, als Birne Helene neben ihm auf die Matratze sank. Sie hatte flach gelegen. Auf dem Rücken. Neben ihm. Gesicht zu Decke. Es hatte gesurrt.

»Ich bin eine Dreißig«, hatte sie leise gesagt. »Sie müssen auf den roten Pfeil drücken.«

Rhett hatte auf den roten Pfeil seiner Fernbedienung gedrückt, und die Matratze unter ihm hatte sich verhärtet. Auf der Anzeige sah er die Zahlen steigen: 40, 50, 60, 70, 80, 90, 100. Er lag jetzt auf Beton.

»Nicht doch, nicht hundert«, sagte Birne Helene, lehnte sich zu ihm herüber, beugte sich über ihn, sodass ihr Haar sein Gesicht berührte, und nahm ihm die Fernbedienung aus der Hand. Es hatte wieder gesurrt.

»So gut?«, fragte sie. »Oder so? Sagen Sie einfach, wenn es gut ist.«

»Gut«, sagte Rhett. Körperhitze. Ein Parfümhauch. Helene hatte nicht gestunken. Sie hatte sehr gut gerochen. Außergewöhnlich gut.

»Sag ich doch, siebzig«, hatte sie triumphierend gerufen. »Ihre Schlafnummer ist siebzig. Bill McLaughlin hat fünfundfünfzig. Courtney Cox hat fünfunddreißig.

Rhett hatte nicht gewusst, wer Bill McLaughlin ist. Er hatte nicht gewusst, wer Courtney Cox ist. Es hatte in seiner Eichel gekribbelt. Er lag in einem fremden Bett mit einer fremden Frau, vor Laufkundschaft, und er war erregt.

Er hatte flach auf der Matratze gelegen und sich vorgestellt, eine verhängnisvolle Affäre mit Birne Helene zu beginnen. Sie würde sich in ihn verlieben, mit einer

Wildheit, einer unwiderstehlichen Wildheit. Sie würde sein Haus belagern, ihn vor der Tür abfangen, ihn im Fahrstuhl verführen … nein, lieber nicht im Fahrstuhl …

Dass er ein Schlafnummer-Bett kaufen würde, stand jedenfalls fest.

Haben Sie es gern hart?

Helene hatte auf ihrer Bettseite zu wippen begonnen. Rhett hatte seine Erektion mit den Händen beschirmt.

»Normale Personen wechseln sechzigmal pro Nacht die Lage«, hatte Helene gewispert. »Aber mit dem Schlafnummer-Bett merkt der Partner nichts. Da können Sie auch spät nach Hause kommen, ohne Ihre Frau zu wecken.« Sie hatte gekichert.

»Hallo?«

Rhett schreckt aus seinen Träumen auf. Der Grizzly steht vor ihm.

»Wo soll das Bett hin?«

»Dort.«

»Gutes Workout«, schnauft der Grizzly, der inzwischen noch viel stärker transpiriert. »Und sicher nachher gutes Trinkgeld.« Er lacht. Er haut Rhett auf die Schulter. »Nix für ungut.«

Rhett nickt. Er hat wieder was gelernt. Raubeinigkeit. Männerhumor. Verhandlungsgeschick. Die Art, wie ihn der Grizzly berührt. Es sind Dinge wie diese, die Rhett beeindrucken.

Manieren hat er selbst. Bildung hat er selbst. Wenn jemand mehr weiß als er, was selten vorkommt, macht er ihn zu seinem Werkzeug, benutzt ihn als Lexikon. Aber einen Stammeshäuptling, einen Raubtierjäger, einen Möbelpacker erkennt Rhett als seinen natürlichen Vorgesetzten an. Er bewundert ihn offen, würde ihm distanzlos folgen, von ihm lernen wollen, was ihm selbst nicht gegeben ist. Trinkgeld ist das Mindeste.

Der Grizzly balanciert die in Folie verschweißte Expended-Queensize-Matratze für 2999 Dollar zur bezeichneten Stelle. Den Ferrari unter den Matrazen, wie Birne Helene gesagt hatte. Der Grizzly reißt die Folie auf. Er kratzt sich geräuschvoll am Kopf. Er studiert die Montageanleitung. Er beginnt mit der Installation.

»Wo ist der Mülleimer?«, fragt er und stockt.

»Rhett? Rhett-ist-nett, bist du's?« Rhett erschrickt bis auf die Knochen. Er denkt sich Haar auf den Quadratschädel. Er denkt sich den Bart weg. Er denkt sich den Stimmbruch weg. Kein Zweifel. Vor ihm steht Bud Brown!

Während der Schulzeit war es seine Fantasie gewesen, Feinde zu verprügeln, mit Karate, mit Judo, mit grausamen Folterinstrumenten, mit jedweder Form von roher körperlicher Kraft, sie zu demütigen, zu verstümmeln, blutig zu hauen, in die Flucht zu schlagen, restlos zu besiegen. Davon träumte Rhett, wenn er im Sportunterricht auf der Verliererbank saß, weil niemand die schlaksige Waise in der Mannschaft haben wollte.

»Was ihr nur habt«, sagte einmal ein Lehrer, »Rhett ist doch nett!« Das sollte fortan sein Spitzname sein, Rhett-ist-nett, für viele lange Kindheitsjahre.

Big boys don't cry.

Mit zwölf war es ihm gelungen, einen Leibwächter zu engagieren. Im Austausch für den täglichen Apfel und das hart gekochte Ei vom Waisenhaus hatte Bud Brown jeden verdroschen, auf den Rhett zeigte. Für die glücklichen zwei Monate, die Brown auf der Schule verblieb, war Rhett kein Opfer gewesen.

Ein kurzer Triumph. Einen Tag nach Browns Rauswurf sperrten die Klassenkameraden Rhett in eine Holzkiste. Er saß dort in seiner Kotze, in seiner Pisse, in seiner Scheiße, ohnmächtig, mit blutig geschlagenem Kopf, als ihn der Hausmeister nach vierundzwanzig Stunden fand. Damals fing es an, dass Rhett sich vor allem ekelte.

Und nun steht Bud Brown vor ihm, immer noch Sinnbild der Körperkraft, und Rhett ist nach wie vor der, der seine körperlichen Kräfte mietet. Er ist bleich geworden unterm Blick des Grizzlys. Er räuspert sich.

Er sagt heiser: »Nein.«

Sonnie findet den Fahrstuhl verschlossen. Ein Schild mit chinesischen Schriftzeichen hängt davor. Gong scheint seinen freien Tag zu haben. Sie steigt sechs Stockwerke hoch, Stufe um Stufe. Sie muss mehrmals pausieren. Auf jedem Stockwerk sind Sweatshops von J.C. Penney. Sonnie geht an offenen Türen vorbei. Sie hört das Schnattern von Chinesen, das Rattern von Nähmaschinen. Ihr kommen mehrere mit Stoff bepackte Chinesen entgegen, die ihr »Hi« nicht erwidern.

Sie durchquert das Loft, in dem Staubflocken tanzen, in dem zwei abgerissene Maler mit Bierdosen anstoßen und ihr »Hi« nicht erwidern.

Sie schließt die Wohnungstür auf und sieht sich um. Schmutziges Frühstücksgeschirr. Schmutzige Wäsche. Umzugskisten. Bettwäsche auf dem Boden. Ihr eigener

Dreck hat sie nie gestört. Aber würde es sie nicht zur Haussklavin degradieren, den gemeinsamen wegzumachen?

Rhett erwidert ihr »Hi«. Es gibt Möbel. Ein Sofa. Einen Schreibtisch. Ein Bett.

»Nanu?«

Rhett, der eben den Inhalt seiner mit OFFICE gekennzeichneten Umzugskisten in den Schreibtisch einsortiert, steht auf. Rhett nimmt Sonnie in den Arm. Er stempelt seinen Mund auf ihren, als wolle er den Empfang bestätigen, den Empfang der Ware Sonnie.

»Hab ich gekauft. Gefallen sie dir?«

Sonnie nickt. Kurzatmig. Eingewickelt vom Wegschubskuss.

»Gong ist nicht da«, schnauft sie. »Wie sind denn die Sachen hier hochgekommen?«

»Der Möbelpacker ist die Treppen hochgelaufen.« Rhett verschweigt die Sache mit Gong. Er verschweigt Bud Brown.

No bad news.

»Soll ich dir das Bett zeigen?«

»Ja, sehr schön.«

»Du musst deine Schlafnummer rausfinden.«

»Meine was?«

»Hier«, sagt Rhett, »leg dich hin.«

»Jetzt nicht«, sagt Sonnie. Er will doch nicht etwa schon wieder, denkt sie. Nicht schon wieder.

»Da, mit der Fernbedienung kannst du die Matratze härter und weicher machen.«

»Ah, gut.«

»Wie war's in der Redaktion?«

»Nix als Ärger!«

Sonnie lässt sich aufs neue Sofa plumpsen. Es ist bequem. Es kommt genau zur richtigen Zeit. Sie freut sich auch über das Bett. Wer schläft schon gern dauerhaft auf dem Boden wie ein Student, und das mit 39,99 Periode?

Rhett setzt sich neben Sonnie, zieht ihre Füße auf seinen Schoß, streift ihr die Stiefel ab. Er ist ein mittelmäßiger Liebhaber und ein lausiger Tänzer, aber er hat eine grandiose Begabung für Fußmassagen.

Don't be tellin' me about foot massages – I'm the foot fuckin' master.

Rhett schließt seine Finger um ihren linken Fuß und drückt zu.

Sonnie schnauft.

»Ärger?« Rhett drängt sich ein archaisches Bild auf: Sonnie mit einer Tonscheibe in der Unterlippe. Bud Brown und er bieten mit Kühen um die Wette, um sie zur Frau zu kriegen. Er gewinnt.

»Der Basedow schon wieder. Mäkelt an meinen Texten herum.«

»Hast vermutlich kein gutes Haar an Scorsese gelassen«, sagt Rhett, während er nun mit beiden Händen Sonnies Fuß knetet.

Sonnie winkt ab.

Suppose you run your business and let me run mine.

Rhett mag Foot Fuckin' Master sein, Picasso-Restaurator, Beuys-Intimus, aber was weiß er von Kino? Was weiß er von Scorsese? Was weiß er von ihr und Scorsese?

Gerade, indem sie ihrer Enttäuschung über den kürzlich in die Kinos gekommenen »Director's Cut« Luft macht, zeigt sie ja Verehrung und Respekt für den Meister. Wie konnte er *Gangs of New York* sein Lebenswerk nennen, wo es doch nichts ist als eine protzige Cinecittà-Sandalenproduktion? Das alte New York in Rom, der ewigen Stadt, nachzumachen, das ist so … Das kommt natürlich auch noch dazu, dass sie immer emotional wird, wenn es um New York geht.

»Du hättest wenigstens abwaschen können!«

Hättehättehätte.

Rhett lässt von ihren Zehenzwischenräumen ab, die er gerade in den Pinzettengriff genommen hat. »Hast ja Recht«, sagt er, wischt Sonnies Füße von seinem Schoß und geht abwaschen.

Sonnie sieht ihm nach. Lässt der Mann sie auf einer halben Fußmassage sitzen! Immerhin kann er sie noch verblüffen.

Die wenigsten Männer können Frauen dauerhaft verblüffen. Sonnie weiß das. Sonnie hat Männer studiert. Sie spiegelt sie, kopiert sie, okkupiert sie, übertrifft sie schließlich.

In Paarungen ist sie bisher stets zum perfekten Abbild ihres Partners geworden. Das war immer ihr Sieg gewesen, linker als der Linke zu sein, kreativer als der Künstler, spiritueller als der Esomann, ausdauernder als der Sportler. Solange es eine Herausforderung gab, herrschte Wettbewerb. Sobald der Kampf gewonnen war, der Mann besiegt, war Schluss.

Bei Rhett will Sonnie mit dem Wesensvampirismus Schluss machen. Das hat sie sich auf die Fahnen geschrieben, damals, als sie zusammenkamen.

Bleib, wiede bist.

Für Rhett, mit Rhett, will Sonnie nur neue Fehler machen. Mit diesem Entschluss im Gesicht hatte sie sich ihm entgegengeworfen, ihn gleichsam überrannt, als sie sich begegnet waren. In diese Frau, die sie eben erst beschlossen hatte zu sein, in diese wilde trotzige So-nicht-mehr-sondern-irgendwie-anders-Attitüde hatte sich Rhett verliebt.

Anfangs hatte Sonnie das Feld zwischen Rhett und sich komplett vermint. Sie diktierte ihm ihre Bedingungen, ihre Abneigungen. Sie erklärte ihm apodiktisch, was nicht drin sei, was er sich abschminken könne, was jedoch unbedingt sein müsse, wenn man sie erobern wolle, und zwar so und so. Sie tat das gegen ihre Natur, sie tat es gegen die Natur der Liebe, weil sie dieser zuvorkommen wollte, bevor sie sie blöd machen würde. Sie tat das aus Selbstschutz, aus Angst davor, weich zu werden und gewöhnlich und in alte Muster zurückzufallen, die sie inzwischen erkannt hatte. Die meisten der von Sonnie gestreuten Minen waren Blindgänger gewesen.

Dennoch. Wieder sitzt sie in der Falle, aber diesmal, ganz wie beschlossen, in einer neuen. Sie fragt ihn nichts. Sie betrachtet Rhett wie ein abstraktes Gemälde. Sie kann Rhett nicht deuten, und sie versucht es auch nicht. Sie will den unergründeten Rhett, den Rhett im Jetzt, nicht den von gestern. Was sie nicht weiß, kann sie auch nicht kopieren. Was sie nicht kopiert, wird sie auch nicht langweilen. So wäre er ein Geheimnis für sie und sie eines für ihn, und sie würden sich lieben bis zum Tod, und dann würde Sonnie weitersehen.

Der Koffer, schießt ihr durch den Kopf. Den ganzen Tag über hat sie sich gefreut darauf, weiter in ihm herumzuwühlen, und nun hat sie gar nicht mehr daran gedacht. Ob Rhett ihn auch vergessen hat?

Der massierte Fuß prickelt belebt, der andere hängt vom Sofa wie ein totes Tier. Die Leblosigkeit kriecht in Sonnie hoch. Ich muss meine Vergangenheit wiederfinden, denkt sie, bevor sie mich findet. Sie knetet ihren eingeschlafenen Fuß.

Rhett ruft etwas. Das Wasser plätschert. Sie versteht nicht.

»Was?«

»Ich hab was für dich.«

Der Koffer steht nur fünf Meter entfernt. Sonnie sieht sich außerstande, aufzustehen und hinzulaufen.

»Was denn?«

»Liegt vor dir. Neu auf DVD.«

Sonnie hebt mit großer Anstrengung den Kopf. Der Koffer hat eine andere Position als am Morgen. Sie schafft es, sich aufzurichten, und wirft einen Blick auf die umgedrehte Getränkekiste. Ihr Blick schweift von der bunten Plastikhülle, auf der sich Marilyn Monroes Rock aufbläst, zum Koffer. Argwohn macht sich in ihr breit und erfüllt sie wieder mit Leben.

»Ein Monroe-Film?«

Rhett wendet sich um. Auf seinem T-Shirt steht EAST VILLAGE.

»Na, wegen Rachmaninoff doch«, sagt er. »Der Held träumt davon, Marilyn zu verführen, ich weiß nur nicht mehr, ob zum zweiten oder zum dritten Klavierkonzert.«

Sonnie hat das T-Shirt nie zuvor gesehen an ihm. Als Uptown-Mensch verachtet Rhett das East Village.

Im East Village ging alles los. Nicht mit ihr und Rhett, noch lange nicht mit ihr und Rhett, aber mit ihr und der Queen. Sonnie hatte damals gehört, dass Madonna im East Village wohnt. Wo Madonna wohnt, da ist es gerade gut genug für mich, hatte sie gedacht. Sie fand ein fensterloses Zimmer für 100 Dollar, 155 Avenue A, zur Untermiete, bei einem kiffenden Künstlerpaar aus Warschau. Ihr neues Heim hatte etwas vom Pathos der Tellerwäscherkarriere. Sie erinnert sich jetzt. An viele Abende in der verlotterten Wohnung. Neben dem Baby, dem vom Vater sporadisch warmes Bier verabreicht wurde, damit es besser schliefe. Dort war es, wo sie die Filmzitate paukte, um ihr Englisch zu verbessern.

Sie liebt Filme. Es gab immer wieder Phasen, in denen sie annahm, ernsthaft vermutete, dass Kino schöner sei als das Leben. Das hatte sie mit Jake geteilt: die Liebe zum Kino. Das sind die Dinge, die bleiben, denkt Sonnie mit einem Anflug von Wehmut, Impotenz hin oder her.

Rhetts Vorliebe für Marilyn Monroe enttäuscht sie.

Für Schauspieler zu schwärmen, erscheint Sonnie albern. Für eine Sexbombe zu schwärmen, ist obendrein banal. Sie diskutiert Dinge wie diese nicht mit Rhett. Sie diskutiert sie mit Chola, die stets kleine spitze Schreie ausstößt, wenn das dreieckige Gesicht von Johnny Depp auf der Leinwand erscheint.

»Kannst einfach nich schwärmen, arme Sau«, sagt Chola dann immer und tippt ihr begütigend auf den Scheitel, aber das ist nicht wahr. Sonnie kann sehr wohl schwärmen. Für Regisseure, die auf Schauspielern Klavier spielen, oder für Helden. Es ist nicht Crispin

Clover, den sie verehrt, es ist sein »Bartleby«, es ist nicht Anton Walbruck, es ist sein Boris Lermontov in *Die roten Schuhe*. Es ist nicht Elliot Gould, es ist sein Phillip Marlowe in *The Long Goodbye*. Würde sie den Schauspielern persönlich begegnen, es wäre ihr egal. Trotzdem, sie kann sehr wohl schwärmen, wie ein Teenager kann sie schwärmen, und zu einer ihrer peinlichsten Erinnerungen gehört es, als Martin Scorsese im Gefolge einer Partymeute Backstage auf einem Konzert von U2 auftauchte und Sonnie, anstatt sich ihm zu nähern – sie kannte mindestens zwei seiner Begleiter –, hyperventilierte und die Flucht aufs Klo antrat. Manchmal überfällt sie die Scham wie ein Fieberschauer, sie ruft das Bild zurück, den kleinen alten Mann mit der Fistelstimme im Lichtkreis, wie ein magischer Gnom, sie draußen im Dunkeln, der Ohnmacht nahe, ein Groupie.

That's one of the greatest curses ever inflicted on the human race: memory.

Jemand hämmert gegen die Tür.

»Ich mach schon«, ruft Rhett. Sonnie hört eine chinesische Frauenstimme quaken. Rhett kommt zurück, verlegen, wie es scheint, in den Händen hält er einen feisten Jade-Buddha, der in einem Miniatur-Steingarten hockt.

Sonnie pfeift anerkennend durch die Zähne. »Schön scheußlich.«

»Ja«, murmelt Rhett. Nun muss er sich auch noch als Lebensretter feiern lassen, nach der gruseligen Nacht mit Gong, den er nur ins Krankenhaus begleitet hat, weil er selbst ohnmächtig war. Hoffentlich fragt sie nicht, denkt er.

Sonnie merkt, dass aus dem Koffer ein Zipfel des Seidentuchs heraushängt. Es gelingt ihr, aufzustehen.

»Hast du eigentlich schon im Koffer gewühlt, seit du zu Hause bist?«

»Noch nicht. Wollte auf dich warten.«

Rhett verstaut das Buddha-Ungetüm unterm neuen Bett.

Sonnie steckt die Rachmaninoff-CD in den Schacht und drückt PLAY. Fast umtanzt sie den Koffer zur Musik. Den hat ihr der Himmel geschickt. Es ist ganz einfach, denkt Sonnie, man muss sich nur erinnern.

Rhett trocknet ab.

Sonnie öffnet den »Lady Baltimore«.

Sie sieht den Handspiegel. Sie nimmt ihn am Knauf. Der Knauf ist schwer und kompakt. Was mag der Spiegel gesehen haben? Woran ist er erblindet? Ihr Blick fällt auf das Innere des Kofferdeckels. In das purpurfarbene Seidenfutter ist eine Tasche eingenäht, von einem straffen Gummizug zugehalten. Sie wölbt sich. Sonnie lässt den Handspiegel zurück in den Koffer gleiten. Sie greift in die Tasche.

»Rhett? Kommst du mal?«

Rhett kommt näher. Er hebt die Schallplatte mit spitzen Fingern auf. Er hält sie ins Tageslicht. Er betrachtet sie.

»Da sind ja alle beide Rachmaninoff-Klavierkonzerte drauf, das 2. und das 3., genau die beiden. Die Aufnahme von Horowitz 1951. War die im Koffer?«

»Hier, Fotos. Ich hab Fotos gefunden! Hab ich gestern gar nicht gesehen ... Da, das ist er! Der Koffermann!«

»Jacques Cohen.«

Nicht ohne Stolz memoriert Rhett den Namen.

»Hier auf den Notenpulten steht PARIS – NEW YORK – BERLIN. Mit seiner Band, er hatte eine Band. Er selber hat gar nix in der Hand. Wo ist seine Trompete?«

»Liegt sicher irgendwo. Da, auf dem Flügel.«

»Rechts neben ihm steht ein Saxofonist. Hinten links der Schlagzeuger.«

»Und siehst du da? Der Mann am Flügel? Links hinter seinem Arm? Der kleine Kopf, der da vorguckt?«

»Wo denn?«

Rhett steckt seinen Krakenarm an Sonnies Hals vorbei, um auf das Bild zu zeigen, wobei er sie leicht würgt: »Na, da!«

»Ach, da! Ob das Duke Ellington ist?«

»Niemals!«

»Dreh mal um, das Foto.«

»Steht nix drauf. Von wann mag das sein?«

»Weiß nicht, Fünfziger? … Hast du eigentlich Fotos von deiner Familie?«

Erschrocken über ihre eigene Frage schließt Sonnie die Augen. Einmal im Jahr, wenn sie seine Familie zur Sprache bringt, geht Rhett weg. Oder er ertaubt. Oder er verstummt für Tage. Oder er ignoriert die Frage.

»Hier, alle im Anzug«, sagt Rhett. »Nur Cohen im Smoking. Weil er der Chef ist wahrscheinlich. Der Solist. Mit Vatermörder, weißer Krawatte, Krawattennadel.«

»Ja, und hier, der Saxofonist mit Fliege«, sagt Sonnie erleichtert.

»Und der Schlagzeuger im Anzug mit dunkler Krawatte«, sagt Rhett.

»Zeig mal das kleine quadratische.«

»Das ist er! Das müssen seine beiden Kinder sein! Das Mädchen da? Sie steckt die Zunge raus. Valerie. Seine Tochter. Sieht weiß aus. Vielleicht ist ihre Mutter eine Weiße. Oder sehr hell. Sieht aus wie Europa, siehst du das Haus im Hintergrund?«

»Ja, und den Mann im Unterhemd, der hinten den Garten umgräbt, oder was.«

»Das Haus sieht nach Villa aus.«

»Der Mann sieht nach Gärtner aus.«

»Stimmt. Weiße Haut. Könnte auch der Großvater sein in Versailles, Chola hat mir heute Valeries Brief übersetzt. Der Hund hat ... da ist der Hund, siehst du? Er hat ...«

»Ach, wie geht es Chola? Lässt sie immer noch an sich rumschnippeln?«

Sonnie wird unwohl. Es kommt ihr vor, als hätte sie Chola verraten. Dabei hat sie Rhett nur davon erzählt, um ihn zu einer Bemerkung zu nötigen wie: Mach du das ja nicht! Immerhin war sein Kommentar, er fände so was im Allgemeinen unnötig.

Im Allgemeinen. Sonnies Daumen klopft. Sie reißt das Pflaster ab. Der Daumen ist rot und geschwollen mit nässender Wunde.

»Seit dem Augenlifting scheint sie sich eine Pause zu gönnen. Und der kleine Junge ist sicher Jean-Jacques, ihr Bruder. Jacques nach Jacques Cohen! Warte mal ...«

Sie geht ganz nah an das Bild heran. »Da hat er noch beide Ohren. Wie alt mögen die Kinder sein auf dem Foto?«

»Ohren? Ach, was weiß ich. Noch nicht in der Schule.

Drei und fünf vielleicht? Ieeeeh, das sieht aber gar nicht gut aus!«

»Nix weiter, nur ein kleiner Schnitt«, sagt Sonnie, verärgert über Rhetts Ekel. »Die Kinder sind auf jeden Fall älter. Vier und sieben.«

Rhett lacht auf. Tonlos. Asthmatisch.

»Wir beiden Spezialisten«, sagt er.

»Bis wann war er in Europa?«

»Ende der Fünfziger, so was. Könnte hinkommen.«

»Dann wäre der Junge jetzt in meinem Alter. Und das Mädchen Mitte vierzig. Sie sieht wirklich weiß aus. Helles Haar, blasses Gesicht. Der Junge rabenschwarz, mit Afrolook. Große Augen. Die Mutter würd ich zu gern sehen. Ist nicht drauf.«

»Na, warum wohl?«

»Stimmt, die hat das Foto gemacht. Und das andere Foto sieht auch aus, als sollte es eine Autogrammkarte werden. Wo ist eigentlich die Autogrammkarte?«

»Irgendwo in dem Gewusel.«

»Kuck mal, wie der die Haare hat! Mit Brillantine geglättet und eine Tolle vorne.«

»Möchtest du, dass ich mein Haar auch so trage?«

»Trag es, wie du willst, Hauptsache anders als jetzt.«

Rhett lacht. Lautlos. Leidenschaftslos. Das ist es, denkt Sonnie traurig, ich werde verglühen an lauwarmen Männern. Und was kommt dann?

»Die Fohlen«, hört sie Chola kichernd sagen. »Dann kommen die Fohlen!«

Sonnie reißt sich zusammen. »Und der Schnauzbart«, sagt sie und tippt auf das Foto.

»Deutsch. Wie Hitler!«

»Quatsch, *du* siehst aus wie Hitler, weil deine Nase so einen großen Schatten wirft! Erstens war Hitler kein Deutscher, zweitens ist das ein französisches Bärtchen, viel breiter und viel dünner. Wie heißt der Franzose nur …«

»Maurice Chevalier.«

»Nee, Monbijou … Monsegnet …«

»Ach der! Menjou, Adolphe Menjou.«

»Kann sein.«

»Berühmter Mann.«

»Hier hat er die Trompete in der Hand.«

»Schauspieler.«

»Wer?«

»Adolphe Menjou. Er wurde neun Jahre am Stück zum bestgekleideten Mann Amerikas gewählt.«

»Ist das ein Ehering? An welcher Hand trägt man den Ehering?«

»Keine Ahnung.«

Rhett lockert seinen Griff.

»Wie du weißt, bin ich nicht verheiratet. War es nicht links? Ehering links, Verlobungsring rechts?«

»In Europa, ja. In Amerika andersherum.«

»Musst du doch wissen. Du warst doch verheiratet.«

»Ich habe keinen Ring getragen. Außerdem ist das lange her.«

»Du bist vor drei Monaten geschieden worden.«

Sonnie sieht Jake vor sich. Mit seinem Kopfverband und dem Gipsbein. Wie sie ihn stützt. Wie sie lachen. Es ist Sommer. Hochsommer. Sie trägt ein gelbes Retrokleid von Search & Destroy. Er humpelt. Und sie lachen. Alle anderen Passanten schwitzen und ziehen Gesichter, nur Jake und sie lachen. Jetzt weiß sie es wieder. Es durchzuckt sie wie ein Blitz. Sie liebte Jake. Einen Tag lang liebte sie Jake.

»Die Begleitperson für Herrn Woodhouse«, hatte die Krankenschwester durch die Intercom des Wartezimmers gerufen. Woodhouse – ein magischer Name. Der Nachname von Guy und Rosemary in *Rosemary's Baby*. Immer wieder rief die Frauenstimme aus dem Lautsprecher nach der Begleitperson für Herrn Woodhouse. Niemand fühlte sich angesprochen. So kam es, dass Sonnie, die mit dem Fitnessstudio-Besitzer Alfred, einem One-Night-Stand mit akutem Blinddarm, ins Krankenhaus gekommen war, es mit der Unterschenkelfraktur Jake Woodhouse verließ. Sechs Jahre war sie mit Jake verheiratet, einem politisch engagierten Vegetarier und Film liebenden Programmkinobesitzer, mit dem sie politisch engagiert, vegetarisch und Film liebend lebte.

Rhett nimmt das Foto. Er hält es weit von sich weg.

»Das ist kein Ring. Das ist ein Bildfehler.«

»Das ist *kein* Bildfehler, du Blindschleiche.«

»Wer ist denn hier kurzsichtig und trägt seine Brille nie?«

»Wer ist denn hier altersweitsichtig und zu eitel, zum Augenarzt zu gehen?«

Sie balgen wohlwollend ohne das Feuer alter Verliebtheit, bis Rhett sich befreit und wieder das Foto inspiziert.

»Rechts trägt er einen Ring am Ringfinger. Da, die Hand, mit der er die Trompete hält. Warum ist das so wichtig für dich?« Er lässt das Foto sinken. »Warum wolltest du mich heiraten? Damals, in Paris?«

Sonnie ist überrumpelt. Rhett stellt nie solche Fragen, und sie ist froh darüber. Und nun –

It was a good idea at that time.

»Ich weiß es nicht … Ich war verrückt nach dir.«

Sie beißt sich auf die Zunge. Es gibt Türen, die soll man nicht öffnen. Zu spät. Sie war verrückt nach ihm. Damals in Paris. Da war sie noch verrückt nach ihm. Jetzt weiß sie nicht. Rhett ist klug genug, das Thema nicht zu vertiefen. Klug genug oder feige genug.

»Willst du was essen?«

»O, guck mal, da steht was hintendrauf! Eine Adresse. Avenue du President-Wilson, 28 Paris 15E, France. Ob die Fotos alle noch aus seiner französischen Zeit stammen?«

»Ich weiß nicht. Ich kann grad nicht denken. Ich verhungere! Sushi?«

»Nein, danke.«

Dabei hat Sonnie seit dem pappigen Frühstückstoast nichts gegessen. Doch neben Rhett, dem Hungerhaken, fühlt sie sich noch fetter.

I mean, why should we deny ourselves the good things in life? Why can't we be fat and cheerful?

Sie kann sich das unmöglich anmerken lassen. Noch ein weibliches Klischee, das sie sowohl hasst als auch erfüllt. Noch ein Thema, das sie nicht mit Rhett, das sie nur mit Chola bespricht.

»Frau muss der Natur auffe Sprünge helfen«, sagt Chola. Und hilft. Und hilft. Erst den Bauch, dann die Schenkel, kürzlich sogar die Oberarme. Sie ist wie besessen davon. Sie scheint gar nicht mehr aufhören zu können.

Botox, sagt Chola. Sonnie soll mit Botox anfangen. Das sei vollkommen ungefährlich. Und sie würde wesentlich weniger unfreundlich aussehen, rein von der Anmutung her, wenn die Zornesfalte endlich verschwände. Was aber würde Sonnie tun, wenn sie die Zornesfalte braucht? Etwa im Fall von Zorn? »Das kamma mimisch anders lösen«, sagt Chola.

»Dann mach mal böse«, hatte Sonnie gerufen. »Guck doch mal böse!« Chola hatte mit drolliger Anstrengung versucht, ihre Stirn kraus zu ziehen, aber die Stirnmuskulatur war schlapp geblieben wie das Meer nach dem Sturm.

Sonnie lächelt, als sie daran denkt.

»Dir ist was runtergefallen«, sagt Rhett. »Da! Ist das ein Passbild?«

»Ach, da ist er schon viel älter. Wie alt mag er da sein? Siebzig? Sechzig? Schwer zu sagen. Immer noch Vatermörder und Verführerbärtchen.«

»Also, ich nehm Sashimi und Tempura. Du willst wirklich nichts?«

»Kohlrabi würde ich gern mal wieder essen.« Sie hat das deutsche Wort benutzt. Sie weiß gar nicht, wie »Kohlrabi« auf Englisch heißt.

»Coll … was?«, fragt Rhett.

Er hat nie Interesse an ihrer Muttersprache gezeigt. Von Anfang an nicht. Das macht Sonnie plötzlich zornig. Sie nimmt einen Zettel, schreibt in eckigen Versalien KOHLRABI und legt ihn neben das Telefon. Rhett, unaufmerksam, legt das Menü des Japaners darauf. Er hält den Hörer schon in der Hand.

Er ist töricht, denkt Sonnie. Er ist ignorant. Sie

nimmt das Passbild vom Koffermann und steckt es in die Handtasche, die Rhett ihr zum 39. Geburtstag geschenkt hat. *Sonnie Woodhouse* hat er hineinsticken lassen.

Rosemary's Baby. Hat sie Jake geheiratet, weil er Woodhouse hieß wie Rosemary? Hat sie sich in Rhett verliebt, weil er Rhett Butlers Namen trägt?

Rhett wählt die Nummer. Er weiß nichts von ihrer Diät. Er weiß ja nicht mal von ihrem Komplex. Er wäre sicher enttäuscht, dass sogar »eine Frau wie sie«, so nennt er Sonnie, nicht gefeit ist gegen die Schlankheitsdoktrin.

»Hier, das ist der kleine Junge«, ruft sie. »Der Sohn. Steht auch hintendrauf. Jacques Muller-Klein. Klingt deutsch.«

Auf dem Schwarzweißfoto ist der Koffersohn schon ein Teenager. Bildfüllende Afrokrause. Trotziger Gesichtsausdruck. Runde junge Stirn. Rissige, helle, aufgeworfene Lippen, die ein sarkastisches Lächeln umspielt. Breiter dunkler Nasenrücken. Die geballte Rebellion der Jugend in den Augen. Ein Foto wie ein Jimi-Hendrix-Cover. Was mag aus ihm geworden sein?

»Ich finde, er sieht sympathisch aus. Mir ist er sympathisch«, sagt Sonnie zu sich selbst.

Im Hintergrund bestellt Rhett leicht ungehalten über das Pidgin-Englisch des Asiaten am anderen Ende der Leitung Sashimi und Tempura, dazu kalten Sake. Er hält den Hörer zu.

»Last call! Willst du was oder nicht?«

»Nope.«

»Aber dass mir nachher keine Klagen kommen!«

»Nope.«

Ihr Hunger bäumt sich auf, wird aber sogleich abgelöst von einem Ziehen in der Leistengegend. Sie erschrickt. Vermutlich, hoffentlich, ganz sicher kämpft sich gerade ihre Periode durch. Der Natur auf die Sprünge helfen, denkt sie. »Beißt mich nur«, raunt sie ihren Eingeweiden zu, »zwickt mich nur!«

Rhett nähert sich wieder und schlingt von hinten die Arme um sie.

»Ob er noch in Paris lebt?«, fragt Sonnie.

»Jetzt mal unter uns, Sonnie, wen interessiert's?«

»Mich!« Sie macht sich steif in Erwartung seiner Erektion. Er hat ihre Erwartung noch nie enttäuscht.

Sie sehnt sich regelrecht nach einer Enttäuschung ihrer Erwartung. Sie sehnt sich danach, wie man sich nach der Ausnahme von der Regel sehnt. Aber es gibt keine Ausnahme mehr.

Rhett starrt auf die in ihrer Hand verbliebenen Fotos.

»Sag mal, was ist denn das?« Sein Interesse ist schlagartig wach. Er lässt Sonnie fahren.

»Das ist… oje… das sind ja Pornobilder«, stammelt Sonnie.

»Von ihm? Ich meine, ist Cohen drauf? Zeig doch mal.«

Sie zieht die Bilder weg. »Wie du eben sagtest: Wen interessiert's?«

Rhett schnappt nach den Bildern. »Hm, sehen ja nicht sehr professionell aus. Ob er sie selbst geschossen hat?«

»Ach ja, sie sehen nicht professionell aus, ja? Wie sehen denn professionelle Pornobilder aus?«

Rhett grinst.

»Besser!«

Er schüttelt anerkennend den Kopf und lacht, wie es Männer tun, wenn sie etwas honorieren, das andere Männer getan haben. Mord, Vergewaltigung, Bankraub, Seitensprung. Als wollte er sagen: So ein Schlingel aber auch!

Sonnie reißt ihm die Fotos aus der Hand.

»Unappetitlich«, sagt sie. Sie wirft sie mit Schwung zurück in den Koffer, den unseligen. Hätte sie ihn nur dort gelassen, wo er hingehört, im Müll!

Hättehättehätte.

»Ach, Sonnie, bitte, sei nicht verklemmt«, haucht Rhett ihr ins Ohr, tätschelt ihre Brust, das schöne Brüstchen, schubst sie in ein Rollenspiel. Da ist er auch schon, der Dorn. Diesmal ein Nierendorn. Er hat nichts mit ihr zu tun.

Sie stößt Rhett weg. »Macht dich das an, ja? Macht dich so was an? So ein Dreck?«

»Sweetie, seit wann sind erotische Fotos Dreck?«

»Erotische Fotos? Erotische Fotos? Wenn Leute für die Kamera …? Und nenn mich nicht Sweetie.«

You are a human affront to all women and I am a woman.

»Was? Was denn? Du kannst ja nicht einmal Fotze sagen. Du kannst ja nicht einmal Ficken sagen. Sag es. Sag es. Fotze! Ficken!«

»Ich sehe keine Veranlassung.«

Der Streit bewegt sich in konzentrischen Kreisen nach außen, die klassische Variante eines Streits in einer

Beziehung, die schon bessere Tage gesehen hat. Angefangen bei ihrer Verklemmtheit und seiner ewigen Geilheit, endend bei dem, was Männer eben brauchen und was Frauen eben verstehen müssen.

Rhett ist wortkarg und vernuschelt. Sonnie ist emotional oder, wie Rhett es nennt, irrational. Das kränkt sie, und sie kränkt ihn. Er lächelt halbseitig, mit kaltem Blick. Der eigentliche Anlass des Streits wird verlassen. Was ich dir schon lange mal sagen wollte. Was ich dir schon hundertmal gesagt habe.

Dann geht die Tür im Treppenhaus. Es nähern sich Schritte. Es klopft. Ein Asiate. Er hat einen kastenförmigen Igelschnitt auf dem Kopf. Er hält Rhetts Sushi-Lieferung im Arm. Er ist atemlos.

Rhett hat den Streit im selben Moment vergessen. Die stärkere Sensation ist der Hunger. Fütterungszeit. Er will auf dem neuen Sofa sitzen und Sushi essen, so oder so.

»Fahrstuhl kaputt«, keucht der Bote.

»Sorry«, murmelt Rhett und erhöht das Trinkgeld.

VIERTES KAPITEL

Es sind drei Pornobilder. Sonnie hat sie heimlich mit ins neue Bett genommen. Als sie an Rhett vorbeiging, hat sie auf seinem Rücken Kratzer gesehen.

Sonnie greift nach der Fernbedienung. Sie drückt auf den roten Pfeil. Das Gewebe unter ihr strafft sich. Das Bett wird härter. Sonnie hört auf, als eine 50 auf dem Display der Fernbedienung steht.

Sie hat auch eine Flasche Rotwein mitgenommen. Sie hat die Rachmaninoff-CD mitgenommen und ihren Discman. Sie setzt den Kopfhörer auf. Sie drückt auf PLAY. Der erste Satz des 2. Klavierkonzerts. Sie trinkt das erste Glas Rotwein. Sie betrachtet das erste Foto.

Ein Mann und eine Frau knien einander zugewandt auf einem Bett, der Mann links, die Frau rechts. Sie haben die Köpfe zur Wand gedreht, vom Betrachter weg, man sieht aber, dass sie lachen. Die Frau hält einen Spiegel in der Hand. Der Mann macht Schattenspiele mit erhobenen Fingern. Die Spitze seines dünnen und dunklen Geschlechtsteils steckt zwischen den Schenkeln der Frau.

Sonnie fürchtet sich, beim Betrachten der Fotos erwischt zu werden. Sie drückt auf PAUSE. Sie lauscht. Marilyn Monroes debiles Kichern ist zu hören. Der erste Satz des 2. Klavierkonzerts ist zu hören, genau der, den Sonnie auch gerade hört.

Rachmaninoff ... It isn't fair ...Every time I hear it, I go to pieces ... It shakes me, it quakes me. It makes me feel goose-pimply all over.

Sonnie drückt wieder auf PLAY. Es ist von allem zu viel, denkt sie. Die Musik beginnt, sie einzulullen. Der Rotwein tut das Nämliche. Die Bilder verschwimmen, lösen sich auf, formen sich neu.

Sonnie ist neun. Sie malt Nackte in das Vokabelheft ihres Banknachbarn. Dann in das ihres Vordermanns. Ihres Hintermanns. Die Nachfrage ist groß. Sonnie nimmt pro Zeichnung eine Mark. Für zwei Mark zeichnet sie Paare beim Liebesakt. Woher weiß sie, was das ist, ein Liebesakt? Woher weiß sie, wie Paare beim Liebesakt aussehen? Ihre Zeichnungen fallen dem Lehrer in die Hände. Herr Wetterling. Er sagt, er ist enttäuscht. Er bestellt Sonnies Eltern in die Schule.

I was just expressing a healthy sexual curiosity.

Sonnie schlägt die Hände vors Gesicht. Sie hat sich oft vorgestellt, wie die Eltern vor dem Lehrer gesessen hatten, bleich, stumm, gerade, die Lippen aufeinander gepresst, um das Unerhörte zu erfahren. Der Vater mit Lesebrille und Seefahrerbart. Die Mutter mit tief liegenden Augen und Nackenknoten.

Ich leg dich gleich übers Knie.

Sonnie hat nie aufgehört, sich zu schämen. War das das letzte Bild, das die Mutter von ihr im Kopf hatte, als sie starb? Ihre schweinischen Zeichnungen im Vokabelheft?

Der Mann auf dem Foto hat kurzes pomadiges Haupthaar, dunkles, wild wucherndes Schamhaar und stark hervortretende Oberschenkelmuskeln. Sein restlicher Körper ist schmächtig wie Rhetts. Die Frau hat kleine, leicht hängende Brüste und einen flachen weichen Hintern. Ihre Haare sind schulterlang und gelockt.

Sonnie hört den zweiten Satz des 2. Klavierkonzerts. Sie schließt die Augen und sieht träge zitronengelbe Flüssigkeit, aus der sich eigroße Tropfen formen. Die Tropfen lösen sich von der Masse, fallen jedoch nicht, sondern schweben wie mit Helium gefüllte Ballons über ihr. Man muss in der Tat betrunken sein, um das zu ertragen, denkt sie.

Es kommt ihr vor, als sei die Musik ein Stück Soundtrack zu ihrem Lebensfilm. Als sei darin eine Botschaft versteckt, und sie sei außerstande, sie zu lesen. Sie trinkt das zweite Glas Rotwein. Sie betrachtet das zweite Foto. Eine Frau liegt seitlich auf dem Schoß eines Mannes. Vor ihr liegt ein anderer Mann. Er versucht, sein mäßig erigiertes Geschlechtsteil vorbei an ihren Strapsen, vorbei am Zwickel ihrer schwarzen Spitzenunterhose in sie hineinzuschieben. Der erste Mann, auf dessen Schoß die Frau liegt, quetscht mit der rechten Hand ihre rechte Brust zusammen. Die Frau hat dichtes schwarzes langes Haar mit Pony. Herbes Gesicht, klare Botox-Indikation, würde Chola sagen. Ein Ausdruck akademischer Strenge liegt in den Zügen der Frau. Wie ein Modell sieht sie nicht aus. Eher wie eine Doktorandin, die sich etwas dazuverdient. Sie ähnelt der jungen Simone de Beauvoir.

Der Brustquetscher, dessen Mund sich von rechts dem Gesicht der Frau nähert, ist der Pomadenmann vom ersten Foto. Geigenklänge hüllen das Bild in Hilflosigkeit. Sonnie ist traurig. Sonnie möchte schluchzen mit den Geigen. Sex ist prosaisch. Rhett ist der Brustquetscher. Rhett ist der Pomadenmann. Sonnie ist Simone de Beauvoir. Besser sieht das auch nicht aus, wenn sie es machen.

Der zweite Mann hat eine dunkelblonde Lockenfrisur, die sich in der Stirn kräuselt, lacht verlegen, während er sein Geschlechtsteil justiert, und zeigt dabei eine fest auf seinen Frontzähnen sitzende Zahnspange. Bei Rachmaninoff kündigt ein Crescendo Vollzug an.

Sonnie hat sich seit der Schule nie wieder für Penisse interessiert. Es sei denn, sie hingen an Männern, die sie liebte. Das Bedürfnis von Freundinnen, anatomische Eigenheiten von Männern detailliert zu vergleichen und zu bewerten, war ihr fremd und abstoßend. Diesbezügliche Fragen sah sie sich außerstande zu beantworten. Warum so viel Aufhebens um einen Körperzipfel, eine taktil veränderbare Ausbuchtung aus Haut, Schwellkörpern und Blutgefäßen?

Sonnie schließt die Augen. Sie ist neun. Sie trägt einen Pferdeschwanz. Sie trägt ein Sommerkleid mit Marienkäfern. Sie spielt Mau-Mau mit Andreas, dem Nachbarjungen. Er ist zwölf oder dreizehn. Er trägt eine Turnhose und sitzt breitbeinig auf der Wiese. Die Hose gibt Einblick in seinen Schritt. Hautgebaumel! Ein Euter? Eine Geschwulst? Sonnies Augen weiten sich unter dem grauenhaften Anblick. Sie kann den Blick nicht abwenden. Andreas folgt Sonnies Blick. Andreas droht Sonnie schelmisch mit dem Zeigefinger. Er sagt: »Nanana!«

Sie greift nach dem dritten Foto, ihr Blick bleibt an der rechten Hand hängen. Sie hat Männerhände. Rhett hat Frauenhände. Es ist absurd. Seine feingliedrigen Spinnenfinger mit blassen Monden, ihre Cevapcici-Finger mit zerbissenen Kuppen. Sonnie beißt sich die Finger blutig, seit sie denken kann.

Nach dem Tod des Großvaters tat sie es das erste Mal. Lange starrt sie ihre Hände an. Sie sind tapsig und beweglich wie kleine Tiere. Sonnie will herausfinden, was an der rechten Hand schöner ist. Vielleicht schmeckt sie besser. Aber sie schmecken beide gleich.

»Links ist da, wo der Daumen rechts ist«, sagt der Großvater.

»Hände betrachten bringt Unglück«, sagt die Mutter.

Die Mutter biegt ihre Arme nach unten.

Die Mutter schlägt ihr auf die Handrücken.

Die Mutter ohrfeigt sie, wenn die Finger bluten.

Das dritte Foto zeigt zwei nebeneinander liegende Frauen, beide spreizen die Beine wie die Hebel eines Korkenziehers, die Schöße der Kamera zugewandt. Die linke Frau ist dunkelhaarig und ähnelt der Frau vom ersten Bild. Der vorspringende Unterkiefer der zweiten verleiht ihr einen tumben Gesichtsausdruck. Auf ihnen, kopfüber, den pomadigen Kopf gen Kamera gereckt, liegt ein Mann, mit hoher Wahrscheinlichkeit der von Foto eins und zwei, bekleidet mit Hemd und Hosenträgern. Synchron versenkt er in beide Frauen schwarze Dildos. Die Frauen machen angestrengte Gesichter.

Kontrolle und Kontrollverlust. Sonnie sieht Rhetts Augen wegklappen. Sonnie sieht Rhetts Schläfenadern schwellen. Er pumpt einem Orgasmus entgegen. Er entgleist. Sein Gesicht wird weit und klar. Alles ist offen: Augen, Nüstern, Mund. Er hat sein Clownsgesicht.

Aber das andere Gesicht. Das Betrügergesicht. Ein Männergesicht, in dem sich Anerkennung und Neid mischen. Das Grinsen und Kopfschütteln beim Betrachten der Pornobilder. Ein Wüstling, denkt Sonnie. In seinem Koffer wären Pornobilder. Und ein Männertaschentuch. Zum Wichsewegwischen.

Der Gebrauch des altmodischen deutschen Wortes »Wüstling« verschafft Sonnie Erleichterung. Sie wiederholt das Wort. Sie sagt halblaut: »Wüstling! So ein Wüstling!«

Hat der Koffer nicht anders gestanden, hing nicht vorhin das Seidentuch heraus? Rhett hatte die Bilder womöglich längst entdeckt und studiert, hatte masturbiert und sie wieder zurückgelegt.

Faszination für Pornografie ist männlich. Frauen, die behaupten, Pornografie rege sie an, sind für Sonnie traurige Claqueure. Die Pornolüge. Sonnie kennt sie. Sie hat sie auch schon benutzt. Sie ist auch eine Porno-Claqueurin gewesen, hier und da, wenn es sich anbot, wenn es sich empfahl. Dabei war das Einzige, was sie erregt hatte, die Erregung des Mannes gewesen, mit dem sie den Pornofilm sah – und die galt gar nicht ihr. Entweder sie ist wirklich verklemmt, oder Rhett ist pervers. Wartet er nicht fünf Meter entfernt gerade darauf, dass Marilyn Monroes Rock überm Windstoß des Subway-Schachts hochflattert und einen Blick freigibt auf ihre saftigen Schenkel? Wird er den Saft dieser Schenkel nicht mit ins neue Bett bringen? Steht nicht der Koffermann, der Wichsvorlagen im Handgepäck hat, während in Paris Frau und Kinder warten, symbolisch für alle Männer?

Nein, sie ist nicht verklemmt. Sie ist…

…kultiviert, so drückte sich Rhett damals aus, als sie sich kennen lernten. Sie sei die einzige kultivierte Person am Tisch. Sie hingegen fand ihn angenehm unmännlich. Es war ein Treffen bei diesem durchgeknallten Künstler, Matthew Barney, der jährlich zum Thanksgiving-Dinner lud. Sonnie hatte die deutsche Ausgabe seines Bildbandes in die Wege geleitet, Rhett war als Beuys-Kenner geladen, die anderen Leute sahen aus, als hätte Matthew Barney sie direkt aus Fellinis Casting-Kartei gebucht.

Sonnies Kultiviertheit drückte sich vermutlich darin aus, dass sie als Einzige Messer und Gabel benutzte, während die anderen Truthahnkeulen schwenkten. Aber Sonnie sah gar nicht, was sie aß. Sie war fasziniert von Rhetts Nüstern. Sie kommentierten jeden am Tisch gesprochenen Satz in einer eigenen Sprache, die Sonnie zu verstehen glaubte.

Während sich die anderen Dinnergäste über den Muskel unterhielten, der die Hoden hebt und Protagonist eines der Langzeitprojekte von Barneys monströser Kunst war, interessierte Sonnie der Muskel, der Rhetts Nüsternspiel erzeugte.

Als sich die Tafelrunde aufzulösen und grüppchenweise in den Zimmern herumzustehen begann, setzte Rhett sich neben sie, ein Pepsi-Glas in der Hand. Sie erinnert sich, dass sie ihn ungläubig angestarrt hatte, als er sich vorstellte, und dass sie sich verkniffen hatte, einen Rhett-Butler-Scherz zu machen. Sie erinnert sich auch, dass Rhett, wie um den komischen Effekt seines Vornamens wettzumachen, es eilig hatte, ihr mitzuteilen, dass er ein Freund von Joseph Beuys gewesen sei.

»Unterstellen Sie, dass die Bekanntschaft mit einer Berühmtheit auf die eigene Bedeutung abfärbt?«, fragte sie. »Oder wollen Sie nur angeben?«

»Beides.« Zu ihrer Überraschung hatte Sonnie heiser und tief gelacht. Sie lachte nur heiser und tief, wenn sie mondän sein wollte. Sie wollte nur mondän sein, wenn sie flirtete.

Am ersten Abend übersah sie die Larmoyanz, den Anflug von Lebensmüdigkeit, der in Rhetts Mundwinkeln hing. Sie konzentrierte sich auf das Flackern seiner hechtgrauen Augen, auf das Beben seiner Nüstern, auf das halbseitige Lächeln seines Dustin-Hoffman-Mundes, auf seine große windgebeugte Gestalt, das wirre lange graue Haar, das Verwahrloste und Verletzte, das ihm anzuhaften schien.

Es entwickelte sich ein Streitgespräch über Pflichterfüllung und Kreativität. Rhett beschrieb, wie sehr ihm während einer Restauration manchmal die Finger juckten, wie übermächtig die Verlockung sei, ein Gemälde »zu verbessern«.

Sonnie kannte die künstlerische Anmaßung der Verbesserung aus ihrer Zeit als Lektorin.

Rhett umschrieb lakonisch sein Berufsbild: »Der Restaurator schafft keine materiellen oder kulturellen Neuwerte.«

»Lektor – dito«, sagte Sonnie.

Sie lachten.

Sie flirteten.

Sie sahen einander tief in die Augen.

Sie redeten, ohne sich voneinander zu erzählen.

Genau das erlaubte ihnen morgens um vier, als Barney sie schüchtern bat zu gehen, einen alarmierenden Ton der Vertrautheit.

Die kalte Nachtluft war es, die sie zur Besinnung brachte. Zwei Fremde standen sich gegenüber. Sonnie erinnert sich an ein Aufflackern von Antipathie. Das Mondlicht hatte das Albinohafte an Rhett verstärkt. Er war ihr hässlich vorgekommen, verlebt, unecht. Sie hatte ihn nicht mehr gemocht. Mit dürren Worten hatten sie einander aufgeklärt. Sonnie war mit dem Programmkino-Besitzer Jake Woodhouse verheiratet. Rhett lebte mit der Innenarchitektin Joy Johanson zusammen.

Die Antipathie war genauso schnell verschwunden, wie sie gekommen war. Wegen ihrer stets etwas klebrigen Handflächen hatte sich Sonnie zum Abschied hochgereckt, um Rhett auf die Wange zu küssen. Diesen Moment hatte Rhett genutzt, um seine Hände auf ihren Hintern zu legen. Er hatte die Ware Sonnie geprüft und später mit seinem Stempelmund den Empfang bestätigt. Adressen hatten sie nicht ausgetauscht an jenem Abend. Sie würden sich, das schwor sich Sonnie im Taxi, nie wieder sehen.

»So viel zu Schwüren«, murmelt Sonnie und legt den müden Kopf aufs Kissen. Sie dreht sich um und greift erneut zur Fernbedienung. Sie drückt auf den roten Pfeil. Sie drückt auf den grünen Pfeil. Sie macht die Matratze hart und weich, hart und weich.

Wie oberflächlich sie diesen Mann damals wahrgenommen hatte. Körperteile, Haare, ein Geruch. Es war ihr einzig und allein wichtig gewesen, wie anders Rhett war als Jake, wie *neu*, als gebe das irgendeine Auskunft darüber, wie viel *besser* er war als Jake. Sie hatte ihn sich ausgesucht wie eine Jacke, noch dazu wie eine, von der sie wusste, dass sie ihr nicht stehen wird. Sie hatte nichts über ihn gewusst, im Taxi, auf dem Heimweg, damals, und war doch verliebt. Es ist nicht auszuschließen, denkt sie, dass Verliebtheit aus Unwissenheit geboren wird.

Was hat er ihr in all den Jahren von sich erzählt? Er ist in Manhattan geboren, auf der Upper East Side. Seine Eltern sind weggezogen. Er hat keine Geschwister. Er leidet an nervösem Kopfschmerz, den er mit Zäpfchen behandelt. Er hat Wasser in den Knien, weshalb er Treppensteigen meidet. Er ist weitsichtig. Er will keine Kinder. Er kannte Beuys. Er hält nichts vom Heiraten. Er raucht nicht. Er trinkt nicht. Er geht nicht wählen. Er lässt sich nicht fotografieren.

Sonnie kann nicht einschlafen. All diese Ungereimtheiten. Wo war er letzte Nacht? Warum hat ihm die Chinesin einen Buddha geschenkt? Woher hat er das EAST-VILLAGE-Shirt? Warum hing das Tuch aus dem Koffer? Warum hatte er seinen Trenchcoat in die Reinigung gebracht? Warum hat er Kratzer auf dem Rücken?

Mitten in der Nacht erwacht Sonnie von einer Berührung an den Innenseiten ihrer Unterschenkel. Sie schreckt auf. Sie sieht zu Rhett hinüber. Er schläft, den kleinen Mund geöffnet, mit rasselndem Atem.

Da ist sie wieder, die Berührung. Rau. Heiß. Sie arbeitet sich langsam an Sonnie hoch. Es ist ein Lecken. Ein Lecken und Schmatzen an ihren inneren Knien. Mit einem Schrei versucht Sonnie, die Bettdecke zurückzuwerfen, über die Rhett eines seiner hageren Beine geworfen hat. Sie zerrt. Da muss ein Tier sein unter ihrer Decke, eine Ratte, eine Raubkatze, ein Reptil. Sonnie kriecht rückwärts zum Kopfende und macht sich klein. Starr vor Grauen ist sie. Es ist Joseph Beuys, der erst seinen Hut, dann seinen Kopf zwischen ihren Schenkeln erhebt und sagt: »Wir sind einander noch gar nicht vorgestellt worden.«

»Scheren Sie sich aus meinem Bett«, ruft Sonnie.

»Erst lecken, dann reinstecken«, reimt Rhett, der sich neben ihr aufgerichtet hat. Er raunt ihr zu: »Beuys reitet immer meine Miezen ein.«

Aber das ist ja gar nicht Rhett. Das ist ja ihr Vater! Sonnie schreit. Sie schreit. Sie wacht davon auf, dass sie schweißgebadet im Bett sitzt und schreit. Rhett, zerwühlt und verschlafen, die Hände auf den Ohren, sieht sie verständnislos an. Erst nach einigen Sekunden wird sie sich bewusst, dass sie deutsch spricht. »VERKORKST!«, hört sie sich schreien. »VERKORKST!«

Sie springt auf, rennt zur Sei-glücklich-Tasse, um kalten Hagebuttentee zu trinken, den ihre Mutter täglich kocht. Aber die Tasse ist leer. Und die Aufschrift ist anders: »Bleib durstig!«

Bleib doch endlich durstig!

Sonnie läuft zum Koffer, öffnet ihn mit wildem Herzpochen und – erstarrt. Der Koffer ist neu gefüllt. Ihre Schlenkerpuppe, ihr abgegriffenes Storm-Märchenbuch, die vom Großvater geschnitzte Flöte, schwarze Scherenschnitte, ein Weihnachtsbaum, ein Männerprofil, eine Prinzessin, rosa Mädchentagebücher mit vergoldeten Schlössern. Nur der Handspiegel ist noch der vom Koffermann. Bang, zögernd, nimmt sie ihn und hebt ihn vor ihr Gesicht.

Die Wolken sind weg.

Es ist das schmale strenge Gesicht ihrer Mutter, das sie ansieht. Aber mit ihrem Haar! Umkränzt mit ihrem blonden Haar! Sonnie, starr vor Grauen, hebt die Hand ans Gesicht. In Zeitlupe. Die große Hand erscheint auch im Handspiegel. Sie berührt die Wange der Mutter. Sie *ist* ihre Mutter. Verkorkst, flüstert der verhärmte Mund im Handspiegel, der Mund der Mutter, Sonnies Mund.

Der Wecker klingelt. Sonnie wacht auf.

»Was hast du geträumt?«, fragt Rhett munter. »Der erste Traum im neuen Bett geht in Erfüllung.«

Sonnie sieht in Rhetts Gesicht unter der Munterkeit etwas Verschlagenes, Abwartendes. Ist er nicht nachts aufgewacht von ihrem Albtraum? Hat sich nicht ihr Grauen auf ihn übertragen in diesem Moment? Ist vor diesem Hintergrund seine Frage nicht zynisch? Sollte er wirklich alles vergessen haben?

»Ach, und ich dachte, Marilyn Monroe ist tot«, sagt sie.

Rhett denkt an den Streit vom Vortag und schämt sich. Wie immer schämt er sich heimlich. Wie immer tut er nach außen, als sei alles in Ordnung, als sei nichts passiert.

Er braucht ein äußeres Gerüst der Ordnung, um die

inneren Abgründe einzugrenzen. Dieses klaffende Loch, und ein Bauzaun darum.

Er hat sich nicht mit Ruhm bekleckert. Er hatte eine Lanze für Pornobilder gebrochen und für Untreue, gegen seine Überzeugung. Es war einfach so passiert. Das Männliche hatte herausgewollt. Das Männliche, was gar nicht drin ist. Die Worte waren aus seinem Mund gekommen. Er war gekränkt gewesen, weil Sonnie sich dem gemeinsamen Essen entziehen wollte und dem gemeinsamen Fernsehabend, vom Sex ganz zu schweigen. Er hatte sich das so schön vorgestellt. Er erklärt Sonnie das Schlafnummer-Bett, sie liegen nebeneinander, wie er neben Birne Helene gelegen hatte. Dieselbe sexuelle Spannung baut sich auf. Er kann Helene haben, ohne Sonnie zu betrügen.

Er war gekränkt gewesen, weil Sonnie auf die Pornobilder so spießig reagiert hatte, eine Frau wie sie. Er war eifersüchtig gewesen, weil sie nichts mehr im Kopf zu haben schien als den Koffer. Er war gekränkt gewesen. Er hatte sie gekränkt. Jetzt stand er wortlos da, und die Nacht lag zwischen dem Streit, die erste Nacht im neuen Bett, im Schlafnummer-Bett, und sie hatten sich voneinander abgewandt, sie hatten einander die ganze Nacht nicht berührt, nicht einmal aus Versehen. Er hatte Albträume gehabt, die üblichen, Scheiterhaufen, Todeszellen, ertrinken, erfrieren, ermordet werden.

Kurz kommt ihm die Idee, zu Birne Helene zu gehen und das Bett zu reklamieren, aber er verwirft sie.

Ich war verrückt nach dir, hatte sie gestern gesagt. Damals war ich verrückt nach dir.

Die Psychiater seines Lebens haben Rhett bescheinigt, dass Verdrängung einer seiner gesündesten Reflexe ist. Rhett hält Verdrängung für den eigentlichen Unterschied zwischen Mensch und Tier. Ein Schutzschild der Hochzivilisation. Was man im Nachhinein nicht bespricht, das ist auch nicht passiert. Was gestern war, das soll man ruhen lassen.

Morgens hatte Sonnie den Koffer geöffnet. Gleich als Erstes. Alles beim Alten. Der Rest war Ausgeburt ihrer Fantasie. Sie hatte die Pornobilder zurückgestopft und den Koffer mit nackten Füßen unters Bett getreten.

Der Koffer. Ihr Koffer. Sonnie hatte auch einen Koffer besessen. Sie hatte diesen kleinen grau karierten Stoffkoffer mit nach Amerika gebracht, und sie hatte ihn über die ersten beiden Jahre gerettet. Ihre Schlenkerpuppe, ihr abgegriffenes Storm-Märchenbuch, die vom Großvater geschnitzte Flöte, schwarze Scherenschnitte, ein Weihnachtsbaum, ein Männerprofil, eine Prinzessin, rosa Mädchentagebücher mit vergoldeten Schlössern. Jetzt weiß sie es wieder. Aber wann und warum hatte sie den Koffer verloren? Hatte sie ihn auf die Straße gestellt so wie der Koffermann? Hatte ihn jemand gefunden so wie sie?

»Es ist übrigens das 2. Klavierkonzert im Film«, sagt er. Rhett drückt ihr den Stempelmund auf. Rhett setzt sich den Borsalino auf. Er ruckelt den Borsalino auf dem Kopf zurecht.

Dieses Rätsel, mit dem sie zusammenlebt.

Es ist ein Mythos, dass Geheimnisse Menschen aufwerten. Sie weiß jetzt, was es zu tun gilt.

Who are you really? What were you before?

Es gibt keine Regel, die sie aufgestellt hätten. Dazu ist ihr Zusammenleben zu neu. Dazu ist ihre Beziehung zu liberal. In den Jahren der Konspiration mit Rhett hatte Sonnie ihre Neugier bezähmt. Sie hatte nie in seinen Hosentaschen gewühlt, wenn er unter der Hoteldusche stand. Warum auch? Sie war ja die Betrügerin, Joy war die Betrogene. Die Diskretion gab Sonnie das Gefühl von Reife. Dies soll eine Beziehung zwischen Erwachsenen sein, mit der spöttischen Distanz bereits gelebten Lebens.

Nun kommt ihr diese Diskretion kindisch vor. Muss man sich nicht über das Bekannte verständigen, um gemeinsam ins Unbekannte zu gehen? Sonnie kennt sich nicht, aber sie will sich kennen lernen. Sie kennt Rhett nicht, aber sie will ihn kennen lernen. Wer niemals Fragen stellt, denkt Sonnie, löscht sich aus.

Sie nähert sich Rhetts Schreibtisch. Er ist dunkel und klobig wie der ihres Vaters. Sie zieht die Schubladen wie Register. Sie sucht, ohne zu wissen, wonach.

Sonnie stapelt Kunsthefter von Studenten um. Sie nimmt Kopien aus Hüllen. Sie blättert ein eselsohriges Notizbuch durch. Kopflose Strichmännchen. Mit Kuli ausgemalte geometrische Figuren. Kostenaufstellungen. Gekritzel:

»Avignon ist Picassos Eroica – »Guernica« ist seine Neunte????«

»Gott ist ein Künstler«, Picasso.

»Picasso ist ein Pfuscher«, Gott.

Ob Rhett ein Psychopath ist? Er hatte immer das Thema gewechselt, wenn die Rede auf Picasso kam, oder einfach geschwiegen. Muss man sich für den Beruf des anderen interessieren? Kann man nicht anderes teilen? Sonnie fragt sich, was Rhett und sie eigentlich teilen. Sie denkt lange darüber nach. Eine Wohnung. Ein Schlafnummer-Bett. Zu pappigen Toast. Zu dünnen Kaffee.

Es ist zwei Jahre her, dass sie Rhett im Museum of Modern Arts besucht hatte. Spontan besucht hatte. Sie hatte ihn überraschen wollen. Immerhin war sie eine Frau, bei der man nie wusste. Doch er hatte sich nicht gefreut. Seine Augen flackerten, als er, vom Pförtner gerufen, herunterkam, um seinen Gast abzuholen. Sie waren schweigend durch viele hochgesicherte Türen in das lichtdurchflutete Atelier gelaufen. Seine Reserviertheit, sein Unbehagen, hatten sich auf Sonnie übertragen. Sie hatte sich schrecklich unwillkommen gefühlt. Sie hatte Rhett zum ersten Mal in einem beruflichen Umfeld gesehen, mit Kollegen, zwei davon Frauen. Mit denen arbeitete er also hier seit Jahren.

Rhett hatte Sonnie niemandem vorgestellt. Sonnie hatte zum ersten Mal »Les Demoiselles d'Avignon« gesehen. Sie war schockiert gewesen von der Größe und Plumpheit des Gemäldes. Es hatte sie massiv abgestoßen. Das machte Rhett, wenn er herkam? Er pinselte an diesen klumpigen Weibern herum? Er kratzte an ihren kantigen Ellenbogen, ihren viereckigen Brüsten, ihren obszön gespreizten Beinen?

Rhett hatte neben ihr gestanden und geschwiegen. Es war nicht der Hauch von Freundlichkeit in seinem Gesicht gewesen. Er hatte das Kinn gesenkt gehalten, und Sonnie konnte auf einmal deutlich den alten Mann sehen, der er bald sein würde, den Greis, störrisch und verschlossen. Der Mann, mit dem sie seit zwei Jahren schlief, er war ein Fremder.

Rhett hatte etwas von einem Telefonat gemurmelt und im Weggehen auf das schreckliche Bild gezeigt und gerufen: »Lexi, kannst du meiner Bekannten ein paar Facts geben? Ich check rasch den PLM-Termin für den Modigliani.«

Eine etwa dreißigjährige Frau mit kurzen dunklen Haaren war auf Sonnie zugekommen, hatte sich die Hand an einem Läppchen abgewischt und sie ihr gereicht.

Ein paar Facts geben.

»Was ist PLM?«, hatte Sonnie gefragt. Dabei hatte sie doch keine Führung gewollt. Sie hatte doch Rhett überraschen wollen. Und sie hatte ihn überrascht, unangenehm überrascht.

»Polarized Light Microscopy – eine Untersuchungsmethode, mit der wir Oberflächenschmutz sehen können.«

Lexi. Lexi, kannst du mal.

Die Frau hatte ein schmales Gesicht. Ungeschminkt. Klug. Nicht unattraktiv. Ein knabenhafter Typ. Sympathisch. In Sonnie war die Eifersucht hochgestiegen. Sie hatte sie heruntergeschluckt. Eine Kollegin. Nichts weiter. Obwohl. Rhett nannte sie Lexi. Nicht Alexandra, wie sie vermutlich hieß. Lexi.

Sonnie befand sich in einer Welt, die Rhett noch nie erwähnt hatte und nie wieder erwähnen würde. Sie sagte nichts. Sie fragte nichts. Dinge wie: Freust du dich nicht? Willst du mir nicht die anderen Kollegen vorstellen? Ist Lexi verheiratet? Steht sie auf dich? Hast du was mit ihr? Wie oft, dachte Sonnie damals, sagt man nichts.

Meine Bekannte.

In Sonnies Kränkung hatte sich Schuldbewusstsein gemischt. Was hatte sie hier verloren? Hielt Rhett dies für einen Kontrollbesuch? Sie wollte Rhett besuchen. Nun stand sie mit Lexi vor diesem Albtraum von einem Bild.

Lexi hatte das Monstrum betrachtet wie einen Sonnenuntergang am Meer.

»Sie sehen die dicke Ölfarbe?«, sagte sie. »Und die Kerben darin? Die entstehen durch die Pinselbewegung. Wir nennen es Impasto.«

»Das Bild ist ziemlich … groß«, sagte Sonnie. Der einzige Kommentar, zu dem sie sich in der Lage sah.

»Ja, es war so groß wie die ganze Wand in Picassos Apartment damals«, sagt Lexi. »Wir fragen uns alle, wie er das gemacht hat. So ein signifikantes Werk, und ganz ohne Armfreiheit.«

Wir fragen uns alle.

Sonnie und Lexi, zwei gut aussehende, angekleidete Frauen, hatten schweigend auf fünf nackte hässliche Frauen in Fleischrosa und Pfirsichtönen vor weiß-blau-braunen Vorhängen geblickt.

»Es ist seit 1939 hier im MoMa«, sagte Lexi. »Es ist fast hundert Jahre alt. In den Fünfzigern und Sechzigern ist es schon mal restauriert worden. Leider nicht gut.«

Sonnie hatte die grimmigen Felsblockgesichter gesehen, die verdrehten schweinchenrosa Körper, die viereckigen Brüste, die langen Totemmasken. In diesem Moment hatte ihr Rhett Leid getan, und sein Beruf kam ihr ebenso stigmatisiert vor wie der eines Leichenwäschers. Vielleicht war er deshalb so befremdet von ihrem Auftauchen gewesen. Sie sah die Obszönität. Sie sah die Indiskretion ihres Besuchs. Sein Beruf war es, der ihm peinlich war. Nicht sie, seine Geliebte.

Ist das überhaupt Rhetts Schrift? So fahrig? Nicht mal das weiß Sonnie mit Sicherheit. Sie findet ein gerahmtes Foto. Es zeigt einen Mann und eine Frau auf einer Bank. Sie sind beide um die sechzig. Die Frau hält ihre Arme verschränkt. Der Mann hat eine Fliege um. Das Foto ist schwarzweiß, nur die Fliege des Mannes hat einen Rotschimmer. Der Rahmen ist oval, billig, aus rot lackiertem Holz. Rhetts Eltern? Und wenn nicht, wer ist es dann? Und wenn ja, warum versteckt er sie? Warum spricht er nie über sie? Schämt er sich ihrer? Hat sie ihn nicht gestern erst nach seinen Eltern gefragt, und er hat geschwiegen?

Sonnie hält eine Videokassette in der Hand, die Dokumentation einer Beuys-Ausstellung 1972 im Guggenheim-Museum in New York. 1972 war Rhett neunzehn Jahre alt. 1972 war Sonnie acht Jahre alt. 1972 starb Sonnies Großvater.

Sie legt das Foto weg. Sie nimmt die Kassette aus der Hülle, steckt die Kassette in den Videorekorder. Sie drückt auf PLAY. Sie drückt auf FAST FORWARD. Menschen mit Schlaghosen, Koteletten, Hochfrisuren wuseln im Schnelldurchlauf durch die Ausstellung. Da! Sie drückt wieder auf PLAY. Neben Beuys mit dem unvermeidlichen Herrenhut und den wachen Jungenaugen, das ist Rhett. Da steht er, den Kopf geneigt, als schäme er sich seiner Körpergröße, und vernimmt des Meisters Worte:

»Ich bin eigentlich ein Feldhase«, sagt Beuys mit hartem deutschem Akzent. »Nur, dass ich nicht so lange Ohren habe.« – »Daher tragen Sie auch den Hut, als Ohrenersatz«, sagt Rhett und richtet sich zu voller Körpergröße auf. »Da haben Sie vollkommen Recht«, sagt Beuys erfreut.

Sonnie stoppt das Bild. Sie sieht zwei Männer, die Unsinn reden. Und ihre Attraktivität rührt daher, dass sie eine Vision teilen. Fasziniert mustert sie Rhetts große, straffe Gestalt, die sich noch etwas tapsig bewegt, deren Motorik noch Spannung hat, keine Spleens entwickelt hat. Sie betrachtet das bleiche, schmale Gesicht mit den flackernden hechtgrauen Augen, die noch nicht in die Höhlen gesunken sind, die noch Glanz haben, zweifelsohne Rhetts Gesicht, aber auch ganz und gar nicht seins. Sie hat nie ein Kindheits- oder Jugendfoto von ihm gesehen. Er hat ihr einen Fotoapparat geschenkt, aber sie hat ihn damit nicht fotografieren dürfen.

Das Video ist der erste Beweis dafür, dass Rhett eine Vergangenheit hat. Es gab ihn früher schon. Er hat schon vor dreißig Jahren existiert. Das Video ist ein Echtheitszertifikat. Es ist richtig, dass sie in seinem Schreibtisch wühlt.

Sonnie fühlt einen Schmerz in ihrer Brust, etwas zieht sich zusammen, und sie sehnt sich fast mehr nach Rhetts Jugend als nach ihrer eigenen. Der junge Mann in dem Video trägt seine Hippie-Mähne wie eine Standarte. Erst später werden Zweifel und Misserfolg ihn wie einen Haken krümmen, sein Haar wird Hand in Hand mit seinem Charakter verfilzen und sich ausdünnen.

Das Telefon klingelt.

Es ist Rhett. Sonnie ist verlegen. Wann ruft er sie schon mal an? Und nun, ausgerechnet, wo sie in seinen Sachen herumwühlt wie eine eifersüchtige Ehefrau, wie eine neugierige Putzfrau, eine Einbrecherin …

»Sonnie, ich muss irgendwo mein Adressbuch vergessen haben.«

Das schlechte Gewissen macht Sonnie eilfertig.

»Dein Filofax? Ich seh gleich nach.«

»Ja, graues Leder. Siehst du's irgendwo?«

»Warte … nein … vielleicht auf dem Schreibtisch?«

Im selben Moment begreift sie Rhetts Anruf, seinen Auftrag, als Chance, als Eröffnungszug. Sie muss die Gelegenheit nutzen. Wenn sie ihn jetzt fragt …

»Nein … nur Papiere … eine Beuys-Videokassette … ein Bilderrahmen mit Foto … wer ist das auf dem Foto?«

»Was?«

»Das Foto in dem roten Bilderrahmen. Sind das deine Eltern?«

»Wer?«

»Warum hast du mir das nie …«

Schweigen. Rauschen im Telefonhörer. Sonnie hält die Luft an.

»Ja, verdammt, das sind meine Eltern. Ist mein Filofax dort?«

»Nein.«

»Okay, der Rest heute Abend.«

Sonnie spürt einen Druck in der Magengegend. Oder eher etwas tiefer.

Ja, verdammt.

Sie schnüffelt und spioniert und weiß gar nicht, warum und wonach. Ist das nicht auch ihr gutes Recht? Gutes Recht. Sie denkt schon wie ihre Mutter. Wie ihre Großmutter.

Mein gutes Recht
Gute Butter
Nur dein Bestes
Ungezogen
Verkorkst
Für nüschte

Sonnie drückt EJECT. Sie will die Kassette eben wieder in die Hülle stecken, als ihr ein Zettel vor die Füße fällt: schmutzig, alt, längs mehrfach eng gefaltet und geknickt. Sie faltet den Zettel auf. Er ist mit einer schrägen schwarzen Tintenschrift bedeckt. Das erste Wort fährt ihr wie ein Knüppel zwischen die Beine.

Vater,
oder soll ich dich besser Erzeuger nennen? Oder Arschloch? Wie hättest du's gern? Ich möchte dir danken für die nicht gezahlten Alimente der letzten 25 Jahre.

Du warst für mich nur ein Schatten an der Wand. Nie wollte ich etwas von dir wissen, habe nie nachgeforscht, wo du bist und was du tust, habe nie unter meiner Vaterlosigkeit gelitten. Aber jetzt, im Rahmen einer Therapie, würde ich gern nach den Ursachen meines Irrsinns suchen. Und ich hoffe, sie liegen bei dir. Ich habe dich im TV gesehen und deinen Namen herausgefunden. Ruf mich an.

Andrew

Sonnie handelt wie ferngesteuert. Sie nimmt ihr Funktelefon. Sie programmiert Andrews Funktelefonnummer ein, nennt den Eintrag RHETTS SOHN, stopft den Zettel zurück ins Kuvert, das von Rhetts nervösen Spinnenfingern wie ein Fächer geknickt, immer wieder glatt gestrichen, nie weggeworfen worden war.

Do you have any kids?

No. None. No kids. Well, just one. Little one. Hardly counts.

Der Brief ist adressiert an Rhetts Verlag. Mr. Rhett Montiel, Arthouse Publishers, New York. Der Poststempel ist von 1998. Sie steckt den Brief zurück in die Kassettenhülle. Sie hält sich am Türrahmen fest und krümmt sich. Sie lebt mit einem Zwielicht zusammen, einem Heimlichtuer, Kindesverlasser, Kindesverleugner. Etwas Dickes und Dunkles lauert in ihrem Leib. Ein Wulst von Empfindungen, gestaltlos, schwer, kompakt. Sonnie will nicht schwanger sein von Rhett.

Sie geht aufs Klo. Sie sitzt da. Sie starrt in den Zwickel ihrer Unterhose. Sie starrt so lange, bis dort Blut ist.

FÜNFTES KAPITEL

Sonnie verlässt das Loft. Wild entschlossen. Mit einer fixen Idee im Kopf. Sie geht an mehreren zerzausten Künstlern vorbei, die ihr »Hi« nicht erwidern. Sie klingelt nach dem Fahrstuhl. Sie wartet auf den Fahrstuhl. Es kommt ihr gar nicht in den Kopf, Rhett zu suchen, Rhett zur Rede zu stellen. Sie denkt gar nicht an Rhett. Nach dem Koffermann will sie suchen. Er ist in ihrem Kopf. Er füllt alles aus. Er ist ihr Bote.

Der Fahrstuhl kommt. Er hält einen halben Meter zu tief. Am Hebel steht eine Chinesin mit ausdruckslosem Gesicht. Sonnie zögert, einzusteigen. Sie ist in einer Verfassung, in der der Mensch auf das Gewohnte baut. Sie macht einen unsicheren Schritt ins Leere. Die Chinesin hilft ihr in den schaukelnden Fahrstuhl, ohne die Miene zu verziehen.

»Wo ist Gong?«, fragt Sonnie.

»Klankenhaus, Klankenhaus.«

Die Chinesin zieht aus ihrer falschen Burberry-Tasche einen Zettel und hält ihn Sonnie hin. Da kein Ausweichen möglich ist, nimmt Sonnie das Stück Papier. Mr. Cheng Gong steht da, St. Vincent's Hospital, Intensivstation.

»Ich Flau Gong. Du Flau Lett. Lett letten Gong.«

Lett letten Gong. Was soll das heißen? Sie betrachtet die Chinesin, die inzwischen an die Wand starrt, die kleine stark beringte Kralle auf dem Schaltknüppel.

Das arme Wesen. Gongs Ehefrau. Nun ist er krank, und sie muss seinen Fahrstuhl fahren, seinen Job sichern. Das tut gut. Die eigene Misere umschiffen. Durch anderer Leute Unglücksgewässer fahren.

Bevor sie der Chinesin den Zettel zurückgeben will, wirft Sonnie noch einen Blick darauf und erschrickt. Montiel. Mr. Rhett Montiel. Eingeliefert um 23 Uhr von Mr. Rhett Montiel, steht da.

Du Flau Lett. Lett letten Gong.

Wo war Rhett gestern um elf? Nicht bei ihr.

Rhett hat Gong gerettet.

Der Lift hält einen halben Meter zu hoch. Sonnie springt auf die Straße und knickt mit dem Fuß um. »Scheiße«, murmelt sie.

Die Chinesin beugt sich herunter. Sie drückt ihr eine Tupperdose in die Hand. »Fishballs«, ruft sie. »Klankenhaus. Klankenhaus.«

Reflexhaft nimmt Sonnie die Tupperdose. Sie fühlt sich in der Bringschuld. Es handelt sich um eine durch und durch irrationale Bringschuld. Sie humpelt die Canal Street westwärts, der untergehenden Sonne entgegen. Die Queen hat das Laub rot und braun geprügelt. Die New Yorker haben die Strickwaren rausgeholt. Sonnie biegt in die Thompson Street. Sie läuft nordwärts, die Tupperdose in der Hand. Der Brief ist schwer wie Blei in ihrem Kopf. Sie erreicht den Washington Square Park, in den sie bisher jeden ihrer Männer geschleppt hat, um mit ihm auf dem Brunnenrand zu sitzen und zu knutschen.

Paare gehen am Anfang immer in den Park, um auf dem Brunnenrand zu sitzen und zu knutschen. Später wird im Auto gefummelt. Dann kommt heimlicher Sex auf der Wiese, leise, aufregend, verboten, zwischen Ratten, Eichhörnchen und patrouillierenden Polizisten. Dann gibt es keine Steigerung mehr. Der Beischlaf wird ins Privatgemach verlegt. Er wird beiläufig. Gewohnheit.

Sonnie zeigt das Passbild des Koffermanns einem Pretzelverkäufer aus Bangladesch. Der schüttelt den Kopf. Er hat den Wagen vor zwei Jahren von seinem Vater übernommen, sagt er. Den Alten auf dem Foto hat er nie gesehen. Die Väter, denkt Sonnie. Die Väter und die Söhne. Der Koffersohn. Rhetts Sohn. Ob Gong einen Sohn hat?

»Angel!« Eine Stimme, der sie vertraut, bevor sie sie erkennt. Rau, rollend, mit allen Straßenrückständen New Yorks belegt. Es ist Ezekiels Stimme, die Stimme des großen Bruders, den Sonnie nie hatte. Ezekiel spricht das Wort »Angel« nicht englisch aus, nicht »Ainschel«, sondern spanisch, »Anchell«.

Es muss zehn Jahre her sein, dass Sonnie abends mit Chola durchs West Village lief. Chola trug ein dunkelgrünes Taftkleid, das in mehreren Lagen ihren Körper umschlang. Chola hakte Sonnie unter und trippelte wie eine Geisha. Plötzlich scherte sie aus.

Sie trippelte auf einen Brocken von Mann zu, einen Penner, sie fiel in seine Richtung, als wolle sie von ihm aufgefangen werden. Und tatsächlich! Er wagte es, seine großen grauen Pranken auf ihre Rippen zu legen, gleich unter der Brust. Er hob Chola hoch. Er herzte sie. Er drückte sie. Chola herzte und drückte zurück. Sie küsste ihn auf die Wange, tauschte einige Worte mit ihm, rief ihm »I love you« nach und hakte sich wieder bei Sonnie ein.

Sonnie wunderte sich. Nicht über das »I love you«, Chola war Amerikanerin genug. »I love you« tropfte ihr nur so von den Lippen. Sonnie wunderte sich über die merkwürdige Kombination.

»Was war denn – das?«

»Das war Ezekiel.«

»Wer?«

»Mein Guru.«

Chola lachte laut und dreckig.

Sonnie blieb stehen.

»Stell ihn mir vor!«

»Such dir doch selber einen.«

»Aber ... wie soll ich denn suchen, ohne ... einen kennen zu lernen?«

Chola drehte sich um. Im durchs Taftkleid gebremsten Stechschritt, mit Sonnie im Arm, wie ein Paradesoldat. Sie liefen zurück.

»Das ist Sonnie«, sagte Chola zu Ezekiel. »Sie kann nicht suchen, ohne zu finden.«

Sonnie reichte Ezekiel die Hand.

Ezekiel grinste breit.

»Yeah! Findet, so werdet ihr suchen.«

Sonnie führte von da an lange nachtklamme Gespräche mit Ezekiel. Sie brachte ihm Bücher, denn er las gern. Er las alles, was Buchstaben hatte. Er las alles, was er zwischen seine schmutzstarrenden Pranken kriegte. Sie war manchmal fast verliebt in den weisen Penner, aber dann wieder durch seinen Gestank abgetörnt. So war Ezekiel ihr Freund und Ratgeber geworden, über die

Jahre und zwischen den Liebschaften und auch währenddessen.

Sonnie erzählt Ezekiel vom Koffer, vom Koffermann. Atemlos. Sie zeigt ihm das Foto.

»Hab ich nie getroffen. Frag den alten Hopkins, Angel.«

»Wer ist der alte Hopkins?«

Sonnie hat das Gefühl, nackt durch ein Spiegelkabinett zu laufen. Jeder kennt jeden. Jeder weiß alles. Jeder kennt sie. Nur sie kennt keinen.

»Hopkins ist mein Guru! Der kennt jeden! Wen der nicht kennt, den gibt es nicht.«

Sonnie humpelt durch den Park.

Wen der nicht kennt, den gibt es nicht.

Ob Hopkins sie kennt? Ihr Bauch tut weh. Ihr Kopf tut weh. Ihr Daumen ist ein mit Schmerz gefüllter Ballon. Rhett hat einen Sohn. Rhett ist Vater. Warum verschweigt er es? Sonnie hätte schwören können, Rhett sei kinderlos. Aber sie hätte auch schwören können, Rhett sei zum Retten nicht geboren. Hat er ihr aus Edelmut nichts von Gongs Rettung erzählt? Oder schämt er sich, und wenn ja, warum?

Drei weitere Hotdog-Stände, einer koscher, einer halal, einer religionslos, erweisen sich als Fehladressen. Sonnie läuft über einen Kinderspielplatz voller Mütter und Kinder, mit denen sie nichts zu tun hat, zu denen sie nicht gehört.

Sie ist ein unglückliches Kind gewesen, stets mit der bangen Frage befasst, ob sie liebenswert, ob sie in Ordnung sei. Ihre Kindheit wird in der Rückschau zu einer Zitterpartie. Sonnie erinnert sich schmerzhaft an jedes

Detail ihres Bettelns um Liebe, wie sie stumm hinter ihrem Vater stand, der von ihrer Anwesenheit keine Notiz nahm, wie sie die Arme um den Hals ihrer stets unzufriedenen Mutter schlingen wollte, aber es nicht tat, aus Angst, sie zu belästigen. Und so beschränkte sich der Körperkontakt mit dem Vater auf jenen erzwungenen abendlichen Händedruck, und die Umarmungen, die sie an hohen Feiertagen mit ihrer Mutter zu tauschen wagte, gerieten nie zu deren Zufriedenheit. Sie waren entweder zu stürmisch (»Au, du tust mir weh!«) oder zu lasch (»Was soll denn DAS sein?«).

Sonnie galt als ungeschicktes Kind. Mit Ausnahme des Großvaters versäumte kein Erwachsener, sie zu tadeln und zu korrigieren. Alles, was ihre klebrigen kleinen Hände berührten, schien zu zerbrechen. Wenn sie der Großmutter beim Treppensteigen helfen sollte, war Sonnie steif vor Angst, der welke Großmutterarm könnte ihr entgleiten. Die Greisin könnte fallen und kaputtgehen. Und so hatte Sonnie gelitten, eine unendlich lange Kindheit lang gelitten, und niemand hatte geahnt, wie es in ihr aussah. Allein ihr sterbender Großvater hatte »Bleib, wiede bist« geflüstert.

Bevor er das sagte, hatte sie ihn regelrecht angeschrien: »Du stirbst doch nicht?«, hatte sie gerufen, obwohl sie gar nicht wusste, wie diese Worte in ihren Kopf kamen, denn sie hatte keine Vorstellung vom Tod und nie zuvor einen Toten gesehen. Es war nur, dass der Großvater keine prallen roten Backen mehr hatte, dass seine Kiefer und seine Augen eingefallen schienen, er sah aus wie eine Nachbildung des Großvater aus dem Wachsfigurenkabinett, und all das lustige Zwinkern und

Grinsen und Stirnrunzeln war aus seiner Mimik gewaschen. Sonnie riss an der Knopfleiste seines Schlafanzugs, so sehr sie konnte, damit er nicht stürbe: »Warum stirbt denn nicht die Oma?«, rief sie, heiser vor Zorn, hohl vor Tränen. Und er lächelte matt. »Deine Oma, die ist nicht totzukriegen«, sagte er. Und dann: »Bleib, wiede bist!«

Doch als Sonnie des Großvaters Sterbezimmer verließ, stolperte sie und schlug sich die Stirn auf. Die Eltern mussten sie ins Krankenhaus bringen, der Riss wurde ohne Betäubung genäht, und es war ihre Schuld, dass der Großvater währenddessen ganz allein starb. Das Versprechen des Lebens war aufgehoben im toten Großvater. Und sie war schuld.

Dieser Fluch, ein Einzelkind zu sein! Alles allein tragen zu müssen. Jede Erwartung hatte Sonnie enttäuscht. Dieser Fluch, kein Junge geworden so sein. Verkorkst war sie, verkorkst war immer das Wort der Mutter gewesen. Zu dick war sie, zu tollpatschig, für nüschte.

Sonnie läuft. Sonnie schwitzt. Sie sieht die Eisentür des Krematoriums sich schließen. Drin wird die Mutter verbrannt. Im Moment, als die sich senkende Tür die Flammen verdeckt, steht der Vater auf und verlässt das Haus. Wortlos geht er weg. Sonnie sieht ihm nach, der großen gebeugten Vatergestalt, die sich entfernt.

Ich leg dich gleich übers Knie.

In diesem Moment ist ihr bewusst geworden, dass der Vater sie nie übers Knie gelegt hat. Kein Versprechen hat er eingehalten, auch dieses nicht. Sonnie sieht sich, wie sie dem Vater nachsieht. Sie sieht sich als kleines Mädchen, obwohl sie fast dreißig war, als die Mutter starb. Sie ist enttäuscht, dass der Vater ihren Trost nicht braucht. Sie ist erleichtert, dass der Vater ihren Trost nicht braucht. Der Tod der Mutter hat ihr Verhältnis nicht vertieft, er hat es nicht einmal verändert. Vielleicht, weil der Schmerz zu klein war. Großer Schmerz hätte sie vielleicht zusammengebracht. Aber den gab es nicht, den Schmerz, die Erinnerungen nicht, den Austausch nicht. Es gab keine Umarmung, kein Schluchzen, keine Küsse. Da ist keine Sehnsucht, kein Heimweh, kein Vermissen. Am Anfang rang sich Sonnie noch Weihnachts- und Ostertelefonate von Übersee ab. Nun werden nur noch Geburtstagskarten ausgetauscht. Der Vater ist hier, und Sonnie ist dort. Es besteht nichts zwischen ihnen als Blutsverwandtschaft. Väter und Töchter, denkt Sonnie, auch nicht besser.

Sonnie will nicht, dass ein Kind sie je um Liebe anbetteln muss. Sonnie will nicht, dass ein Kind je ihre Erwartungen enttäuscht. Sie will für keinen Menschen ein Schatten an der Wand sein. Elternschaft kommt ihr vor wie eines der größten Lügengebäude, eines der ältesten Verzweiflungsprojekte der Menschheit.

Am Ende des Spielplatzes, hinter einem mit Anti-Bush-Aufklebern übersäten Hotdog-Stand, findet sie den alten Hopkins. Er ist schwarz, bullig, kahlköpfig, mit buschigen Brauen und einem Maul wie ein Baggerloch.

»Hotdog? Hot Sausage? Hot Pretzel? Cheese Pretzel? Potato Chips? Polish Sausage?«

»Hot Sausage«, murmelt Sonnie und hält ihm das Foto hin. »Kennen Sie den?«

Hopkins scheint ganz in seine Wurst vertieft, die er aus einem Bottich mit heißem Wasser fischt.

»Kennen Sie den?«, wiederholt Sonnie und hält das Foto direkt über den Bottich. Hopkins lässt die Zange sinken.

»Yesss Ma'am«, sagt er, schiebt das Foto weg und fischt weiter. Die nasse Wurst erinnert Sonnie an das dunkle halb erigierte Geschlechtsteil auf dem Pornobild.

»Wer ist das?«, fragt Sonnie angespannt.

»Warum wollen Sie das wissen, Lady?«, fragt Hopkins. Er legt die Wurst in ein aufgeschnittenes Sandwich. Zärtlich. Wie ein Kind in ein Bett.

»Ketchup oder Senf?«

»Beides.«

»Good old Jack«, sagt Hopkins kopfschüttelnd. »Wollen Sie etwa eine Stecknadel im Heuhaufen suchen?«

Sonnie lacht nervös auf.

»Klar kenn ich den«, sagt Hopkins. »Ich kenne sie alle. Dich kenne ich auch, Girl. Du sitzt jedes Jahr mit einem neuen Kerl am Brunnenrand und knutschst. Du bringst Ezekiel Bücher. Ich kenne euch alle. Wen ich nicht kenne, den gibt es nicht.«

Ich sitze gar nicht jedes Jahr mit einem neuen Kerl am Brunnenrand und knutsche, denkt Sonnie.

»Jack dachte, er is was Besseres.«

Er spritzt einen roten Streifen auf die Wurst.

Er spritzt einen gelben Streifen auf die Wurst.

»Trug weiße Handschuhe beim Wurstverkaufen.«

»Wo ist er jetzt?«

Hopkins zuckt mit den Schultern und reicht Sonnie die Wurst.

Die Wurst ist rosa. Das Brötchen ist braun. Der Senf ist orange. Der Ketchup ist rot. »Vielleicht in Paris. Da hat er immer von gesprochen. Paris. Oder tot. Wer weiß das schon. Als ich ihn zuletzt gesehen habe, wohnte er noch Chrystie Ecke Delancey.«

Sie bleibt vor der schmutzig ocker Fassade eines Eckhauses stehen, direkt gegenüber von dem kleinen Park, in dem alte Samurais morgens schattenboxen. Sie kommt ihr bekannt vor. Aber ja! Hier hat sie doch den Koffer gefunden! Hier ist Rhett ums Eck gefahren, auf der Suche nach einem Parkplatz! Hier hat er also gewohnt, der Koffermann! Chrystie Ecke Delancey. Hier hat er am Fenster Trompete gespielt, morgens, bevor er seinen Hotdog-Stand Richtung Washington Square Park rollte. Sonnie hat ein Bild im Kopf, wie der Koffermann erst mit weißen Handschuhen am Fenster Trompete spielt und dann mit weißen Handschuhen seinen Hotdog-Stand durch die Gegend zieht. Ein Bild wie aus einem American-Express-Werbespot.

If you make it there you make it everywhere.

Sie drückt die Schulter gegen die Haustür, die verschlossen ist. Sie versucht, im Flur das Klingelschild zu erkennen. Nur Nummern.

Sie wartet, ob jemand herauskommt.

Sie wartet, ob jemand hineingeht.

Nach etwa zehn Minuten hält ein Umzugswagen. Zwei Männer in roten Overalls steigen aus. Sie klingeln bei Nummer 5. Ein Summer ertönt. Die Tür springt auf. Die beiden roten Männer betreten das Haus. Sonnie hält die Tupperdose in den Spalt, bevor die Tür zufallen kann, und geht ihnen nach. Sie quetscht sich mit den beiden in den Fahrstuhl, in einer Hand die kalte Wurst, in der anderen die Tupperdose. Im fünften Stock steigen sie aus. Ein hoch gewachsener dunkelhäutiger Mann betritt den Fahrstuhl und drückt FIRST FLOOR. Der Mann sieht Sonnie eine Sekunde zu lange an. Sie kann seine Augen nicht sehen. Sie liegen im Schatten. Er trägt eine Baskenmütze tief in die Stirn gezogen. Seinen Mund kann sie sehen. Groß, samten, rosa wie ein Rosenblatt. Die Möbelpacker steuern auf eine offene Wohnungstür zu.

»Wasssöh wollöne Sie?«, fragt eine Frau. Warum mischt sich Sonnie in fremde Leben ein, wenn sie ihr eigenes nicht in den Griff kriegt? Und was will sie eigentlich hier? Sie drückt Wurst und Fischbälle an die Brust und fragt: »Sind Sie… ist… diese Wohnung zu vermieten?«

Die Frau ist um die fünfzig, helle, ledrige Haut, blauschwarz gefärbtes langes Haar, brauner Lippenstift. Sie trägt eine abgewetzte Lederkorsage über einem roten Hauskleid. Sie ist barfuß, mit Überbeinen und roten Zehen. Ihre gelbgrünen Katzenaugen bewegen sich träge über Sonnies Körper.

»Sie sind doch gar nicht wegen der Wohnung hier«, sagt die Frau, und ihre Augen saugen sich an Sonnies fest. Sonnie fürchtet, dass sich ihr Herzschlag am Mantel abzeichnet. Für einige Sekunden starren sich die beiden Frauen an. »Warum rufen Sie mich nicht morgen an, ich muss mit Ihnen reden«, sagt schließlich die Frau und nestelt aus ihrer Lederkorsage eine Visitenkarte. Die Visitenkarte ist aus warmem scharfkantigem Blech.

Sonnie ist froh, sich von den Katzenaugen losreißen zu können. Unten drückt sie einem Penner die kalte Wurst in die Hand. »Ich bin Vegetarier«, sagt der und wirft die Wurst weg.

Seit der Nacht mit Gong wird es wieder schlimmer. Das Schläfenstechen, die Angstzustände, der Weltschmerz. Rhett würde gern jemanden anrufen. Einen Freund. Er denkt an Ellis. Ellis, sein letzter Therapeut, der stundenlang und tagelang und nächtelang mit ihm gesprochen hatte. Der schließlich anfing zu behaupten, er, Rhett, habe sich das alles nur ausgedacht, den Unfall, den Tod der Eltern, das ganze Trauma. Ellis hatte so lange von Konfabulationen und Pseudologie geredet, von Pseudo-Erinnerungen und fantastischem Lügen durch Suggestion, bis Rhett ihn gefeuert hatte.

Nun vermisst er ihn, den einzigen Mann, der je freiwillig Zeit mit ihm verbracht hat, wenn auch nur gegen Bezahlung. Rhett hat nie einen Bruder gehabt, nie einen Freund gewinnen können.

Rhett betritt einen Antiquitätenladen in SoHo. Die Verkäuferin, die sich im Schaufenster zu schaffen macht, hat ein flaches asiatisches Gesäß. Es sitzt auf einer Knochenkonstruktion, die ein Dreieck zwischen ihren Schenkeln offen lässt. »Kann ich Ihnen helfen?«, fragt sie und dreht sich um. Sie trägt einen Anstecker, auf dem der Name BUSH durchgestrichen ist. Gegen Bush zu sein, gilt in New York als stylisch.

»Nein, danke.«

Rhett nimmt einen Karton mit den alten Fotografien in die Hand, drei Dollar das Stück, herrenlose Familienfotos aus allen Jahrzehnten des vergangenen Jahrhunderts. Er wühlt in den Fotos, kartoniert, mit Goldrand, mit Wellenrand, in Sepia, in Farbe. Er wühlt, als sei zwischen ihnen ein Freund versteckt. Männer mit Schnauzbart und Uniform, mit steifen Joppen und Kneifern, Damen mit Dutt und Mieder, Hut und Feder, mit Tränensäcken und bitterem Zug um den Mund. Rhett sucht die Farbfotos heraus, aus den Siebzigern, in verblichenen Orangetönen. Frauen mit großen Augen, Turmfrisuren, angeklebten Wimpern neben Männern mit Kragenecken, Hornbrillen und sehr seitlichen Seitenscheiteln.

Er kann sich nicht an seine Eltern erinnern. Er hat keine Ahnung, wie sie aussahen. Er weiß nur, dass sein Vater Arzt war und die Mutter Tänzerin, dass sie an der Upper East Side wohnten, im »Silk-Stocking-District« südöstlich vom Park, dass sie sehr elegant waren, dass die Mutter lange braune Haare hatte, die nach Haselnuss dufteten.

»Kann ich mir die Hände waschen?«, fragt Rhett. Die Verkäuferin schüttelt den Kopf. Erst beim Hinausgehen sieht Rhett im Schaufenster die Filmvorführmaschine. Er tastet nach der Filmrolle aus dem Koffer in seiner Aktentasche. Seit Tagen trägt er die Filmrolle mit sich herum, und er weiß gar nicht, warum. Er weiß auch nicht, warum er den Koffer geöffnet hatte an jenem Tag, als Sonnie in der Redaktion war, warum er die Filmrolle gesehen, herausgenommen und den Koffer hastig wieder geschlossen hatte, als sei er nicht befugt. Er geht zurück und kauft den Projektor.

Es ist Nachmittag, als Sonnie Gong die Fischbälle bringt. Zimmer 1601, sagt der gelangweilte Mann an der Anmeldung. Sie fährt mit dem Fahrstuhl in den 16. Stock.

Ärzte steigen ein.

Schwestern steigen aus.

Patienten steigen ein.

Sie geht nach links, Zimmer 1601. Ein Zwei-Bett-Zimmer. Vorm ersten Bett zwei Ärzte und zwei Schwestern. Dann ein lila geblümter Vorhang. Dann ein großes Fenster mit Ausblick. Das hatte sie immer getröstet. Der Ausblick.

Memory, agent Starling, is, what I have instead of a view.

In Umkehrung dieses Satzes dachte Sonnie immer: Ich hab die Skyline von New York eingetauscht gegen die Erinnerung.

Gong liegt im Bett wie ein weicher, gelber Eierkuchen. Er hängt an Schläuchen und strahlt Sonnie an. Er nimmt die Tupperdose mit den Fischbällen in die Hände. In seinen Handrücken stecken dicke Kanülen. Er schläft ein, die Tupperdose mit den Fischbällen in den Händen.

Sonnie tritt ans Fenster. Die Sonne geht unter. Die Ärzte gehen hinaus. Jemand anders kommt hinein. Sie lauscht dem Gespräch hinterm Vorhang:

»Du warst für mich nur ein Schatten an der Wand«, sagt eine Stimme. Die Stimme ist dunkel, kehlig, sonor.

Du warst für mich nur ein Schatten an der Wand.

Ein internationales Phänomen, denkt sie, Väter und Söhne.

»Und jetzt soll ich dich bemitleiden, deine Hand halten, weil du stirbst? Du peinlicher alter Gigolo!«

Jemand stöhnt.

»Ich hoffe, du hast Schmerzen.«

Sie reißt sich los und geht zur Tür hinaus. Diese Hitze! Diese Hitze in ihrem Gesicht und ihrem Körper! Sind das schon die Wechseljahre? Wird sie nun Hitzewellen haben wie Chola? Und ihr Daumen schmerzt! Er pocht und pulsiert und spannt. Und ihre Knie sind weich. Sie ruft ein Taxi.

»Können Sie das Fenster zumachen? Mir ist kalt«, sagt sie zum Taxifahrer, einem jungen Kaugummi kauenden Schwarzen mit Piratentuch. »Können Sie die Musik ausmachen? Ich hab Kopfschmerzen.«

»*Can you drive to the Bronx? Manhattan?*«

»*I work anytime, anywhere.*«

Dann fällt ihr die Visitenkarte wieder ein. Sie sucht sie in ihrer Tasche. Vorsichtig holt sie die Karte heraus.

Der Spiegel des Cyprianus

Elvira de Montreux
weiß die Zukunft

(212) 3131010

Ihre Zähne klappern. Sie zerrt das Telefon aus ihrer Handtasche. Sie wählt zitternd Kurzwahl 1. »Der Spiegel des Cyprianus«, schreit Sonnie ins Telefon.

»Hä? Sonnie? Bist du das? Wovon sprichst'n da? Was is'n los? Is was passiert?«

»Die Wahrsagerin. Das Märchen. Mein Großvater hat es mir erzählt ... Wie schön die Wälder grünen! Und sie sind alle tot! Die gute Gräfin und der Graf, mein Junker Kuno und nun auch der kleine Wolf... Ich hab doch meine Mutter im Spiegel gesehen. Im Handspiegel vom Koffer.«

»Was für 'ne Gräfin? Was für 'n Junker? Was für 'n Koffer? Samma, bist du besoffen? Haste was genomm?«

»Hot Sausage und Fischbälle... mein Hang zum Unrat... Ich hab im Krankenhaus... der Koffermann... Rhett hat doch Gong gerettet«

»Gong? Koffermann? Sag mal... Sonnie? Wo bist'n? Im Taxi?«

»Ich hab mich geschnitten.«

»Du kommst sofort her, hörst du? Auf der Stelle.«

Sonnie tippt den Taxifahrer an. »Doch nicht Chinatown. Lincoln Center.«

»Hör mal, Baby«, sagt der Fahrer. »Das ist New York! Da kann man nicht mal hü mal hott!«

»Was soll denn das heißen? Warum sagt hier eigentlich jeder diesen Das-ist-hier-New-York-Satz?«

»Sonnie?«, brummt Chola aus der Muschel. »Gib mir den Heini ma!«

Sonnie reicht dem Taxifahrer ihr Funktelefon. Der nimmt es Kaugummi kauend ans Ohr, hört, nickt, sagt »Yesss, Ma'am!«, lacht glucksend und hängt auf.

»Sie haben 'ne klasse Freundin«, sagt er und gibt Sonnie das Telefon zurück. Sonnie lehnt ihren heißen Kopf an die schmutzige Scheibe.

»Sach ma, du hast ja Fieber«, ruft Chola. Sonnie zuckt zusammen, als sich eine dicke weiße Katze an ihren Beinen entlangschmiegt. Cholas Wohnung, ein Studio-Apartment im zwanzigsten Stock, ist von verwegenem Design – ein Sammelsurium aus recyceltem Müll, Sägeblöcken, Plastikmilchkästen, Möbeln vom Straßenrand, dekoriert mit getrockneten Blumen und kunstvoll eingeschmolzenen bunten Kerzen. Sonnie stolpert durchs Interieur, in dem sie nach ihrer Trennung von Jake einige Monate gehaust hat. Chola legt die Hand auf Sonnies Stirn. Sonnie streckt der Freundin den pochenden Daumen entgegen. Stumm. Chola wickelt den Verband ab.

»Du lieber Himmel! Mädel! Sieht ja aus wie 'ne Salami! Und stinkt! Wie iss'n das passiert?«

»Der Koffer«, murmelt Sonnie. »Ich hab mich geschnitten. Ich hab kein Spiegelbild. Beuys war in meinem Bett. Der Koffersohn hat das Ohr ab.«

»Sach ma, du fantasierst ja!« Chola hat Sonnies Ärmel hochgeschoben und inspiziert die Innenseite ihres Unterarms. »Ach du Scheiße«, murmelt sie.

»Die Frau vom Koffermann ist eine Hexe«, flüstert Sonnie in Cholas Ohr und lässt sich zähneklappernd auf die Couch sinken. »Du, die wusste genau Bescheid! Ganz genau … wusste die Bescheid! Dass ich nicht wegen der Wohnung da war! Willst du die Pornobilder sehen?«

Chola lacht nervös auf. »Im Moment nich, Sonnie. Manno, gut dass de hergekomm bist! Mach mir bloß nicht schlapp, du! Wir müssn zum Krankenhaus! Weißte, was das hier is? Das Rote hier? Die Bahn an deinem Arm? Das is 'ne Blutvergiftung!«

»Wie spät ist es? Ich muss Rhetts Sohn anrufen«, sagt Sonnie, gleitet zur Seite, langsam, so lange, bis sie mit der Wange auf der Sofalehne liegt. Sie schließt die Augen. Sie kennt die Sofalehne. Ihr Kopf hat oft darauf gelegen.

»Frau Gong hat Fischbälle gemacht.«

Chola stürzt zum Telefon.

»St. Vincent's Hospital, Zimmer 1601«, murmelt Sonnie.

»Operator?«, bellt Chola ins Telefon. »Operator?«

Der Projektor dreht sich im Leerlauf. Rhett wacht auf. Es ist dunkel. Er weiß nicht, wie lange er geschlafenhat, er weiß nur noch, dass er immer noch in der Kiste ist.

Er steht mit schmerzenden Gliedern auf und macht das Licht an. Er ist ein schlechter, ein nutzloser Mensch. Der Projektor knattert. Rhett sieht auf die Uhr. Es ist spät, fast Mitternacht. Aber wo ist Sonnie? Wo, verdammt noch mal, ist Sonnie? Was hat sie gesagt, wann sie kommt? Wann hat er sie gesehen? Morgens? Vormittags? Mittags? Und hat sie etwas gesagt, als sie ging?

Rhett läuft.

Rhett läuft hin und her.

Rhett schreitet die Wände ab.

Rhett zieht Kreise in der Wohnung.

Sie war nicht gegangen. Er war gegangen. Sie war in

der Wohnung zurückgeblieben. Keine Nachricht auf dem Anrufbeantworter. Kein Zettel. Nirgends ein Brief. Er hebt das Menü vom Chinesen hoch. Doch! Da ist was! Er nimmt den Zettel und hält ihn weit von sich weg. K-O-H-L-R-A-B-I, buchstabiert er.

Er versteht nicht. Was soll das? Was heißt das? Wo ist sie?

Moment, er hat ja mit ihr telefoniert am Mittag! Er hat doch seinen Filofax gesucht! Aber hat er sie nicht angeschnauzt? Er erschrickt. Er hat sie angeschnauzt! Und eine Frau wie sie, bei der man nie weiß… Sie ist ihm weggelaufen!

Rhett wählt Sonnies Funknummer. Mailbox.

Jetzt fällt ihm ein, sie hat das Foto gefunden. Das unselige Foto. Er läuft zum Schreibtisch. Da liegt es auch schon. Die Biedermann-Fratzen. Der billige Rahmen. Die rote Fliege. Vermutlich ist alles aufgeflogen. Ihr seid schuld, dass Sonnie weg ist, denkt er.

Rhett wählt die Nummer der Redaktion. Niemand geht ran. Es wird doch nichts passiert sein? Ein Unfall? Der Fahrstuhl wieder? Ein Terroranschlag? Stromausfall? Er atmet schnell. Schweiß bricht ihm aus. Hat sie ihn verlassen? Hat sie ihn verlassen?

Er stürzt zum Bett. Er sinkt auf seine schmerzenden Knie, tastet, zerrt, fördert erst den hässlichen Jade-Buddha zutage, schließlich den Koffer. Das ist gut, denkt Rhett. Der Koffer ist noch da. Dann kann Sonnie nicht weit sein.

Rhett wählt Sonnies Funknummer. Mailbox.

Rhett öffnet den Koffer.

Ob sie die Pornobilder mitgenommen hat? Nein. Keinesfalls. Rhett verwirft den Gedanken. Sie war doch so angewidert gewesen. Allerdings: Sie könnte sie mitgenommen haben, damit er sie nicht findet. Er kramt alles durch.

Da! Die Bilder waren in den Futtertaschen. Rhett erinnert sich. Er greift in die Taschen. Er wirft die Fotos umher. Die Pornobilder sind die letzten. Rhett legt die Hand auf seinen Schoß. Er ist heiß und hart. Er öffnet seine Hose. Er sieht Gesichter, Brüste, Schamhaare, Schwänze. Er denkt an Schwester Cäcilia. Er denkt an Birne Helene. Er denkt an Joy. Er denkt an Sonnie. Es geht sehr schnell.

Rhett starrt die Fotos an. Wie konnten sie ihn nur erregen? Wohin ist die Erregung verschwunden? Altmodische Fotos von hässlichen Menschen ohne sinnliche Ausstrahlung. Ein schlaffer nasser Schwanz, der aus seiner Hose hängt. Er verachtet ihn. Er verachtet sich. Alles ist klebrig. Alle stinkt nach Sperma. Rhett verstaut den schlaffen nassen Schwanz. Er geht sich die Hände waschen. Er benutzt viel flüssige Seife. Er benutzt Desinfektionsmittel. Er kommt sich nekrophil vor. Diese Menschen sind längst tot, verwest, vergessen.

Er will die Fotos zurück in die Futtertaschen stopfen. Da erst merkt er, dass sie ihn an etwas erinnern. Das philosophische Bordell. Die Posen, die Gesichter, die Verrenkungen auf den Fotos. All das erinnert ihn an die Studien zu Picassos »Le Demoiselles d'Avignon«. Auf den ersten Skizzen waren noch Männer gewesen. Ein Matrose. Ein Medizinstudent. Ein Freier. Eines dieser Bilder, die Picasso zynisch als Kunst bezeichnete und verhökerte, nur weil seine Signatur darunterstand.

Als das Museum of Modern Art an Rhett mit der Restauration des Gemäldes herangetreten war, hatte er tagelang unter Schock gestanden. Es war ein Angebot, das er nicht ablehnen konnte. Ein großer Auftrag, ein Jahrhundertauftrag, einer, der ihm Geld und Ruhm bringen würde. Das war also seine Strafe. Eine zynische Strafe. Nicht Geisteskrankheit, nicht Unfall, nicht Mord, nein, Picasso. Er war zu Picasso verurteilt worden.

Seit er an dem Auftrag arbeitet, ist seine Abneigung zur Verachtung angewachsen. Was da als Geburtsstunde des Kubismus, als Eckstein des Modernismus gefeiert wird, ist nichts als allerschlimmste Stümperei, die einem sadistischen Hirn entstammt, einer vulgären Lustlosigkeit, gepaart mit einem erstaunlichen Mangel an Talent und Fantasie.

»Jahrhundertmaler, pfffff«, sagt Rhett, »dass ich nicht lache!«

Die Frau auf dem Pornobild könnte mit Leichtigkeit eine von den Demoiselles sein. Sie hat eine manierierte Haltung. Sie hat ein strenges Gesicht. Sie hält einen Handspiegel. Der Handspiegel sieht antik aus, mit Silberrahmen, mit massivem Keulengriff.

Vielleicht doch ein Unfall?, denkt er plötzlich. Eine Hitzewelle fährt Rhett in die Schläfen. Sonnie war so fahrig in den letzten Tagen. Vielleicht hat sie ihm Zeichen gegeben. Rhett hat das gelesen, in dem Mars-Venus-Buch, dass Frauen Männern Zeichen geben, die Männer nicht verstehen oder gar nicht erst sehen. Was könnte ein Zeichen gewesen sein? Der Koffer? Die Essensverweigerung? Das feindselige Verhalten gegenüber Marilyn Monroe? Gegenüber den Pornobildern?

Chola! Er muss Chola anrufen! Er eilt zu seinem Schreibtisch.

Da liegt das alte Beuys-Tape. Und das Foto. Das unselige Foto. Er sucht seinen Filofax, findet ihn aber nicht. Da ist Cholas Nummer drin. Was nun?

Er wühlt zwischen Sonnies Papieren herum, die auf dem Parkett verstreut liegen. Ihm fällt ein, dass sein Filofax in seinem Trenchcoat ist. Den Trenchcoat aber hatte Gong bespuckt. Den Trenchcoat hat Rhett in die Reinigung gebracht. Chola… Chola… wie heißt sie noch mit Nachnamen? Chanel? Patel? Er findet einige ausgedruckte Seiten des Internetmagazins. »Da! Chola Chapel!« Mit dem Blatt Papier stürzt er wieder zum Telefon und ruft die Auskunft an. »C-H-A-P-E-L, ja.« Er kritzelt Cholas Nummer auf einen Umzugskarton. Er wählt Cholas Nummer. Anrufbeantworter. »In dringenden Fällen…« Er schreibt mit. Er wählt Cholas Funknummer.

SECHSTES KAPITEL

Das Wartezimmer erinnert Sonnie an *Einer flog über das Kuckucksnest*. Es riecht nach Sepso, Doppelwhopper und faulem Menschenfleisch. Chola sitzt auf dem Stuhl, ein statisch aufgeladenes lila Ding um den Hals, und sieht fern. Die Letterman-Show.

»Sharon Stone ist zu Gast«, sagt sie. »Auch geliftet. Was hamse mit dir gemacht?«

»Spritze.«

»Schmerzspritze? Wohin? Arm?«

»Arsch.«

»Und nu?«

»Soll ich warten. Hab eine Nummer gekriegt. Sag mal, ist das eine Federboa?«

»Klingst ja schon wieder ganz krekel.«

»Ich lieg im Sterben, und du wirfst dir eine Federboa um?«

»Kindchen, irgendwann steht 'ne Frau vor der Entscheidung, ob sie 'ne Dame in 'n besten Jahren sein will oder 'ne ungepflegte ältere Frau.«

Eine ungepflegte ältere Frau.

Sonnie betrachtet ihre wunden Männerhände.

Hände betrachten bringt Unglück.

»Hab ich dir schon erzählt, dass Pinkie schwanger ist?«

»Die Praktikantin?«

»Ja, von Basedow.«

»Ach nee.«

»Erst hatse ihre Tage gekriegt. Dann warse doch schwanger. Jetz gibt er ihr 'n Vertrag, wegen Mutterschutz.«

»Ein guter Mensch etwa?«

»Nee. Meinen hat er nich verlängert.«

»Chola, verarschst du mich? Du bist gefeuert worden?«

»Quatsch. Ich hab gekündigt. Ab Dezember ist sowieso Rauchverbot in der Redaktion.«

Nummer 37 wird aufgerufen.

»Aber was machst du denn jetzt?«

Sonnie hat Nummer 59.

»Vielleicht geh ich nach Schanghai. Ich war noch nie in Schanghai.«

Sonnies Telefon klingelt.

»Oder Tokio. Da wollt ich schon immer mal hin.«

»Keine Telefone, Ma'am«, sagt eine vorbeilaufende Krankenschwester zu Sonnie und zeigt auf ein Schild mit einem Sandwich, einem Becher, einem Telefon. Alles durchgestrichen. Auf dem Schild klebt ein Bush-Aufkleber. Auch durchgestrichen.

»Oder Afrika. Out of Africa.«

Das Display zeigt ZUHAUSE.

»Rhett?«, sagt Chola. Sonnie nickt und drückt den Anruf weg. Wegrudern, denkt sie, gegen den Strom. Harte körperliche Arbeit.

Nummer 38 wird aufgerufen.

»Das kann Stunden dauern. Wärn wir lieber bei mir in Midtown ins Krankenhaus gegangen. Wat wolltste auch unbedingt hierher?«

»Hab meine Gründe.«

»Willste nich mit Rhett sprechen?«

»Nein.«

»Also, ma langsam«, sagt Chola und legt den Arm um Sonnie. »Du hast erst den ollen Koffer gefunden, und dann gingen die Albträume los?«

Sonnie lässt den Kopf auf Cholas gefiederte Schulter sinken. »Meinst du, das hat was miteinander zu tun?«

»Weiß nich. Geh doch mal zu 'ner Hexe damit.«

»Hexe? Warum nicht?«

»Oder ich frag Pushit. Morgen.«

What if there is no tomorrow? There wasn't one today.

»Wer ist Puschel?«

»Pushit. Mein aktuelles Fohlen. Kennste doch. Der is übersinnlich. Denk mal, beim Friseur nimmt er immer seine Haare mit und bewahrt sie in Tupperdosen auf, wegen Voodoo.«

»Ach ja, die Fohlen ... Ich hab heute einen Mann gesehen, der hat mir gefallen.«

»Hihi, dann war der sicher alt und hässlich.«

»Er war ... Ich hab ihn nur kurz gesehen ... Er war ein großer schwarzer Mann.«

»'n Hengst also, kein Fohlen.«

»Rappe.«

»Rappe, gut. Wie alt?«

»Weiß nicht, so alt wie Rhetts Sohn?«

»Rhett hat'n Sohn? Fantasierst du schon wieder? Ich denke, der hasst Kinder? Ich denke, der hat keine und will keine?«

Sonnie sieht überrascht auf. Woher weiß Chola, dass Rhett keine Kinder will? Wieso kann sie fast wörtlich wiedergeben, was Rhett immer zu Sonnie sagt:

Kinder! Ich habe keine, und ich will keine.

Sie hat das Chola gegenüber nie erwähnt. Fortpflanzung war eines der Themen, die sie im stillen Einverständnis kinderloser Frauen nie diskutierten. Seit dem Tag, als Sonnie Chola gefragt hatte, ob ihre Katzen Kinderersatz seien und diese sie angeherrscht hatte, was denn das jetzt für eine blöde Journalistenfrage sei, hatte Sonnie das Thema nie mehr angesprochen und immer nur die Augen verdreht, wenn Dritte es ansprachen.

Es hatte drei Jahre gedauert, bis Sonnie Rhett und Chola einander vorgestellt hatte. Vorher hatte sie von Rhett als Mister X gesprochen. Die Konspiration hatte ihr gefallen. Und Rhett machte keine Anstalten, der Mann an ihrer Seite sein zu wollen. Umso triumphaler war es, als Sonnie eines Abends mit Chola zu Matthew Barneys Ausstellungseröffnung ins Guggenheim ging. Sie sah dort Rhett, aber ignorierte ihn, wie sonst bei öffentlichen Begegnungen. Aber Rhett trat auf Sonnie zu. Und küsste sie. Auf den Mund!

Vor allen Leuten küsste Rhett Sonnie auf den Mund. Vor all den gealterten Frauen, die ihre Männer festzuhalten suchten mit dünnen Lippen. Vor all den gealterten Männern, die nach jungen Frauen schielten. Rhett bekannte sich zu Sonnie. Erst dann hatte Rhett Chola wahrgenommen, die neben Sonnie stand. Er hatte kurz gezögert und gesagt:

»Ach, *du* bist Sonnies Freundin? Ich habe viel von dir gehört.«

»Kann ich umgekehrt leider nicht behaupten«, hatte Chola gebollert. Sonnie hatte ihr ins Ohr geflüstert: »Aber das ist doch Mister X!«

Rhetts Zögern hatte sie sich mit Cholas imposanter Erscheinung erklärt. Die meisten Leute zögerten, wenn sie Chola zum ersten Mal sahen.

Als Sonnie Chola an jenem Abend allein erwischte und fragte, wie sie Rhett fände, war Cholas Kommentar »Warum muss es von allen Männern der Welt ausgerechnet der sein?« eben typisch Chola gewesen und nicht weiter verdächtig. Erst jetzt, im Nachhinein, ergibt alles Sinn. Einen neuen, anderen Sinn.

Cholas Telefon vibriert und leuchtet auf.

»Aha, jetzt ruft er mich grad an!« Auf Cholas Display leuchtet RHETT & SONNIE HOME. Wieso nicht SONNIE & RHETT HOME? Wieso eigentlich nicht nur SONNIE HOME?

»Ja. Geh nicht ran.«

»Wieso? Was iss'n das mit Rhett und dir?«

»Da kann ich zurückfragen. Was ist das mit Rhett und dir?«

»Hä?«

»Ich hab einen Brief gefunden. Von Rhetts Sohn. Rhett hat einen Sohn. Weißt du was davon?«

»Nee, und was sacht er dazu?«

»Nichts. Er weiß nicht, dass ich's weiß.«

»So 'n Windhund! Sieht er nich aus wie 'n Windhund? Hab ich nicht immer gesagt, er sieht aus wie 'n Windhund? Wenn einer wie 'n Schwein aussieht, dann isser auch 'n Schwein. Und wenn einer wie 'n Windhund aussieht, dann isser 'n Windhund.«

Sonnie steht von ihrem Wartezimmerstuhl auf.

»Du hast nie gesagt, er sieht aus wie ein Windhund. Du hast nie auch nur irgendwas gesagt. Und jetzt weiß ich auch, warum. Du kennst ihn. Du kanntest ihn von früher. Warum hast du mir das nicht gesagt? Du bist meine Freundin!«

»Kinder, könnt ihr verdammt noch mal rausgehen und rumschreien?«, ruft eine dicke Schwarze im Jogginganzug. Ihre Hand ist in blutenden Mull gehüllt. »Das ist ein Krankenhaus hier, nicht die Jerry-Springer-Show!«

Längeres Schweigen. Sonnie setzt sich wieder hin. In ihrem Kopf dreht sich alles.

»Du bist meine beste Freundin«, sagt sie leise.

Chola scheint mit sich zu ringen.

»Ach, du warst so verknallt. Hab mich gefreut für dich. Ich wusste ja auch nich, ob du RE hast.«

»Was ist RE?«

»Retrospektive Eifersucht. Als ich Rhett kannte, ach, is ewig her, da hat er auch noch getrunken. Er hat ja auch nix gesagt. Also hab ich auch nix gesagt.«

»Getrunken? Rhett? Du meinst, richtig gesoffen? Da musst du was verwechseln. Rhett trinkt keinen Schluck.«

»Na, warum wohl nich?«

Die dicke schwere Frau wirft ihnen einen drohenden Blick zu. Sonnie ist blass geworden. Sie atmet schneller und beginnt zu keuchen. Chola legt ihr die Hand auf die Stirn.

»Ich bin aber auch 'n Trampel«, sagt sie.

Sonnie sinnt auf eine Beleidigung. »Dein Puschel sieht aus wie 'n Affe.«

Chola lacht auf.

»Na, is doch gut! Affen sind gelenkig und gelehrig.«

»Warum hast du deine Liebhaber immer nur für ein paar Wochen?«

»Dann hamse ausgelernt. Oder ich langweil mich. Sonnie, ich bin so was wie 'ne Gottesanbeterin. Ich fresse die Männchen danach.«

Eine vollkommen unverständliche Durchsage erklingt.

Beide sehen sich an und heben die Schultern.

»Was hat der grad gesagt?«, fragt Sonnie ihren Nachbarn, einen zerzausten alten Mann in Schlafanzughose.

»Keine Ahnung«, antwortet der.

»Ich hab so lange um Rhett gekämpft«, sagt Sonnie leise. »Jetzt hab ich ihn.«

»Ja, jetzt haste ihn. Herzlichen Glückwunsch! Und 'n Stiefsohn dazu.«

»Krieg ja kein Oberwasser! Außerdem ... Rhett ist gar nicht so schlecht. Er kann gut Füße massieren.«

»*Foot rub* kriegste in Chinatown an jeder Ecke.«

»Er ist klug.«

»Bin ich auch.«

»Er hat Gong das Leben gerettet.«

»Was für 'n Gong?«

»Na, unser Fahrstuhlmann.«

»Der Kullerkopp? Na, wer weiß, ob das stimmt!«

Aus dem Lautsprecher tönt: »Nummer 57 bitte ins Untersuchungszimmer!«

»Soll ich mit reinkomm?«, fragt Chola.

»Nee, lass mal!«

Sonnie tritt ins Untersuchungszimmer. Chola kennt Rhett, denkt sie. Chola macht auch mit in dem Lügenspiel. Alle lügen.

Der Arzt wendet Sonnie den Rücken zu. Er ist dünn und kantig, seine Bewegungen sind schnell und routiniert. Er wäscht sich die Hände. Vermutlich erinnert er sie deshalb an Rhett, weil er sich die Hände wäscht.

»Sie haben Glück, dass Sie Rechtshänderin sind.«

Er streckt ihr eine wasserfeuchte schmale Hand entgegen. Sonnie ergreift sie, froh, dass sich die Feuchtigkeit ihrer Hand verliert in der Feuchtigkeit seiner.

Rechts ist dort, wo der Daumen links ist.

»Wieso?«

Er hat einen weißen Streifen in der linken Braue.

»Na, Ihren Angaben entnehme ich, dass Sie von der schreibenden Zunft sind. Mit diesem Daumen könnten Sie schon lange nicht mehr schreiben.«

Seine Augen sind mandelförmig, die Haut ist hell. Er ist um die dreißig.

»Ich schreibe nicht mit dem Daumen«, sagt Sonnie.

Er lacht auf. Seine Mundwinkel ziehen sich nach unten. Die Unterlippe stülpt sich nach vorne. Das gibt seinem Gesicht etwas Nuttiges.

»Nein? Ich schreibe mit dem Daumen. Ich halte einen Füllfederhalter zwischen Daumen und Zeigefinger der rechten Hand, so wie ich es in der Schule gelernt habe.«

»Schön, dass Sie so konservativ sind«, sagt Sonnie. »Dann werden Sie ja sicher meinen Daumen retten. Mit dem Faustkeil.«

»Kommt mir das nur so vor, oder sind Sie feindselig?«

»Ich warte seit drei Stunden.«

»Ich arbeite seit sechzehn Stunden.«

»Ich hatte eine schwere Kindheit.«

»Dito.«

Beide lachen, der junge Arzt mit heruntergezogenen Mundwinkeln, Sonnie heiser und tief. Er greift nach ihrem Arm, betrachtet den roten Streifen auf der Haut, fährt mit den Fingerspitzen auf ihrer Haut entlang, führt ihre wund gebissenen Fingerkuppen nahe an seine Augen.

»Na so was, ein Nagetier«, murmelt er.

Sonnie will ihm die Hand wegziehen.

Er hält ihre Hand fest.

»Entzünden Sie sich immer so schnell?«

Er tastet ihren Daumen ab.

»Ich werde wohl doch amputieren müssen. Was soll eine so schöne Frau mit einem so hässlichen Daumen?«

Die Fohlen.

»Wenn Sie schon beim Fummeln sind«, sagt Sonnie, »können Sie gleich noch einen Blick auf meinen Fuß werfen. Bin heute umgeknickt …«

Er greift nach ihrem Fuß.

Als Sonnie erwacht, liegt sie rücklings auf einer kalten schwarzen Liege. Ihr rechter Oberarm wird von einer aufgeblasenen Manschette umklammert. Auch die kalt und schwarz. Das Ventil zischt. Der Druck lässt nach.

»Ihr Blutdruck ist im Keller, Mrs. Woodhouse«, sagt der Arzt. Er legt seine Hand auf ihre Stirn. Er lässt seine Hand über ihr Gesicht gleiten.

»Sonnie.«

»Andy.«

Sie schweigen.

It is so nice, when you can sit with someone and not have to talk.

Sonnie ist ein Kind. Sie sieht ernst in den Korridorspiegel. Die Hand wischt von unten nach oben übers Gesicht. Sonnie lächelt. Die Hand fährt von oben nach unten übers Gesicht. Sonnie macht ein böses Gesicht. Die Hand fährt wieder hoch. Sonnie macht eine Fratze. Die Hand fährt wieder runter. Sonnie macht ein trauriges Gesicht. Immer und immer wieder wischt die Hand. Es ist eine große behaarte Männerhand. Es ist nicht die Hand ihres Vaters. Ihr Vater hat – Spinnenfinger.

Es ist eine vertrauenswürdige, breite, freundliche Hand. Es ist die Hand des Großvaters. Zum ersten Mal sieht Sonnie ihre eigenen Hände mit Zärtlichkeit. Sie hat die Hände des Großvaters geerbt.

»Haben Sie immer so eine kalte Nase?«

»Was geht Sie meine Nase an?«, stößt Sonnie hervor. Sie will den Großvater festhalten. Der Großvater verschwindet. »Kümmern Sie sich lieber um meinen Daumen.«

Entzünden Sie sich immer so schnell?

»Ich bin mehr als nur ein weißer Kittel«, sagt er und beugt sich über sie.

»Und ich bin mehr als nur ein Daumen«, sagt sie und sieht ihn unverwandt an. Unfassbar, denkt sie, dass ich mit ihm flirte. »Ich bin eine Frau.«

»Zweifelsohne.«

»Und Sie sind ein Mann.«

»Mehr, als mir lieb ist.«

Sie zieht ihn herunter.

Es folgt ein Kuss.

Lang. Saugend. Hungrig. Zungenlos.

Der Kuss wird zum Halsbiss.

Der Halsbiss wird zum Schrittgriff.

Der Schrittgriff wird zum Habenwollen.

Haben.

Rhett schnappt nach Luft.

Niemand da. Wen anrufen? Wen jetzt anrufen?

Eine Telefonnummer fällt ihm ein, Zahl für Zahl, ohne dass er sie zuordnen kann.

»Wer ist da? Ellis? Ja … Rhett. Rhett Montiel.«

Es ist die Privatnummer seines Extherapeuten.

»Hast du Zeit? … Was, du hast schon geschlafen? … Es ist doch erst … Nein, morgen ist es zu spät. Ja, jetzt sofort … Es ist … ja … genau …ein Notfall.«

Rhett fährt den Broadway hoch. Er bewegt seinen Lincoln nur selten, nur ungern. Zur Uni fährt er immer mit der Subway. Früher war es ein Spaziergang durch den Central Park, vom Central Park West zur Columbia University, heute muss er größere Strecken zurücklegen. Es ist November. November ist sein Lieblingsmonat, vielleicht, weil der ebenso unentschlossen und umwölkt ist wie er.

Manhattan beginnt, sich für das Weihnachtsfest zu rüsten. Rhett duckt sich noch tiefer hinters Lenkrad vor der funkelnden Übermacht seiner Stadt, in der er untergeht wie einer von sieben Millionen Statisten, der eigens zu dem Zweck den Broadway hochfährt, um ein winziger Punkt in der Lichterkette des urbanen Stop-and-go-Verkehrs zu sein.

Viel Verkehr für Viertel nach zwei Uhr morgens. Sie haben sich in Ellis' Büro verabredet. Es ist an der 125. Straße, in dem achtzigstöckigen Bürogebäude, das vor einigen Jahren gebaut und gleich berühmt geworden ist, weil Bill Clinton hier einzog. Es erhebt sich – architektonisches Mahnmal der »Gentrification« – über die niedrigen Brownstone-Dächer Harlems.

Rhett ruft Sonnies Funktelefon an. Mailbox.

»Wo bist du? ... Es ist schon spät ... Ich suche dich ... Melde dich ...«

Harlem ist nicht mehr so verschrien wie in den Achtzigern, aber mitten in der Nacht gibt es doch wenig, an dem man sich festhalten kann, Vertrauen erweckende 24-Stunden-Supermärkte etwa, Tankstellen oder ... andere Weiße. Er fährt ins Parkhaus und nimmt den Lift. Der Doorman, der Rhett an den Sarotti-Mohr erinnert, schläft.

»Hallo?«

Der Doorman schreckt auf.

»Regnet's schon?«, fragt er.

Rhett schämt sich. Er ist schweißüberströmt. Sicher stinkt er.

Der Doorman telefoniert.

Er nickt.

Er weist Rhett den Weg zum Lift, den er doch kennt. Ellis empfängt ihn im Halbdunkel des verlassenen Büroflurs. Rhett fragt sich, was er hier soll. Er fragt sich, was er hier macht. Er hat vergessen, warum er hier ist. Er hat den Psychiater, den er vor einem Jahr gefeuert hat, nachts aus dem Bett geklingelt. Er schuldet Ellis einen Notfall. Rhett knüllt die Krempe seines Borsalinos in der Hand und folgt Ellis in dessen Büro. Ein Gewächshaus. Ein Glashaus. Nicht mit Steinen schmeißen, denkt Rhett. Bloß nicht mit Steinen schmeißen.

Als er im Schnittpunkt des Panoramas steht, fährt Manhattan ihm in alle Knochen.

Tagtäglich zwängt er sich zwischen den Wolkenkratzern hindurch, verirrt sich in ihnen wie in einem dunklen Wald, verliert sich im Straßengitter wie in einem Tagtraum, ohne sie zu sehen. Er weiß, dass sie da sind. Er vergisst, dass sie da sind. Nun, da er der Skyline in ihrer Totalität ausgesetzt ist, hat sie auf ihn die Wirkung intravenös injizierten Alkohols.

»Alles in Ordnung?«, fragt Ellis, der, da er dieser Droge permanent ausgesetzt ist, eine hohe Toleranzschwelle entwickelt hat. »Etwas zu trinken?«

»Manhattan«, stammelt Rhett und schließt die Augen. Es ist kaum vorstellbar, denkt er, dass nur zehn Meilen über uns alles Licht verlöscht. Über uns. Das »uns« gibt Rhett für einen Moment das Gefühl, dazuzugehören.

»Die Cocktailbar ist grade geschlossen«, sagt Ellis sarkastisch, »du trinkst doch nicht etwa wieder?«

Rhett schüttelt den Kopf.

»Gehst du noch zu den AA-Treffen?«

Rhett schüttelt den Kopf.

»Wasser?«

»Pepsi wäre schön.«

Ellis gießt Wasser aus einer Karaffe in ein Glas. Er geht zum Eisschrank und holt einen Eisklumpen heraus. Er zerhaut den Eisklumpen mit einem Eispickel und füllt das Eis mit der Hand in eine Schale. Kling. Kling. Kling.

Mit der Hand!

Ellis lässt sich auf seinem knarrenden Lederstuhl nieder, dessen Lehne ihn um zwei Köpfe überragt. Ein Kind spielt Psychiater.

»Du magst mich nicht, stimmt's?«, sagt Rhett und entscheidet sich gegen Eis.

»Ist es wichtig, ob ich dich mag oder nicht?«

»Du glaubst mir nicht«, sagt er. »Du glaubst den Unfall nicht.«

»Ist das wichtig, ob ich dir glaube oder nicht?«

Rhett schweigt lange. Er nimmt das Glas und leert es in einem Zug.

»Ich glaube nicht, dass ich wen glücklich machen kann«, sagt er.

»Hast du es versucht?«

Rhett schüttelt den Kopf.

»Warum nicht?«

»Ich weiß nicht. Die Frage hat sich … so … nicht gestellt.«

»Wen möchtest du denn glücklich machen?«

Rhett schweigt.

»Hast du noch die Affäre mit der Deutschen?«

»Sonnie. Ja. Nein. Ich habe Joy verlassen. Sonnie und ich sind vor einem Monat zusammengezogen.«

»Gut. Du hast Verantwortung übernommen. Du hast eine Entscheidung gefällt. Und, wie ist es? Liebst du sie?« –

»Rhett?«

»Ja?«

»Wie ist das Zusammenleben?«

»Gut, es ist wirklich … gut. Also, für mich.«

»Arbeitest du mit den Affirmationen?«

»Sie helfen nicht.«

»Was hilft denn?«

Rhett schweigt.

»Immer noch deine Cowboyfantasien?«

Rhett schweigt.

»Immer noch die Fehde mit Picasso?«

»Ich rekonstruiere jetzt ein Bild von ihm«, sagt Rhett.

Ellis steht auf. Er gießt sich ein Glas Whisky ein. Er trinkt einen Schluck. Er räuspert sich. Er ist ein Abbild schlecht verborgener Wut.

»Rhett, du hast am Telefon von einem Notfall gesprochen. Unter einem Notfall verstehe ich als dein Psychiater, dass du in einer lebensbedrohlichen Verfassung bist, die ich vielleicht abwenden kann. Ich habe nicht den Eindruck, dass du in einer lebensbedrohlichen Verfassung bist.«

Ellis' Stimme klingt gepresst. Rhett ist gekränkt. Die Lebensbedrohlichkeit seiner Verfassung wird angezweifelt. Er muss handeln.

»Sonnie ist … Sie ist weg.«

Mit diesem Satz tritt Rhett in seine Verzweiflung ein wie in eine große Halle. Das Elend. Er drückt es aus wie ein Furunkel. Es sprudelt aus ihm heraus. Der Koffer. Sonnies Hang zum Unrat. Gong und der Jade-Buddha. Bud Brown, Rachmaninoff. Das Rinderblut. Die Pornobilder. Das Eltern-Foto. Sushi und Kohlrabi.

»Bei welchem Schritt hast du aufgehört?«, fragt Ellis.

»Was für ein Schritt?«

»Das Zwölf-Schritte-Programm? Du erinnerst dich? Du hast mir versprochen, es durchzuziehen.«

»Ja, ich erinnere mich.« Rhett denkt mit einiger Qual an die Broschüre zurück, die ihm Ellis vor drei Jahren in die Hand gedrückt hat.

»Ich denke nicht, dass ich so was machen kann.«

»Warum denkst du … nicht, dass du so etwas machen kannst?«

»Ich als Intellektueller …«

»Rhett, bitte …«

»Ich als Atheist …«

»Mir haben die Schritte geholfen. Ich war kokainsüchtig«, sagt Ellis.

»Saufen tust du immer noch«, knurrt Rhett. »Sucht ist Sucht.«

Ellis räuspert sich.

»Du sollst die zwölf Schritte nicht analysieren, sondern gehen, Schritt für Schritt. Hast du die Broschüre noch?«

»Sicher nicht.«

»So ein Glück, ich hab noch eine.«

Ellis überreicht Rhett ein billig gebundenes blassgelbes Heft.

»Wir sollten uns wieder regelmäßig sehen«, sagt er, »vorzugsweise tagsüber. Du bist an einem Punkt angekommen, an dem du nicht länger weglaufen kannst.«

»Wem weglaufen?«

»Der Vergangenheit. Der Gegenwart. Der Pflicht. Dem Glück.«

»Warum bist du nicht Schlagertexter geworden?«

»Versöhn dich mit den Gespenstern.«

»Scheiße.«

»Wirklich! Ich meine das! Kennst du Sonnies Träume? Kennst du ihre Wünsche? Weißt du, womit du ihr eine Freude machen könntest? Weißt du, warum sie weggegangen ist?«

Rhett schüttelt den Kopf.

»Mach das Zwölf-Schritte-Programm. Mach dir Gedanken!«

Als sich die beiden Männer wenig später erheben, um einander die Hand zu schütteln, der lange Rhett und der kurze Ellis, hat sich der nachtschwarze Himmel morgenblau gefärbt.

Chola liegt auf der Wartebank zusammengerollt und schnarcht. Die Federn ihrer lila Boa fliegen.

Sonnie tippt sie an.

»Was …«

»Los, komm.«

»Biste jetz fertig?« Chola reibt sich die Augen. Sie haben nun einen dicken, verwischten schwarzen Mascara-Rand. »Wie spät ist es?«

»Weiß nicht, um vier?«

»Morgens? Und? Was hamse gemacht?«

»Blut abgenommen. Spritzen gegeben. Geröntgt. Zwischendurch immer warten.«

Chola sieht, dass Sonnies linker Arm im Gipsverband angewinkelt ist.

»Ach du Schreck!«

»Nix weiter. Nur zum Ruhigstellen. Sag mal, Chola?«

»Ja?«

Viele Fragen will Sonnie stellen. Aber sie fürchtet die Antworten.

»Kann ich bei dir pennen?«

»Klar. Los, nüscht wie weg hier.« Chola zieht einen blutroten Lippenstift aus der Tasche. »Haste mal 'nen Spiegel?«

»Nein.«

Sonnie hält einen Spiegel nicht für angebracht.

Chola malt ohne Spiegel. Sie malt ihren Mund noch größer. Sie sieht aus wie Madame Butterfly kurz vorm Harakiri. Sonnie versucht, das Nachtgespenst, das ihre Freundin ist, zu umarmen.

»Jaja, schon gut«, knurrt Chola. Sie schiebt sie weg.

»Los, Taxifang!«

Es dauert nur eine Minute, bis sie in einem Taxi Richtung Uptown sitzen.

»Wie war das jetzt mit dem Mann, der dir gefallen hat? Großer schwarzer Mann?«

»Ach, inzwischen gefällt mir ein anderer.«

Chola nickt. »Klar. Lass mich raten. Der Doktor. George Clooney.«

»In etwa«, sagt Sonnie. Und, leise, nach einigem Zögern: »Wir hatten gerade Sex.«

Die Bombe detoniert nicht. Chola ist wieder eingedöst. Der Taxifahrer telefoniert auf Arabisch. Sonnie, Clooneys Gesicht vor Augen, starrt aus dem Fenster. Müllabfuhr. Straßenreinigung. Zeitungslieferanten. Osteuropäische Männer in Aluminium-Frühstücksbuden. Das Taxi hält an einer Kreuzung. Sonnie braucht einige Sekunden, um zu begreifen, was sie sieht.

»Halt!«, schreit sie, als die Ampel auf Grün springt und das Taxi eben wieder angefahren ist. Vollbremsung. Chola schreckt auf. »Was issn? Schon da?«

»Siehst du das?«, ruft Sonnie, klopft mit dem Gipsarm gegen das Fenster und schüttelt Chola mit dem anderen. »Siehst du das?«

Chola blinzelt aus dem Fenster. »Wassn?«

»Na, dort, im Schaufenster.«

»Der Fotoladen?«

»Ja, die Leute auf dem Foto da … siehst du? … hundertmal dasselbe Foto?«

»Das ovale? Mit dem roten Rahmen?«

»Das sind Rhetts Eltern!«

»Quatsch!«

»Doch, ich hab's heute in seinem Schreibtisch … Der Mann mit der Fliege … Rhett hat gesagt, das sind seine Eltern … Es war sogar der gleiche Rahmen … komisch …«

»Mensch, Mädel. Dein Windhund hat Windeier gelegt.«

»Was denn nun?«, fragt der Taxifahrer.

»Was schon! Weiter!«, brummt Chola.

Der Himmel überm Empire State Building beginnt sich rot einzufärben. Bald werden die Hochhäuser in der Morgensonne glitzern.

Chapter One. She was as tough and romantic as the city she loved. New York was her town, and it always would be …

Sonnie lässt ihre Fensterscheibe herunter. Der Wind pumpt die Lungen mit Morgenluft voll. Sie steckt den Kopf aus dem Fenster. Die Queen zerrt an Sonnies Haar. Die Queen betastet ihre Wangen, ihre Lippen, ihre Stirn, leckt ihr Gesicht. Die Queen gibt Sonnie eine Mund-zu-Mund-Beatmung.

SIEBTES KAPITEL

Als Rhett erwacht, ist er immer noch allein. Er liegt quer im Schlafnummer-Bett, mit dem Oberkörper auf seiner Seite – Schlafnummer 75 – und mit den Beinen auf Sonnies Seite – Schlafnummer 35. Aufgedeckt. Füße kalt. Er richtet sich ächzend auf. Er greift nach dem Telefon und ruft Sonnie an. Mailbox.

»Hallo, hier ist Rhett … Wo bist du … Wann kommst du … Melde dich …«

Geräusche der Hilflosigkeit, die er gern löschen würde, aber nicht löschen kann. Er schlurft am Koffer vorbei, dessen Inhalt auf dem Boden ausgebreitet ist. Ich werd' schon genauso eine Schlampe wie Sonnie, denkt er.

Moment. Sein Hirn kommt in die Gänge. Der Handspiegel auf dem Pornobild – das ist der Handspiegel aus dem Koffer! Er bleibt stehen, bückt sich, wühlt nach dem Foto, greift nach dem Spiegel, hält Foto und Spiegel nebeneinander. Es ist derselbe!

Rhett steht auf. Er wühlt in seinen CDs. »Das gibt's doch nicht«, murmelt er. »Die muss doch da sein. Die war doch neulich noch da!« Er überlegt, wann das war, neulich. Jahre her, dass er zum letzten Mal Duke Ellington gehört hat. Warum eigentlich? Musik ist für Rhett wie das Straßengitter, das sich durch Manhattan zieht. Musik ist die Ordnung schlechthin. An ihr kann er sich festhalten, nicht an sich selbst, nicht an Sonnie.

Ganz unten, in einem Chaos aus offenen CD-Hüllen, wird er fündig.

»Na also«, murmelt er. Und kämpft erfolgreich gegen den Impuls an, die CDs wieder zu ordnen. Fast hat er das Gefühl, als habe sich mit Ellington auch seine geistige Gesundheit wieder eingefunden.

»Na also!« Er drückt auf EJECT und legt »Such Sweet Thunder« auf. Geschmeidig fährt die CD in den Schacht. Als die ersten Töne erklingen, hält Rhett inne, lächelt und nickt sanft im Takt. Alles ist wieder am Platz.

Er wirft einen Blick auf die Uhr. Es ist morgens um zehn. Er geht ins Bad und blickt in den Badspiegel. Er sieht ungepflegt aus.

Kennt er Sonnies Träume? Hat sie Wünsche geäußert? Weiß er, womit er ihr eine Freude machen könnte? Hat er jemals versucht, herauszufinden, womit er ihr eine Freude machen könnte?

Allons enfants de la patrie, le jour de gloire est arrivé!

Es ist die Türklingel.

Die Türklingel spielt die ersten Takte der Marseillaise. Auf der Straße rumpelt die Müllabfuhr. Das gefilterte Licht eines leuchtenden Herbsttags fällt durchs Fenster. Sonnie entrollt sich. Es klingelt wieder.

Allons enfants de la patrie, le jour de gloire est arrivé!

Sonnie will sich strecken. Es geht nicht. Der Gipsarm. Wo kommt der Gipsarm her? Wo ist sie? Was ist los? Sie dreht sich um. Das ist nicht Rhett. Neben ihr liegt Chola, auf dem Rücken, die Beine gestreckt, die Hände über der Brust gefaltet. Wie eine Leiche, eine liederlich geschminkte Leiche. Auf dem Bauch der Leiche liegt die fette Katze. Es klingelt wieder. Die Leiche schmatzt und macht ein Auge auf.

»Siehst aus wie Frankensteins Braut«, sagt Sonnie und grinst. Dann fällt ihr Rhett ein, und sie grinst nicht mehr. Dann fällt ihr Clooney ein, und sie grinst wieder. Neue Männer sind ein Rausch, alte eine Fessel. Derselbe Mann kann erst Rausch, dann Fessel sein, jedoch nie wieder Rausch. Jedenfalls nicht für dieselbe Frau.

»Guten Morgen hätt's auch getan«, brummt Chola und dreht sich um. Die Katze miaut und springt vom Bett.

»Willst du nicht aufmachen?«

»Erwarte niemand.«

Es klingelt wieder. Chola rappelt sich hoch.

»Scheiß Neugier«, sagt sie, rafft ihr wie ein Abendkleid geschnittenes Nachthemd und kämmt mit der Hand durch den Pony. Sonnie stellt fest, dass sie sich vor Chola fürchtet. Chola leidet an starken Stimmungsschwankungen. Sie gehört zu den Leuten, die einen Raum betreten und brüllen: »Sprecht mich bloß nicht an!« Sonnie erinnert sich an unzählige Abende, an denen Chola vor Wut kochte, weil sie nichts anzuziehen hatte. Jedes Trostwort, jeder Vorschlag macht sie nur noch wütender. Es steht außer Zweifel, dass, falls Chola schlechte Laune hat, irgendjemand dafür büßen wird. Hoffentlich der Türklingler.

Sonnie verkriecht sich unter der Bettdecke und döst wieder weg. Im Halbschlaf sieht sie grüne Augen. Es sind Rolfs Augen. Mit Rolf wurde in Sonnies Leben die

Weiche für ältere Männer gestellt. Oder war sie vorher schon gestellt? Rolf, verheiratet, Vater des ersten Jungen, der sie küsste, und Liebe ihres Lebens. Wie stark sie diese Worte damals empfunden hat, nie formuliert, nur empfunden, zum Sterben stark. Geblieben ist nichts als eine Hülse. Man kann Dinge wie diese nur aussprechen, wenn sie nicht wahr sind, denkt Sonnie. Man kann Worte wie diese nicht sagen oder denken ohne Spott.

Rolf. Eine schemenhafte Gestalt, ein grauer Schnurrbart, eine Halbglasbrille, grüne Augen. Ein Hauch von Formalin und Lüge.

Rolfs grüne Augen verändern ihre Form. Sie werden klarer, katzenhafter, mit dunklen Rändern. Sein Gesicht wird ein Frauengesicht. Das Gesicht der Französin. Sonnie schreckt hoch. Sie wühlt nach der Visitenkarte aus Blech. Sie findet ihr Funktelefon. Sie schaltet es ein. Zwanzig neue Nachrichten. Sie ruft sie nicht ab. Jetzt hat sie die Visitenkarte gefunden. Sie hält sie in der Hand.

Der Spiegel des Cyprianus

Elvira de Montreux
weiß die Zukunft

(212) 3131010

Elvira de Montreux weiß die Zukunft.

Sonnie wählt ohne nachzudenken die Nummer auf der Karte. Es läutet. Jemand nimmt den Hörer ab. Außer einem Knacken passiert nichts. Dann ein Räuspern.

»Elvira de Montreux«

»Guten Tag. Woodhouse. Ich wollte ...«

»... einen Termin vereinbaren. Ich weiß.«

Auf der anderen Seite Getuschel, unverständlicher Wortwechsel. Schließlich raschelt es.

»Morgen Abend achtzehn Uhr in meinem Büro? 134. Straße Ecke Malcolm X über ›Balou's Soulfood‹.«

Sonnie wühlt nach einem Stift. Sie kritzelt die Adresse hinten auf die Visitenkarte. Der Stift schreibt nicht auf Blech. Sie ritzt die Adresse hinten in die Karte.

»In Harlem?«

»In Harlem, Schätzchen. Und komm allein.«

Danach wird der Hörer aufgelegt. Sonnie lässt sich ins Kissen sinken und lauscht ihrem Herzschlag. Was will die Hexe von ihr? Was weiß die Hexe von ihr? Warum hat sie sie überhaupt angerufen? Was hofft sie, von ihr zu erfahren? Wird sie hingehen?

Sonnie sieht auf die Uhr und springt aus dem Bett. Es ist mittags halb zwölf. Sie ist um vierzehn Uhr zum Lunch mit Clooney verabredet. Im »Café Mephisto« in SoHo. Sie rennt ins Bad, in Cholas großem Herrenoberhemd. Erst, als sie bereits pinkelnd auf dem Klo sitzt, fällt ihr auf, dass sie jemand ansieht.

»Guten Morgen«, sagt Pushit, der hinter Chola sitzt. In einem Schaumturm. In der Wanne. Nackt. Chola prustet. Offenbar ist sie gut gelaunt. Sonnie springt auf und drückt den Spülknopf. Sie ist hier nicht zu

Hause, sie ist nicht mehr jung und ihres Körpers nicht sicher, und sie ist halb nackt. Sie fühlt das Blut in ihre Ohren schießen. Sie zerrt mit dem gesunden Arm das Hemd runter. Die Naht reißt, weil Sonnie so zerrt. Da steht sie nun, in einem Herrenoberhemd, mit ihrem fetten Arsch, vor einem mit Schaum bedeckten nackten Paar.

»Ho Brauner«, sagt Chola. »Wir sind's bloß. Kannst gern reinkomm. Wär ja nix Neues.«

Sonnie starrt. Dass Chola das erwähnt! Das war doch nichts. Und es ist schon so lange her. Es war doch nur Spaß. Es hat sich so ergeben. Sie waren alle betrunken gewesen damals, Chola, der Börsenmakler Bill Thorne und Sonnie. Ja, sie hatten sich alle drei in die Wanne gequetscht. Dabei waren zwei schon zu viel gewesen. Ja, Chola und sie hatten Thorne aufgeteilt, Sonnie die obere Körperhälfte, Chola die untere. Gut, Chola und Sonnie hatten einander geküsst, als Thorne sich ergossen hatte und eingeschlafen war und schnarchte. Sie waren aus der Wanne gestiegen und hatten den schnarchenden Thorne im Wasser liegen gelassen. Überall hatten sich Chola und Sonnie geküsst. Und berührt. Und mehr geküsst. Und mehr berührt. Sie waren betrunken gewesen. Sie hätten es mit weißen Mäusen getrieben. Es war ein Spiel gewesen. Es hatte nichts bedeutet. Sie hatten nie wieder darüber gesprochen. Was gab es da auch zu besprechen? Passiert, vorbei, vergessen. Es hatte ihrer Freundschaft weder geholfen noch geschadet. Es war nichts.

»Weiß nicht, wovon du sprichst.« Rückwärts schiebt sich Sonnie aus dem Bad. »Muss los.«

»Wo gehst 'n hin?«, ruft Chola. »Windhund oder Clooney?«

Sonnie antwortet nicht.

Sie rafft ihre Sachen zusammen.

Sie zerrt die Bluse über den Gipsarm.

Türknall.

Im Portemonnaie siebzehn Dollar. Sonnie manövriert ihren Gipsarm durch die Schranke. Sie zieht die Metrocard durch. Sie steigt in die Subway. In der Subway sitzen fünf Rastamänner und verprügeln umgedrehte Marmeladeneimer. Immer lauter. Immer schneller. Rumbum. Rumbum. Rumbum. Sonnie hält sich die Ohren zu.

Sie sieht sich um. Der Lärm scheint niemanden außer ihr zu stören. Was für eine Tortur, diese Stadt, diese Scheißstadt, denkt Sonnie und hasst New York. Hasst New York abgrundtief. New York, diese Bestie, die den Schwächsten verschlingt. New York, diese Schneekönigin, die die Herzen der Menschen zu Eiszapfen macht und ihre Ohren taub und ihre Augen blind, die nichts ist als eine lächerliche Kulisse, durch die sich Touristen und Bewohner schieben.

Sonnie fühlt sich auf einem abgelegenen Gletscher ausgesetzt.

I think someone should just take this city and flush it down the fuckin' toilet.

Sie war blind. Sie hat mit einem Schattenmann gelebt und es nicht gemerkt. Rhett scheint außer dem Leben mit ihr noch andere Leben zu leben. Alle, rumbum, das Vater-Leben, rumbum, das Retter-Leben, rumbum, das Sohn-Leben, rumbum, das Liebhaber-Leben, hält er strikt voneinander fern, stellt die einzelnen Leben unter Quarantäne, als könne zwischen ihnen eine Seuche ausbrechen. Daher sein Schweigen, daher das Ungefähre. Oder ist er schizophren? Oder ist sie paranoid?

Sie steigt aus. Sie nimmt einen Bus vom Union Square.

»Tennisarm, Lady?«, fragt der Busfahrer. Er hat blondiertes Haar. Er lacht sie an mit gebleichten Zähnen. Sie lacht zurück. Er ist Mitte zwanzig. Wie viele junge Männer es gibt, die mich wahrnehmen, denkt Sonnie. Wo waren die nur bisher? Hitze steigt ihr ins Gesicht. Sie hat es mit einem Arzt auf einer Krankenhauspritsche gemacht, wie ein Flittchen, wie in einer Seifenoper. Wenn ich es mit einem Arzt auf einer Krankenhauspritsche mache, denkt Sonnie, warum nicht genauso gut mit dem Busfahrer im Fahrerhäuschen?

Der Liquor Store hat kalifornischen Chardonnay im Angebot. Sieben Dollar plus Steuer. Sonnie kauft zwei gekühlte Flaschen. Sie zählt ihr letztes Geld hin. Der Indio an der Kasse zwinkert ihr zu. Eine Flasche Weißwein hat früher eine Woche lang gereicht. Jeden zweiten Tag ein Glas Wein. Doch dann ist ihr Weinverbrauch graduell hochgegangen. Er wuchs zeitgleich mit Jakes Impotenz. Das Gefühl, ein Glas Wein trinken zu wollen, war dem Gefühl, ein Glas Wein trinken zu müssen, gewichen. Trank sie ein Glas Wein, war sie von Unruhe erfüllt, ob noch genug für ein zweites und drittes in der Flasche sei.

Die Streits zwischen Jake und ihr fühlte sie kommen. Immer öfter hatte sie sich bei dem Gedanken erwischt, dafür zu nüchtern zu sein. Die Uhrzeit hatte sich stetig nach vorn verlagert. Es war schließlich schwer geworden, bis zwölf zu warten. Wenn sonntags kein Wein im Haus war, wenn alle Liquor Stores geschlossen waren, war Sonnie übel gelaunt, fahrig, schwermütig, und sie schwor sich, nächstens einen Vorrat anzulegen. Der Vorratsgedanke hatte die restlichen Dämme gebrochen. Sie kaufte nun täglich eine Flasche Weißwein, aber mit dem Gefühl der Panik, dass der Rausch nicht lange genug halten wurde. Vielleicht eine größere Flasche, eine Zwei-Liter-Flasche? Das war nun wieder peinlich. Sie begann, in wechselnden Liquor Stores Wein zu kaufen, zwei Flaschen täglich, und sie begann, die leeren Flaschen diskret zu entsorgen, um nicht unnötige Fragen zu provozieren. Und nun sollte Rhett Alkoholiker sein? Rhett?

Er hat sie nie ermahnt, weniger zu trinken. Er hat aber auch nie mitgetrunken. Er trank nur Tee, grünen Tee, stilles Wasser und literweise Pepsi. Ab wann ist der Mensch Alkoholiker, denkt Sonnie, ab wie viel Milliliter reinen Alkohols täglich? Wie hoch muss der Anteil im Blut sein? Sie schleicht am Aufzug vorbei, läuft die Treppen hoch. Sie läuft schnell. Sie braucht ein Glas Wein. Sie läuft vorbei an einem kiffenden Maler vor einer dick beschmierten Staffelei.

Impasto.

»Hi«, sagt sie.

Der Maler ignoriert sie.

»Ich sagte ›Hi‹«, wiederholt sie.

Der Maler dreht sich um. Er trägt ein rotes Holzfällerhemd und eine bekleckerte Latzhose. Er saugt an seinem Joint. Sein Blick gleitet an ihr ab und auf. Er hat ein hageres Gesicht mit langem Kinn. Dunkle und eng zusammenstehende Augen. Er sieht aus wie Nick Knatterton.

»Hab gehört«, sagt er. »Und? What's your problem?«

Punks like you, that is my problem.

»Sie könnten wenigstens nicken.«

»Ich heiß ja nicht Nick«, sagt er.

Sonnie schließt die Wohnungstür auf. Arschloch, denkt sie. Bekifftes, ignorantes, unbegabtes, hässliches Arschloch. Zweimal abgeschlossen. Niemand da. Sonnie tritt ein. Erleichtert. Sie rauscht durch den Raum und dreht die Dusche auf. Das Wasser ist kühl. Es wird langsam wärmer. Sonnie sieht sich um. Alles ist aufgeräumt, das Bett, der Abwasch gemacht. Rhett hat seinen Trenchcoat aus der Reinigung geholt. Vor dem Bett steht ein Projektor. Sie schaltet ihn ein, aber die volle Rolle dreht sich nur um sich selbst, das Filmende flattert. Sie weiß, wie ein Projektor funktioniert. Sie war mit einem Kinobesitzer verheiratet. Sie hat als Filmvorführerin gearbeitet. Sie löst die Halterung. Sie spult. Sie wechselt die Rollen. Der Staub. Der Staub tanzt im Licht. Sonnie lässt die Arme sinken.

Die Häkeldecke über der Sofalehne. Bunt. Viele bunte Häkelquadrate. Die Kissenbezüge. Bestickt. Geknüpft. Die Blumentopfbezüge. Genäht. Mit Volants. Das gute Kaffeegeschirr auf dem Tisch. Zwiebelmuster. Die weiße, gestärkte Tischdecke. Die Silberlöffel. Donauwelle. Russischer Zupfkuchen. Die Großmutter stammt aus Schlesien. Sie redet immer so komisch. Es riecht nach gutem Bohnenkaffee aus dem Westen.

Sonnie hat die Sahnetorte mit einer 40 aus Schokoladencreme geschmückt. Die Mutter hat Geburtstag. Die Mutter wird vierzig. Sonnie ist sechzehn.

»Ging es noch größer?«, sagt die Mutter. Sie zeigt auf die Schokoladenvierzig. Sonnie versteht nicht. Der Großvater ist schon tot. Das Meerschwein ist schon tot. Der Vater ist im Arbeitszimmer.

»Sonja, nimm die Ellenbogen vom Tisch.«

»Sonja, mach deine Haare zusammen.«

»Sonja, kau nicht an den Nägeln.«

»Sonja, bring Vati Kuchen.«

Sonnie entkorkt die erste Flasche. Mittagssonne flutet den Raum. Sonnie sieht auf die Uhr. Kurz nach eins. Altweibersommer, denkt Sonnie.

Sie setzt die Flasche an.

Sie trinkt zehn Schlucke.

Sie schnappt nach Luft.

Der Alkohol fließt direkt in die Blutbahn.

Ohne Frühstück geht es schnell.

Ich bin ein altes Weib im Sommer, denkt Sonnie. Ein altes, loses Weib im Sommer. Im Herbst. Im Herbst meines Lebens. Die Vorstellung, ein altes, loses Weib zu sein, eines, das sich mittags betrinkt und Spontansex mit Fremden hat, gefällt ihr. Jetzt Musik. Sie drückt auf EJECT, der CD-Player spuckt eine von Rhetts Jazz-CDs aus. Sie legt das 3. Rachmaninoff-Konzert auf, den ersten Satz, Allegro ma non tanto. Sie drückt auf PLAY. Sie dreht VOLUME auf Anschlag.

Rhett spielt Klavier. Auf jedem Spinnenfinger einen Fingerling.

Sonnie sieht wieder die Farbkleckse.

Die Farbkleckse bewegen sich.

Blutrote Farbkleckse.

Ein Déjà-vu – sie hat das schon gesehen.

Blut, das sich in Wasser auflöst.

Das ist Musik für aufgeschnittene Pulsadern. Sie berührt ihre Narben. Vielleicht ist der Koffermann so gestorben. Mit offenen Pulsadern. In der Badewanne. Nackt im Wasser, in dem sich rote Farbbatzen auflösten. Das Wasser erst heiß, dann lau, dann kühl. Das Wasser war erst rosa, dann pink, dann rot.

Sonnie zieht sich aus. Sie lässt die Sachen fallen, wo sie geht. Sie geht nackt auf dem alten Parkett. Sie klettert unter die Dusche und hält den Gipsarm wie einen Pumpenschwengel weg. Sie shampooniert ihre Haare umständlich mit der rechten Hand. Sie schließt die Augen. Sie lässt das Wasser sie streicheln. Das Wasser streichelt alles, worüber es fließt. Sonnie fährt mit ihrer Männerhand über ihren Frauenkörper, dem Wasser nach. Dann fahren viele Männerhände über ihren Frauenkörper, grobe und feine, große und kleine, weiße und braune und rote, behaart und unbehaart. Die Hände aller Liebhaber ihres Lebens liebkosen sie. Ihr Körper ist von unzähligen Männerhänden bedeckt.

Chola und Pushit in der Wanne.

Heißer Atem.

Heißer Atem. Nasse Haut. Warmes Wasser.

Sonnie dreht den Warmwasserhahn zu.

Das Wasser wird kalt.

Der Rappe mit dem Rosenblatt-Mund.

Clooneys schmale wasserfeuchte Hand.

Na so was, ein Nagetier!

Was macht sie da? Mit einem anderen Mann schlafen? Mit einem Fremden? Auf einer Behandlungsliege? Sie denkt an den saugenden, hungrigen, zungenlosen Kuss, an Clooneys nach vorn gestülpte nuttige Lippe.

Sie ist wütend, wütend über Rhetts Verschleierung, die Lügerei, die Verkapselung. Sie ist wütend, weil sie kein Teil von all dem ist. Sie ist eifersüchtig auf Rhetts Geheimnisse. Jetzt hat sie auch eins.

Sonnie tritt aus der Dusche. Sie steht vor dem Badspiegel.

How singularly innocent I look this morning.

Sie zuckt zusammen. Eine Ohrfeige. Ihre Wange brennt. Das war keine Männerhand. Das war eine Frauenhand. Knotig. Kühl. Mit mütterlichem Schwung.

»War Vater dein einziger Mann?«, hatte sie die Mutter gefragt, als sie sechzehn war. Sie weiß bis heute nicht, wie ihr diese Ungeheuerlichkeit über die Lippen kommen konnte. Wie unter Schock hatten sie einander gegenübergestanden, die harsche Mutter und das erblühende, ehemals dicke Kind. Wie in Zeitlupe hatte die Mutter die Hand gehoben und sie geschlagen. Wieder hatte sich Sonnie unfassbar geschämt. Sie schämt sich immer noch, sie schämt sich, sie steht unter der Dusche und schämt sich. Aber was hatte diese Ohrfeige bedeutet? Hatte sie Ja bedeutet oder Nein? Hatte die Mutter zugeschlagen, weil sie sich ertappt fühlte? Weil es ihr unangenehm war, nur einen Mann gehabt zu haben? Wollte sie Sonnie in die Kindheit zurückschlagen? Sie einfach zum Schweigen bringen?

Sonnies Scham verwandelt sich in Zorn.

Sonnie hebt die Hand.

Das schöne Händchen, Sonja.

Sonnie ohrfeigt die Mutter.

Es ist zwanzig Jahre her. Die Mutter ist seit zehn Jahren tot.

Warum schlägt Sonnie eine Tote?

Sie erinnert sich wieder an den Abend bei Barney, als sie Rhett kennen lernte. Eine junge Frau mit einem niedlichen Hamstergesicht hatte still am Kopfende der Tafel gesessen. Sie hatte keinen Truthahn gegessen. Sie hatte nicht gesprochen. Sie hatte nur verlegen gelächelt. Das Hamstergesicht war Sonnie bekannt vorgekommen.

»O, das ist Barneys Freundin, Björk«, hatte Rhett gesagt.

»Die Sängerin, die immer so jault?«

»Ja, aus Island.«

Sonnie wusste sofort wieder, wo sie das niedliche Hamstergesicht zum letzten Mal gesehen hatte. In einer Fernsehsendung namens *Paparazzi*. Es war um gewalttätige Stars gegangen, um Prominente, die auf Reporter einschlagen, auf Fotografen, Kameraleute. Der erste Teil der Sendung war Cher gewidmet gewesen. Er zeigte sie in einer Motorradkluft aus Leder, in ihrem Heimatdorf, wo sie in die Büsche sprang und den Paparazzo anschrie, verfluchte und schlug. Als sie wütend von dannen zog, hörte man ihn Freudenschreie ausstoßen. Unglaubliches Material war ihm da in die Hände gefallen. Nach der Werbepause hatte man den Flughafen Bangkok gesehen und wie jene Sängerin mit dem niedlichen Hamstergesicht, die Sonnie am Dinnertisch schräg gegenübersaß, dort ankam.

Ein Kamerateam erwartete sie. Eine junge Reporterin hielt ihr lächelnd ein Mikrofon ins Gesicht. Sie sagte etwas.

Björk hatte daraufhin ausgeholt und die Reporterin niedergestreckt. Sie war auf die liegende Reporterin gesprungen und hatte auf sie eingeschlagen.

Die Szene wurde zurückgespult, und der Sprecher sagte: »Nun wollen wir mal wissen, was Björk so wütend gemacht hat.«

Die Stimme der lächelnden Fernsehreporterin war jetzt deutlich zu hören. Sie sagte: »Willkommen in Bangkok, Björk.«

Zwei Männerhände schlingen sich um Sonnies Körper. Echte Hände. Schlanke Hände mit langen, feingliedrigen Fingern. Rhetts Hände. Sonnie fährt herum. Rhett steht vor ihr, rasiert, in Hemd und Jackett, mit gekürztem Haar, in einer Hand Blumen, in der anderen eine Tüte.

»Was ist denn mit deinem Arm passiert?«, fragt Rhett.

Sonnie hält das Handtuch mit dem Gipsarm am Körper fest. Sie schweigt feindselig. Rhett riecht nach Deodorant.

»Wo warst du? Ich hab mir Sorgen gemacht.«

Sie sagt kein Wort. Sie findet, dass Rhett ein Abbild schlechten Gewissens ist.

Stumm hält er ihr die Tüte hin. Es sind Kohlrabi drin. Kohlrabi. Ein Anflug von Rührung. Ein Schwindelgefühl. Ein kurzes Zusammenziehen des Magens. Ein Hauch von Kohlrabiduft. Der Großvater klappt sein rostiges

Messer auf. Er setzt sie auf die samtigen Rillen seines Manchesterhosenknies. Er schneidet den Kohlrabi durch. Stockend fährt das schartige Messer durch das Gemüse.

Rhett räuspert sich wie einer, der gleich singt. Er singt aber nicht.

»Heirate mich«, sagt er.

Der Großvater hat den Kohlrabi durchgeschnitten.

Sonnie versteht nicht.

Der Großvater reicht ihr eine Kohlrabihälfte …

Was hat Rhett gesagt?

… Der Großvater beißt in die andere Kohlrabihälfte.

Hat Rhett nicht eben gesagt, worauf sie jahrelang gewartet hat?

Rhett ist frisch rasiert.

Er riecht nach Aftershave.

Er riecht nach Aftershave und Deodorant.

Er riecht wie ein polnischer Puff.

»Hast du mich gehört? Hast du mich verstanden?«

Rhett nimmt ihr Gesicht in die Hände.

Sonnie wischt seine Hände weg.

»Ich heiß ja nicht Nick«, sagt sie.

It's easier to be killed by a terrorist than it is to find a husband over the age of 40!

Das Handtuch fällt herunter. Rhett schaut sie an. Perplex, als würde er zum ersten Mal im Leben eine nackte Frau sehen. Als würde er Sonnie zum ersten Mal nackt sehen. Er will sie umarmen. Sie dreht sich um. Sie läuft davon. Sie versucht nicht wie sonst, ihre Nacktheit zu verbergen, ihren Hintern zu bedecken. Sie läuft nackt herum und sucht nach Sachen, als wäre Rhett nicht da.

»Wo gehst du hin?«

I was just going to have some iced tea and split the atom.

»Sonnie, redest du nicht mit mir?«

Sie antwortet nicht. Sie muss los. Sie ist verabredet. Sie hebt nacheinander Pullover, Sweatshirts, Blusen hoch und wundert sich. Es ist, als ob die Männer und die Kleidungsstücke gleichermaßen an Jugend und an Form verlieren, sobald sie in ihren Besitz geraten. Und dann ihr Tempo. Sie hat mit Rhett alle Stadien im Zeitraffer durchlaufen: verlieben, verloben, heiraten, scheiden lassen. Im Grunde ist Rhett, obwohl noch ahnungslos, in diesem Moment schon ihr Ex.

Rhett ist Sonnie nachgelaufen. Sie ist so weit weg. Sie steht genau vor ihm, aber sie ist so weit weg. Er will sie an sich ziehen. Sie macht sich los. Sie schlüpft in einen fleischfarbenen BH. Sie lehnt sich gegen die Wand und bringt es fertig, den BH mit nur einer Hand am Rücken zu verschließen. Sie steigt in eine fleischfarbene Unterhose, die ihren Hintern mit strengem Klammergriff umfasst.

Sonnie will ein T-Shirt anziehen, aber ihr Gipsarm verheddert sich im Ärmelloch. Sie zerrt und dehnt, bis eine Naht reißt. Der Gipsarm schleudert etwas von einer Umzugskiste. Ein Klirren. Rhett sieht sich um. Die Sei-glücklich-Tasse. Sie ist zerbrochen. Sonnie hockt sich hin. Sie liest die Scherben auf. Sie fängt an zu weinen. Zum ersten Mal, seit sie sich kennen, weint Sonnie in Rhetts Gegenwart. Rhett hilft ihr aus dem kaputten T-Shirt. Er streichelt sie.

»Das tut mir Leid«, sagt er.

Jetzt ist alles kaputt, denkt Sonnie. Jetzt war alles umsonst.

Zusammen mit Gabi hat sie das Haus der Eltern entrümpelt, im Sommer 1994, gleich nach der Beerdigung. Der Vater hatte es so gewollt. Der Vater hatte Mutters Sachen weggewollt. Sonnie hatte stumm geräumt und gepackt. Gabi jedoch hatte jeden zweiten Gegenstand aufgehoben und betrachtet. So werden wir nie fertig, hatte Sonnie gesagt. Aber Gabi hatte ihr Tempo nicht geändert. Es hatte so ausgesehen, als sei sie betroffener vom Tod der Mutter als Sonnie selbst. Gabi wollte die weißen gestärkten Laken aus der Aussteuer der Mutter haben, Kissenbezüge, Tischdecken und Gardinen. Sonnie sagte, nimm den Kram doch. Doch als Gabi die Hand nach der Sei-glücklich-Tasse ausstreckte, regte sich alte Eifersucht.

Es hatte immer Sympathie gegeben zwischen Gabi und Sonnies Mutter. Sie hatten miteinander geplaudert, wenn Gabi Sonnie zur Schule abholte. Sie hatten offenbar Dinge zu besprechen. Sie lächelten einander an. Sie sprachen freundlich übereinander, in Sonnies Anwesenheit, zu Dritten. »Ein angenehmes Mädchen«, sagte die Mutter zur Großmutter über Gabi. »Eine warmherzige Frau«, sagte Gabi zu einer Lehrerin über Sonnies Mutter. Sonnie witterte ein Komplott. Hatten sich die beiden zusammengetan, um ihr zu verstehen zu geben, dass sie im Gegensatz zu Gabi unangenehm sei, dass sie überdies außerstande sei, die Warmherzigkeit ihrer Mutter zu sehen?

Sonnies Gefühle hatten immer wieder gewechselt. Manchmal sah sie Gabi als das Trojanische Pferd, mit dem sie, Sonnie, sich in das Herz der Mutter einschleichen würde. Immerhin war sie von Gabi, die Käse-Schabi genannt wurde, weil sie so gern Schabekäse aß, zur Freundin auserkoren worden. Vielleicht würde das die Mutter überzeugen. Als Käse-Schabi mit achtzehn einen Handwerker heiratete, ein Kind nach dem anderen bekam und sich in der Nähe von Sonnies Elternhaus, niederließ, wurden die Hinweise der Mutter deutlicher. Gabi habe »vernünftige Entscheidungen getroffen«, sich »ein stabiles Fundament gebaut«, während sie, Sonnie, die Kinderlose, Dissertationslose, Männerlose, ins Ausland Geflüchtete, *verkorkst* sei.

Dann hatte Gabi im Krematorium und bei der Trauerfeier so laut geschluchzt, dass entfernte Bekannte sie für die Tochter gehalten und ihr das Beileid ausgesprochen hatten, während Sonnie mit grimmigem Gesicht im Hintergrund stand. Da hatte sie Gabi gehasst. Sonnie hatte Rot getragen, Gabi Schwarz. Sonnie hatte den Vater nicht umarmt, weil sie glaubte, dass er das ohnehin nicht wollte. Gabi jedoch hatte ihn auf beide Wangen geküsst und ihn auf dem Weg zum Krematorium untergehakt.

Freundinnen, denkt Sonnie.

»Warum hast du mir nicht gesagt, dass du Chola kennst?«

»Deswegen weinst du?« Rhett sagt das in einem Tonfall, als wäre es absurd. »Darum geht es? Das war nichts Ernstes.«

Sonnie sieht Chola und Rhett in der Badewanne. Sonnie sieht Chola und Rhett auf dem alten Parkett. Es tut weh.

Wie kann Chola seit zwei Jahren kein Wort darüber verlieren, dass sie eine Affäre mit Rhett gehabt hat? Hat sie nicht immer wieder gesagt: »Bei Männern würden wir uns nie inne Quere kommen, Mädel«?

Warum haben sie alle einander getroffen?

»Ist mehr als zwanzig Jahre her«, sagt Rhett, als beantworte er Sonnies Gedanken. Sie scheint ihn nicht zu hören. Sie scheint einen internen Erledigungszettel abzuarbeiten.

»Warum hast du mir nicht gesagt, dass du einen Sohn hast?«

Er kann es gar nicht fassen. Er kann gar nicht fassen, was er da hört. Sind denn alle verrückt geworden? Was für einen Sohn?

»Ich habe keinen Sohn«, sagt Rhett tonlos, »ich habe keinen Sohn.«

Es wäre ein Verbrechen an der Natur, an der Vorsehung, an der Menschheit, wenn ich einen Sohn hätte, denkt Rhett. Es wäre ein Verbrechen an dem Sohn.

Wie kommt Sonnie nur darauf?

»Ich habe seinen Brief gefunden.«

»Was für einen Brief? Ich weiß von keinem Brief.«

Sonnie stürzt zu ihrer Handtasche. Sie schüttet sie aus. Triumphierend zerrt sie den Zettel aus dem Haufen, gefaltet wie ein Fächer.

»*Dieser* Brief!«

Rhett nimmt den Fächer widerstrebend in die Hand. Seine Kuppen betasten nervös die Papierfalten, während er weder den Brief noch Sonnie ansieht, sondern aus dem Fenster hinaus, in die Sonne hinein. Er hat sich wirklich nicht erinnert. Die Analytiker hatten Recht, sein Verdrängungsmechanismus funktioniert hervorragend. Er kann sich unantastbar machen. Er muss sich unantastbar machen. Er ist der Sonnengott, der Sonnenkönig, stark und allmächtig. Nichts und niemand kann ihm schaden.

»Eine Lüge. Ein Verrückter.« Rhett bemerkt, dass seine Stimme gepresst und hoch klingt.

Big boys don't cry.

Er atmet tief ein und aus. Er wiederholt dieselben Worte tiefer und langsamer.

»Eine Lüge. Ein Verrückter.«

Er legt die Tüte mit den Kohlrabis auf der Spüle ab. Er ist kein Sonnengott. Er wird nie einer werden. Er würde nicht mal in die Vorauswahl kommen.

»Ich kann gar keine Kinder zeugen.«

Sonnie dreht sich um. In Zeitlupe. Ihr Gesicht durchlebt eine Furcht erregende Ausdrucksänderung. Sie steht da, als wolle sie ihm ins Gesicht springen.

»Was? Du kannst keine Kinder zeugen? Das sagst du, nachdem ich Scheiß fünf Jahre lang Scheiß-Temperaturkurven geschrieben habe?«

»Es ist nicht ganz unmöglich«, mildert Rhett ab. »Der Arzt hat damals gesagt, es wäre kein Sechser im Lotto, von der Wahrscheinlichkeit her, aber ein Fünfer mit Zusatzzahl.«

Rhetts Blick pendelt zwischen den Kohlrabi und Sonnie hin und her. Nach den Kohlrabi hat er sich zwei Stunden die Hacken abgelaufen.

»Und überhaupt? Was soll das sein? Ein Verhör?«

»Genau, ein Verhör. Und zwar ein längst überfälliges Verhör.«

»Aber das passt gar nicht zu dir, Sonnie. Eine Frau wie du …«

»Schnauze! Was ist mit dem Foto von deinen Eltern?«

Sie hat *Schnauze* gesagt, denkt Rhett. Sie hat noch nie zu mir *Schnauze* gesagt. Sie hat früher immer diese weiten schwingenden Kleider getragen, knapp überm Knie, und Unterwäsche von Victoria's Secret, und manchmal sogar halterlose Strümpfe, und immer Pumps. Und jetzt trägt sie Hosen und Männerhemden und fleischfarbene Schlüpfer und flache Schuhe und rasiert sich die Beine nicht mehr und leiht sich meinen Trenchcoat und verhört mich und beschimpft mich und sagt *Schnauze.*

»Hörst du mir zu?«

Sonnie läuft zu Rhetts Schreibtisch, greift nach dem Foto, wirft es ihm vor die Füße. Das Glas zerbricht in Form eines Spinnennetzes.

I was acting like another woman, yet I was more myself than ever before.

»Es ist eine Fälschung Ich hab ein ganzes Schaufenster voll gesehen davon.«

»Was wühlst du auch in meinem Schreibtisch herum?«

»Ich? Gewühlt? In deinem heiligen Schreibtisch? Du hast mich gebeten, nach deinem Filofax zu suchen.«

»Sonnie, ich …«

»Du bist ein Scheißkerl, ein Windhund, ein verlogener alter Windhund.«

»Du hast dauernd gefragt. Ich dachte, ich schulde dir Eltern. Da habe ich das Foto gesehen …«

Sonnie läuft ziellos hin und her. Sie schnaubt wie ein Pferd. Schnaubend zieht sie ihre Bahnen. Dann hört sie auf zu schnauben. Dann läuft sie stumm weiter hin und her. Nun ist nur noch das Auftreffen ihrer Fußsohlen auf dem Parkett zu hören. Kein Rachmaninoff mehr. Rhett folgt ihr mit den Augen.

»Und von Gong?«, ruft sie schließlich. »Warum hast du mir nicht erzählt, dass du Gong gerettet hast?«

»Er hatte einen Herzinfarkt. Ich war zufällig da.«

»Und das EAST-VILLAGE-Shirt?«

»Hab ich nachts auf der Straße gekauft. Gong hatte mein Hemd voll gespuckt. Sonnie, was ist nur los mit dir? Ich bin es, der *dir* Fragen stellen sollte. Warum hast du einen Gipsarm? Wo warst du gestern Nacht? Wo willst du jetzt hin? Warum bist du so sauer?«

»Warum trinkst du nie?«

»Ich bin trockener Alkoholiker, deshalb.«

»Warum hast du mir das nie gesagt?«

»Sonnie, wir sind hier in New York. New York ist die Hauptstadt der trockenen Alkoholiker. Ich hab dir gesagt, ich trinke nicht. Das reicht doch.«

»Was heißt: Das reicht doch? Wer entscheidet, was reicht? Informationen über dich gibt es nur auf Rabattmarken, hä? Ab sofort ist Schluss mit der Geheimniskrämerei. Hörst du? Es reicht. Es ist ein für alle Mal Schluss!«

Rhett sieht die Furie, die neben ihm steht, in ihren fleischfarbenen Dessous, mit ihrem weißen pumpenden Frauenkörper. Er begehrt sie. Er begehrt sie so sehr. Er verdient sie nicht. Männer wie er haben Frauen wie sie nicht verdient. VERLOGENER ALTER WINDHUND. Vermutlich hat sie Recht. Vermutlich ist er ein verlogener alter Windhund. Sie atmet tief durch die Nase. Ihre Zornesader tritt hervor. Ihr Hals schwillt an.

»Ich will alles wissen! Alles! Ausnahmslos alles!«

Sie schwenkt den Gipsarm. Sie rollt mit den Augen.

Rhett würde ihr gern alles sagen, lückenlos Rechenschaft ablegen. Aber er weiß es auch nicht. Er weiß es doch auch nicht.

»Du hast meine Freundin gefickt? Du hast meine beste Freundin gefickt und mir nie was gesagt? Und sie hat mir nie was gesagt? Niemand hat mir was gesagt?«

Ihre Wut ergießt sich über ihn wie Lava. Sie sagt *gefickt*. Immer wieder sagt sie *gefickt*. Er atmet tief. Er atmet Eifersucht, Zorn, Verzweiflung, Geilheit, verwoben in die Körperhitze einer frisch geduschten Frau. Seiner Frau.

Und nun schreit sie, ist zerstörerisch, zügellos, skandalös. Sie traktiert seine Schlüsselbeine mit ihren Fingergelenken. Wie Sodbrennen steigt Wärme in ihm auf. Ihre Tränen verleihen ihm tragische Bedeutung.

Die Wärme verwandelt sich in Verlangen.

Rhett streckt seine Hände aus nach Sonnies Hintern.

Rhett will seine Lippen auf Sonnies Lippen drücken.

Rhett will seinen Schoß in Sonnies Bauch pressen.

»Verpiss dich, mitsamt deinem scheißdünnen Kaffee, dieser Plempe, und mit deinem pappigen Toast und deinen Scheiß blau gekochten Eiern. Verpiss dich!«

Unmittelbar nach diesem Schlachtruf trifft ihn ihr gipserner Ellenbogen an der Schläfe. Er lässt los, taumelt, sieht das Zimmer sich drehen, sieht sich selbst in der Kiste sitzen, verlacht, verhöhnt, verdroschen. Nie hat er die Situation in der Hand gehabt. Nie hat er seine Hand gehoben. Nie hat er die Oberhand gehabt. Er darf sich nicht unterbuttern lassen.

Rhett holt aus.
Rhett schlägt zu.
Rhetts Hand landet in Sonnies Gesicht.

Eine schallende Ohrfeige! Ein Schlag in ihr Gesicht! Sonnie findet sich in genau der Situation, in die sie sich in der Dusche zurückfantasiert hat.

Endlich kann sie den Bann brechen. Raus aus der Endlosschleife ihrer Tagträume.

Sie hebt die Hand des Großvaters. Sie holt aus. Sie schlägt zurück. Sonnie schlägt in Rhetts Gesicht. Sonnie schlägt ihren Mann. Sonnie schlägt alle ihre Männer. Sonnie schlägt den Vater. Sonnie schlägt die Mutter. Sonnie schlägt die Queen.

Sieben auf einen Streich.

Schlag um Schlag. Ohrfeige um Ohrfeige. Bald stehen die beiden, schwankend, verknäult und verkeilt, wie Boxer im Moment der Erschöpfung da.

Dass er sie geschlagen hat, findet Sonnie akzeptabel. Der Schlag mobilisiert die Soldatin in ihr. Er gibt ihr die Möglichkeit blindwütiger Verteidigung. Er macht ihre Offensive zur Defensive. Was sie auszutragen haben, ist nicht mit Worten auszutragen. Und, wer weiß, vielleicht kann man nur mit größter Grobheit lieben?

Sonnie kann es nicht ausstehen, dass Rhett größer ist als sie. Sie kann es nicht ertragen, dass er älter ist als sie, womöglich klüger ist als sie. Sie kann nicht ertragen, dass er etwas verbirgt. Sie will alle Geheimnisse aus ihm herausprügeln, windelweich will sie ihn prügeln, den zähen Brocken, windelweich. Sie hasst ihn, weil er sie schon wieder mit dem Nabeldorn bedrängt. Er will sie mit seinem Bajonett erstechen. Erlegen will er sie, wie er sie immer erlegt. Sie muss sich wehren. Es ist Notwehr. Sie muss ihn am Boden sehen. Sie muss ihren Fuß auf ihn setzen.

You're not man enough. You haven't the guts.

Mit einem rechten Schwinger gegen sein Brustbein bringt Sonnie Rhett aus dem Gleichgewicht. Rhett greift im Fallen nach Halt und zerkratzt Sonnies Dekolletee und zerreißt Sonnies BH.

Sonnie lässt sich mit ihm ziehen.

Rhett liegt wie ein Brotlaib auf dem alten Parkett.

Sonnie hockt wie eine Katze auf ihm. Er ist warm und erhitzt, sein Körper pulsiert. Sie riecht sein Haar, sie fühlt seine Haut. Sein Penis richtet sich unter ihr auf. Sie greift danach.

Durch Rhetts altes Gesicht leuchtet sein Jugendgesicht.

Sonnie keucht.

Das Telefon klingelt. Eine Frauenstimme. Deutsch: »Sonnie? Hallo? … Ich weiß gar nich, ob ich de richtige Nummor hab … Hier ist Gabi. Aus Leipzig. Du, wir machen ein Glassentreffen Ende Novembor. Wir holen die Zwanzig-Jahre-Abi-Feier nach. Haste Lust? Haste Zeit? Ich würd dich gern mal wiedersehn. Meine Nummer ist 0341-555 1212.«

Sonnies BH ist ein Schultergurt ohne Funktion.

Sieg! Triumph! Genugtuung! Im flirrenden Sonnenlicht sieht Sonnie den schönsten Mann der Welt, den einzigen Mann, Rhett. Sie stützt sich auf den Brustkorb des besiegten müden Tieres. Ihr Schoß bebt unter seinem Pulsschlag. Sie sieht zwischen ihren nackten Brüsten sein Clownsgesicht.

ACHTES KAPITEL

»Lebt sie noch?«

»Wer?«

»Die Nonne?«

»Schwester Cäcilia? Weiß nicht.«

»Wo ist das Waisenhaus?«

»Queens.«

»Zeigst du es mir?«

»Stellst du mir deine Eltern vor?«

Er hat offenbar vergessen, dass ihre Mutter tot ist. Sonnie stellt sich ein Treffen zwischen Rhett und ihrer Mutter vor. Wie sie ihn beurteilt hätte. Wie er sie beurteilt hätte. Sonnie stellt sich ein Treffen zwischen Rhett und ihrem Vater vor. Zwillinge – nach der Geburt getrennt.

Rhett löst sich aus Sonnies Umarmung. Er hüllt sich in ein Bettlaken. Er läuft barfuß übers alte Parkett. Er kann es nicht fassen. Mit einer Ohrfeige wollte er seine hysterische Frau zur Räson bringen, ganz Macho, ein richtiger Mann. Und dann das.

»Hast du dir eigentlich den Film angesehen?«

»Nein, ich wollte, aber dann… Ist es der Film aus dem Koffer?«

Sonnie wickelt sich auch in ein Laken.

»Ja. Ein Soundie.«

»Was ist ein Soundie?«

»Der Urgroßvater des Videoclips. Ich glaube, er ist drauf.«

»Der Koffermann? Im Film? Zeig.«

Rhett hängt das Fenster zu. Rhett startet den Film.

Sonnie sitzt vor Rhett auf dem alten Parkett.

Beide in Laken gehüllt.

Eine Frau liegt in einem Bett. Sie ist schön, dunkle Haut, dunkles Haar. Vor dem Krankenbett sitzt ein Mann am Klavier, Sonnie sieht nur seinen Umriss.

»Duke«, murmelt die Frau, »spiel mir die ›Black and Tan Fantasy‹.«

»Duke Ellington«, sagt Rhett. »Das muss vor 1930 gewesen sein.«

»So sah der aus? Sehr attraktiv«, sagt Sonnie. »Sehr, sehr attraktiv.«

Nicht ohne Neid betrachtet Rhett Ellingtons Gesicht, das Sonnie sehr, sehr attraktiv findet. Man müsste Klavier spielen können.

»Sie ist auch attraktiv«, sagt er. »Sehr, sehr attraktiv.«

Sonnie beugt sich nach vorn und beißt Rhett in die Wade. Im Halbschatten hinter dem Bett wird ein Chor sichtbar. Trompeten stimmen fauchend und miauend eine Melodie an. Der Mann am Kontrabass zupft langsam dum dum dum. Männer und Frauen wiegen sich und summen. Bei den hohen Tönen strecken die Chorsängerinnen die Arme gen Himmel. Der löcherige Film zeigt nur die Schattenbilder der erhobenen Arme und der Turbane. Close-ups: winkende Hände. Posaunenteile. Das Gesicht einer Sängerin. Negroid. Religiös verzückt.

»Herrlich kitschig«, sagt Sonnie und drückt Rhetts Arm.

Rhett freut sich. Er war erfolgreich. Nicht mit den Kohlrabi. Nicht mit dem Heiratsanstrag. Aber mit dem Kampf. Er hat sich nicht unterbuttern lassen. Und mit dem Film. Duke Ellington sieht die Frau im Bett an. Die Frau im Bett sieht Duke Ellington an. Rhett sieht die Frau im Bett an. Die Frau im Bett sieht Rhett an. Sie lächelt. Ihre Augen sind halb geschlossen. Eine Posaune bläst einen hohen, dünnen, langen Ton. Dann quakt eine zweite Posaune.

Ein Trompeter hebt sein Instrument. Er schließt die Augen. Er bläst laut und schrill und schmerzhaft dissonant.

»Der!«, ruft Rhett, macht sich los, springt auf und hält den Film an.

»Der Koffermann?«

»Könnte sein.«

Sonnie springt auf und zieht den Koffer unterm Bett vor. Sie wühlt in den Fotos. Sie betrachtet die Fotos. Sie betrachtet das Standbild. Sie betrachtet wieder die Fotos.

»Er hat keinen Bart.«

Sie wühlt weiter. Sie findet die herausgerissene Seite aus dem Buch, Trompeter, trompetende Männer, Fotos und Text.

»Das ist von 1931«, sagt Rhett.

»Sieht schon ziemlich ähnlich aus. Die hohen Jochbeine. Die hellgrauen Lippen …«, sagt Sonnie.

»… die Körperhaltung …«

»Wieso, was ist denn typisch an der Körperhaltung?«

»Siehst du das nicht? Er ist das Gegenteil von mir. Ich hab einen Rundrücken, er hat ein Hohlkreuz.«

»Nehmen wir an, es war 1929«, sagt er. »Da war Cohen … wie alt?«

»Hol das Buch. Das stand doch in dem Buch.«

Rhett holt das Buch, blättert, liest vor:

»Jack Cohen, geboren 1901 in Detroit … Dixieland Beat … Chicago zwischen 1918 und 1928 … dann erste Zusammenarbeit mit Duke Ellington.«

»Kommt hin«, sagt Sonnie.

»Kommt hin«, sagt Rhett. Er appliziert einen Wegschubskuss. Er schaltet den Projektor wieder ein.

Jack Cohen bläst. Je schriller und höher der Trompetenton, desto weiter, wie in Zeitlupe, dreht die Sterbende den Kopf nach rechts. Jemand ruft sie. Ihr Blick verliert sich in der Ferne. Die Musizierenden und Singenden wiegen sich synchron. Dann ein langsamer Trompetentriller. Der Chor setzt zum Finale ein. Ein langer pastoraler Dreiklang. Die Frau im Bett wendet sich wieder Duke Ellington zu. Ihre Lippen formen die Worte »Goodbye«.

Duke Ellingtons Gesicht in Großaufnahme. Dann er total. Er spielt Klavier. Dann wieder sein Gesicht. Er sieht die Frau im Bett unverwandt an.

Sie drückt ihren Hals durch. Er schwillt an, kommt im Bogen heraus und zieht den schweren Kopf nach. Der Kopf erhebt sich einige Zentimeter aus dem Kissen. Die Kapelle intoniert den Trauermarsch. Die Frau im Bett sinkt ins Kissen. Sie verliert alle Spannung. Ihre Augen schließen sich. Ihr Mund schließt sich.

Duke Ellingtons Gesicht verschwimmt zu einem dunklen Fleck. Der Rhythmus verlangsamt sich. Der

Chor singt die letzten Töne. Die Musik kommt zum Stehen. Der letzte Taktschlag wie der letzte Herzschlag.

»Wann ist das passiert?«, fragt Rhett und berührt die Narben an Sonnies Handgelenken.

»An meinem zwanzigsten Geburtstag«, sagt Sonnie. »Ich wollte, dass der Mann mich tot findet, wenn er kommt.«

»Welcher Mann?«

»Irgendein Typ.«

Meine große Liebe.

»Und dann?«

»Er kam nicht.«

Rolf, meine große Liebe.

»Wer hat dich gefunden?«

Sonnie starrt aus dem Fenster.

Sie liegt in der Wanne. Ihr Körper ist jung. Das Wasser ist rot. Sie sieht die Decke. Die Decke hat einen Riss. Der Riss sieht aus wie ein Zorro-Z. Die Decke hat einen Wasserfleck. Der Wasserfleck sieht aus wie ein Schneemann. Das Blut läuft stoßweise aus ihr heraus. Es ist heiß, das Blut, es ist wie Lava. Das Blut vermischt sich mit dem Wasser. Das Wasser ist kühl. City singt »Am Fenster«:

Einmal wissen, dieses bleibt für immer …

Sonnie denkt, ich werde gleich sterben. Rolf wird kommen. Meine große Liebe. Er wird gleich kommen. Er wird mich tot finden. Ganz blass im roten Wasser. Eine schöne Leiche. Schneewittchen. City singt »Am Fenster«:

Einmal fassen, tief im Blute fühlen …

Rolf wird weinen. Ganz sicher wird er um sie weinen. Er wird sich Vorwürfe machen. Er wird sie vermissen. Er wird sie niemals vergessen. Er wird niemals mit einer anderen glücklich werden. Er wird es sein Leben lang bereuen.

»Meine Mutter hat mich gefunden«, sagt Sonnie.

Hände fahren ins Wasser hinein. Das entgeisterte Gesicht der Mutter. Der schmale Mund der Mutter bewegt sich. Die Augen der Mutter sind aufgerissen, voll roter Äderchen. Die Mutter zerrt Sonnie aus der Wanne. Sonnie kann ihren Körper nicht bewegen. Sonnie kann nicht sprechen. Das Geigensolo von »Am Fenster« läuft. Es hallt. Es quietscht. Es zwitschert. Es knarrt. Dann fiedelt der lange Ton von oben nach unten, und das Schlagzeug setzt ein. Rolf. Die Mutter. Der Großvater. Haben wollen. Tot sein wollen. Müde sein. Angst haben. Auf Zehenspitzen aus dem Leben schleichen wollen.

... flieg ich durch die Welt, flieg ich durch die Welt, flieg ich durch die Welt ...

Die Mutter rennt umher. Die Mutter zerreißt ein Geschirrtuch und umwickelt ihre Arme mit Stoffstreifen.

Das schöne Ärmchen.

Die Mutter richtet Sonnie auf.

Die Mutter nimmt Sonnie in die Arme.

Die Mutter wiegt Sonnie.

Die Mutter weint.

Die Mutter sagt: »Meine Sonnie. Meine arme, arme Sonnie.«

»Ich war sechs«, sagt Rhett. »Es war im Sommer 1960. Wir wollten in die Catskills fahren. Mit dem Lincoln. Mein Vater hatte diesen Lincoln von 1937, einen Old-timer. Ich saß hinten und spielte mit meinen Matchbox-Autos.«

Sonnie schmiegt sich an Rhett.

»Ich weiß nicht mehr, warum mein Vater von der Fahrbahn abkam. Die Stimmung war heiter. Ich hatte meine Mutter gerade lachen hören. Er hatte etwas gesagt, und sie hatte gelacht. Dann fuhr er nach links. Er fuhr auf die andere Fahrbahn. In den Truck, der uns entgegenkam. Es ging alles so schnell. Er flog durch die Scheibe. Meine Mutter ohne Kopf. Ich eingeklemmt. Überall Blut. Dann kamen sie. Die Männer mit den Schweißgeräten. Die großen Männer mit den Schweißgeräten und den Schneidbrennern. Polizeiautos. Ärzte mit dem Hubschrauber. Und Reporter, Reporter. Sie haben Fotos gemacht. Blitzlicht. Meine Mutter ohne Kopf. Sie saß noch im Sitz. Angeschnallt. Ganz still.«

Sonnie nimmt Rhett in die Arme.

Sonnie wiegt Rhett.

Sonnie sagt: »Mein armer Rhett. Mein armer, armer Rhett.«

Vier Stunden später steigt Sonnie in die Subway nach Harlem.

Zärtlichkeit, Neugier, Verlustschmerz brechen wieder aus. Sonnie hat Rhett gesehen, wirklich, unmittelbar, zum ersten Mal. Es gefällt ihr, was sie gesehen hat. Sie denkt mit Zärtlichkeit an den schlafenden Windhund. Es gefällt ihr, was sie gezeigt hat. Sie war kompliziert, emotional, hysterisch, brutal, splitternackt im erbarmungslosen Licht der Nachmittagssonne.

Bleib, wiede bist.

Sonnie lässt den Blick durch die Subway wandern. Sieht durch die Wand. In die Ferne.

Die Subway ruckt an. Sonnies Blick fängt sich im Jetzt. Alles ist neu. Die Farben. Der Duft. Die Abstände zwischen den Dingen. Die Teilchen sind neu zusammengesetzt.

Sie hat ein Kribbeln in den Fingerspitzen, in den Zehen, in den Haarwurzeln. New York umfängt sie wie ein Luftkuss.

Ihr gegenüber sitzt eine Frau. Sie ist alt. Sie hat lange offene graue Haare. In den Haaren ist eine gelbliche Gardine mit Plastikblumen festgesteckt. Dazu ein knöchellanges Tüllkleid aus den Zwanzigern, ebenfalls gelblich.

»Verzeihung, junge Frau«, sagt die Alte. »B-b-bin im Arsch. B-b-bitte um eine kleine Spende.«

Sonnie sieht sich um. Die Frau spricht mit ihr.

Junge Frau.

»Haben Sie heute geheiratet?«, fragt Sonnie. »Sie sehen aus wie eine Braut.« Noch vor einigen Stunden hätte sie gar nicht reagiert.

»H-h-hab mich nur h-h-hübsch gemacht.«

Die Subway hält. Auf dem Bahnsteig läuft jemand im schwarzen Mantel entlang.

»Wäre ich verh-h-heiratet, hätte ich ja einen Mann, der für mich s-s-sorgen könnte.«

Sonnie folgt der Gestalt mit den Augen. Es ist ein Mann. Sie kann nur seinen Körper sehen. Am Ende des Wagens, kurz bevor er verschwindet, beugt er sich hinunter und sieht hinein. Er sieht Sonnie direkt an. Es ist der schwarze Mann mit dem Rosenblattmund, den sie im Treppenhaus des Koffermanns gesehen hat. Der Rappe. Er will einsteigen, aber die Tür schließt sich bereits. Seine helle Handfläche liegt auf der Scheibe. Die Bahn ruckt an. An der Scheibe ein Handabdruck.

»Was ist denn jetzt mit Sp-p-pende?«, sagt die Alte, die nun dicht neben ihr steht und mit dürren gelben Fingern über ihren zerrissenen Tüllrock streicht. Sie hat ein mumifiziertes Äffchengesicht. Breite schwarze Balken sind über die spärlichen Augenbrauen gemalt. Dicke, trockene, rosa Paste krümelt von ihren welken Lippen.

Sonnie zieht eine Dollarnote aus dem Portemonnaie.

»Zw-w-wei Dollar wären b-b-besser.«

Sonnie steht auf, läuft zum Wagenende, öffnet die zugige Mitteltür, steht für eine Schrecksekunde in der rumpelnden Zugluft des Zwischenraums, hastet in den nächsten Wagen und versucht, einen Blick auf den Mann mit dem Rosenblattmund zu erhaschen. Was will er von ihr? Warum begegnet er ihr? Warum sucht er nach ihr? Sucht er nach ihr? Doch der Zug hat den Bahnhof verlassen und bewegt sich bereits rumpelnd im Tunnel.

An der 96. Straße steigen alle Weißen aus. Sonnie teilt den Wagen nun mit einer Latino-Familie, zwei schlafenden Chinesen, zwei schwarzen Jugendlichen, die kopfruckelnd Musik hören, und einem weißhaarigen schwarzen Mann mit Blindenbrille und Schäferhund. Sonnie spürt jedes Gefäß in ihrem Körper pumpen. Kann derselbe Mensch doch erst Rausch, dann Fessel, dann wieder Rausch sein? Oder ist Rhett nicht mehr derselbe Mensch? Ist sie nicht mehr derselbe Mensch? Haben sie sich gegenseitig aus den Panzern geprügelt?

Sie wühlt in ihrer Tasche nach der Visitenkarte. Auf die Rückseite hat sie die Adresse gekritzelt.

In Harlem, Schätzchen. Und komm allein.

»Hallo, Auskunft? Levi & Sohn Umzüge bitte. Ja, Manhattan.«

Rhett notiert sich die Nummer. Er weiß nicht, wo Sonnie schon wieder hingegangen ist. Sie war weg, als er aufwachte. Er weiß nicht, was in seinem Leben passiert, warum er neuerdings Menschen rettet, Verhören ausgesetzt wird, Kohlrabi kauft, Deo benutzt, Heiratsanträge macht, Frauen verprügelt, Lebensbeichten ablegt, aber er weiß eines: Er braucht einen Freund.

Er braucht einen Freund. Nötiger als je zuvor. Er will eine richtige Männerfreundschaft, eine, die sich in zwielichtigen Kneipen abspielt, im Zigarrenqualm, inmitten Betrunkener, inmitten mürrischer Kellnerinnen, mit Armdrücken und Rülpsen und Furzen. Mit Würfeln, Kartenspielen, Pferderennen, frauenfeindlichen Witzen. Sein Freund wird ihm zuhören, ohne dass er ihn dafür bezahlt. Sein Freund wird ihm raten, er wird ihm den Vogel zeigen, er wird ihm auf die Schulter klopfen. Rhett sieht seinen künftigen Freund vor sich. Es kristallisiert sich noch kein Gesicht heraus, aber eine Gestalt, eine große kompakte Gestalt, ein dicker Kugelkopf, zwei große lila Hände, eine Glatze, ein Vollbart.

»Ich würde gern Bud Brown sprechen ... Seinen freien Tag? ... Kann ich ihn zu Hause anrufen? ... Was heißt das, Sie geben keine Privatnummern raus? ... Natürlich bin ich ein Freund von ihm ... ich hab seine Nummer nur ... verlegt ... Wohnt er nicht in Chinatown? Nein? In Brooklyn. Ja, natürlich ... vielen Dank!«

Rhett legt auf. Sein Arm schmerzt. Wie ramponiert er ist von den letzten Tagen. Die Sache mit Gong. Der Kampf mit Sonnie. Ein Hämatom links vom Brustbein, ein roter, nachdunkelnder Fleck direkt überm Herzen. Und den Arm muss er sich geprellt haben. Im Alter werde ich noch ein Raufbold, denkt er.

»Hallo, Auskunft? Ich suche einen Privatanschluss. Bud Brown. Brooklyn. Nein, ich hab keine Adresse. Auch keinen zweiten Vornamen. Wie viele Einträge? Drei in Manhattan, einer in Queens, drei in Brooklyn? Geben Sie mir Brooklyn.«

Rhett kritzelt drei Nummern auf ein Blatt. Rhett ruft sie an, eine nach der anderen.

Der letzte Bud wohnt in der Kennedy Road. Der letzte Bud ist seiner.

»Hallo, arbeiten Sie bei ›Levi & Sohn Umzüge‹?«

»Ja, schon, aber heute nicht, was gibt's denn?«

»Bud, hier ist Rhett.«

»Wer?«

»Rhett-ist-nett.«

»Gibt's ja nicht! Das warst also doch du neulich, Alter!«

»Ja. Ich ... ich würde dich gern mal besuchen.«

»Ja, klar, komm vorbei. Ich bin hier grad am Tapezieren. Kannst helfen. Sag mal, hast du ein Auto?«

»Hab ich.«

»Super. Bring's mit. Dann können wir gleich entrümpeln.«

Rhett ist stolz. Gute Detektivarbeit. Er hat Bud finden wollen. Er hat ihn gefunden. Da ist sie auch schon, seine Männerfreundschaft, mühelos knospt sie in Buds Tapezierplan. Und er, Rhett, kann sich einbringen, mit seinem Auto. Eine Hand wäscht die andere. Rhett lässt sich von Bud den Weg beschreiben. Er notiert sich die Adresse. Er macht sich auf den Weg. Ein Sturm ist aufgekommen, ein Herbststurm, einfach so, aus dem Nichts. Der Sturm pfeift um die Häuserecken, durch die Fluchten und Schluchten. Rhett trägt nur sein Jackett. Den Trenchcoat hat er nicht gefunden. Den Borsalino muss er festhalten. Er drückt den Borsalino fest auf den Kopf und sucht zwanzig Minuten nach seinem Lincoln. Er fährt dem Freund entgegen, dem Grizzly, Bud Brown.

Es ist ein Townhouse mit heruntergekommenem, taubenbeschissenem Stuck in Williamsburg, gleich hinter der Brücke zwischen Lagerhallen. Hier werden Krimis gedreht, denkt Rhett. Hier werden Verfolgungsjagden gemacht. Hier werden Menschen erschossen.

Bud öffnet Rhett im Jogginganzug die Tür. Er breitet die Arme aus. Er klopft ihm mit seinen großen lila Händen den Rücken.

Rhett streckt die Wirbelsäule durch. Wenigstens ist er etwas größer als Bud.

»Hab's doch gewusst, Alter«, sagt Bud Brown. »Hab's doch gewusst, Alter. Hab's doch neulich gewusst.«

»Ja«, sagt Rhett, zieht reflexhaft den Kopf ein und tritt ins Buds Apartment. Es sieht nicht bewohnt aus. Kisten, Farbeimer, Mülltüten, Reisetaschen. Eine Matratze am Boden. Jede Menge leere Pizzaschachteln. Bierdosen. Über allem wie eine Wand der Geruch von Tapetenleim, Firnis, Schweiß, kalter Zigarettenasche und Bier.

»Auch nicht mehr der Jüngste«, sagt Bud, der ihn mustert. »Rhett-ist-nett, tststs.«

Bud schüttelt den Kopf. Bud nickt. Bud brummt.

Rhett ist verlegen.

»Das waren noch Zeiten«, sagt er aufs Geratewohl.

Bud holt eine Dose Bier aus dem Kühlschrank.

»Da waren wir noch jung und knackig«, ruft er.

Er öffnet die Bierdose mit zischendem Geräusch.

»Brooklyn Lager?«

»Nein, danke, jetzt nicht«, sagt Rhett. »Hast du Pepsi?«

Bud schüttelt den dicken Kopf. »Pepsi, hä?«, sagt er, läuft zurück zum Kühlschrank und entnimmt ihm eine halb leere Zwei-Liter-Pepsi-Flasche. Er öffnet den Verschluss. Es entweicht kaum noch Kohlensäure.

»Ziehst du ein oder aus?«, fragt Rhett.

»Ach, Scheiße, Mann, ich zieh ein. Hab mich getrennt von meiner Madame.«

»Deiner – Frau?«

»Ja. Hat mich rausgeschmissen. Hat einen Gerichtsbeschluss. Ich darf nicht näher als 500 Meter an sie ran.«

»Das ist weit«, sagt Rhett leise. »Das ist weit.«

»Prost«, sagt Bud und stößt die Bierdose an den weichen Bauch der Pepsiflasche. »Auf die blöden Weiber.«

Unsicher hebt Rhett die Flasche, in der die schale Cola schwappt. Unter Buddies gibt es keinen Ekel. Es ist wie in seinen Cowboyfantasien. Er hat das große Verlangen, »Madame« zu sagen.

»Warum hat sich dich denn rausgeschmissen, deine – Madame?«

»Körperverletzung.«

Ein Schauer durchzuckt Rhett. Er spürt Sonnies Faust auf seinem Brustbein. Er spürt seine Hand in ihrem Gesicht. Es ist noch ein Kribbeln in seiner Handfläche, der Nachhall von Gewalt. Das Ausholen war das Schönste. Dieses Weitausholen.

Lieber einen Tag als Löwe leben als hundert Tage wie ein Schaf.

Bud ist ans Fenster getreten. Er sieht hinaus. Er trinkt mit großen Schlucken aus der Bierdose. Er schweigt.

Rhett überlegt, ob er Bud in die Arschwissenschaft einweihen soll.

»Hast du sie geschlagen?«

»Nie. Nie geschlagen.«

»Was dann?«

»Habse auf die heiße Herdplatte gesetzt.«

Bud dreht sich zu Rhett um.

»Da staunste, was? Rhett-ist-nett? Leute wie du diskutieren Sachen immer aus. Ich kann das nicht. Ich weiß die Worte nicht. Bin kein Redner. Ich hab nur das hier.«

Er hält seine großen lila Hände wie Missbildungen hoch. »Nur das hier.«

»Aber warum? Warum hast du …?«

»Ich kam nach Hause, Alter. Früher von der Spätschicht. War unser Hochzeitstag. Der dritte. Hatte Blumen dabei …« Seine Unterlippe beginnt zu zittern. »… hatte Blumen dabei.« Seine Stimme bricht. Er zieht eine Grimasse, als wollte er losweinen.

Big boys don't cry.

Er fängt sich.

»Dann liegt die im Bett mit dem Hausmeister. Liegt

da und japst, und der Hausmeister hat den Kopp zwischen ihren Beinen. Hab ihn gleich erkannt. Rote Haare mit Glatze.

Bin in die Küche gegangen, hab die Herdplatte angemacht ... Elektroherd ... Hab da gesessen und eine Zigarette geraucht. Bei mir hat die nie so gejapst. Wie ein Hund. Da hab ich ein Messer genommen und wieder hingelegt. Ich hab das Hackebeil genommen. Wieder hingelegt. Bin wieder rein ins Schlafzimmer, ohne was. Liegtse immer noch im Bett. Der Hausmeister auf ihr drauf. Macht Liegestütze auf meiner Madame.

Ich bin hin. Habse gepackt und ab in die Küche und auf die heiße Herdplatte gesetzt.«

Beide schweigen.

Rhett ist froh, dass er nicht mit der Arschwissenschaft angefangen hat.

»Die hat vielleicht geschrien«, sagt Bud. Er grabbelt eine Camel aus der Packung.

»Auch eine?«

Rhett, der seit Jahren nicht mehr raucht, nickt.

»Und der Hausmeister?«, fragt er und zündet die Zigarette an.

»Treppe runtergeschmissen. Nix weiter. Paar Finger gebrochen, paar Rippen gebrochen. Gewimmert hat der, ich soll ihm nix tun. Pfeife.«

Bud nestelt an der Packung. »Vermisse die Kinder«, murmelt er. »Zwei Kids, zwei Jungs, ganz der Papa. Und du? Hast du 'ne Madame?«

»Ja.« Rhett ist schwindelig. Seine Knie werden weich. Er hockt sich hin. »Hab eine.«

»Was is'n los?«

»Kreislauf.«

»Jung?«

»Kein kleines Mädchen mehr.«

Bud Brown lacht dreckig. »Und, spurt sie?«

»Klar.« Rhett streckt die Brust heraus.

»Gut so«, sagt Bud. Er nickt langsam und nachdrücklich. »Richtig so. Sollen ja nicht zu übermütig werden, die Hühner.«

Die beiden Männer schweigen und rauchen.

»Na, dann mal an die Arbeit«, sagt Bud und wirft seine Kippe in einen Wassereimer. Es zischt. »Schon mal 'ne Decke gestrichen?«

Rhett schüttelt den Kopf.

Den Macho-Test hat er bestanden. Beim Deckenstreichtest wird es schon schwieriger. Hier ist die Hand gefragt. Der Kopf hat Pause.

An der 135. Straße steigen die beiden Jugendlichen aus. Der blinde Mann mit dem Hund steigt aus. Sonnie steigt aus. Es ist bereits dunkel. Sie hält den Koffer in der Hand. Heftige Windböen pfeifen ihr entgegen, als sie die Treppe hinaufsteigt. Gestalten stehen in Hauseingängen, sitzen in parkenden Autos, lungern an Zäunen, Wänden, Baracken. Leere Kartons und zerbrochene Regenschirme wehen über die Straße. Sonnie zieht Rhetts Trenchcoat, unter dem sie ihren Gipsarm verbirgt, am Kragen zusammen.

»Entschuldigung«, fragt Sonnie die Jungs. »›Balou's Soulfood‹?«

»Keine Ahnung«, murmeln die und laufen weiter. Sonnie war noch nie in Harlem. Sie hat die Orientierung verloren. Nach all den Jahren passiert es immer noch. Obwohl Manhattan in ein Straßengitter eingeteilt ist, muss man die Himmelsrichtung wissen, um Nord, Süd, Ost und West zu unterscheiden. Die Sonne hilft, wenn sie da ist. Aber es ist keine Sonne da. Das Empire State Building hilft, wenn man es sehen kann. Aber es ist nicht zu sehen.

Sonnie dreht sich im Kreis. Wo ist Uptown, wo Downtown?

»›Balou's Soulfood‹ ist gleich da drüben«, flüstert es. »Überqueren Sie diese Straße, gehen Sie links, dann laufen Sie genau drauf zu.«

»Danke«, ruft Sonnie, dreht sich um und erkennt im Wegweiser den blinden Mann aus der Subway. Er nimmt die Brille ab und lächelt ihr zu. Die Straßenlaterne spiegelt sich in seinen weißen Zähnen, in seinen blauen Augäpfeln.

Sonnie dreht sich um. Die Ampel ist rot, aber die Straße ist frei.

Sonnie überquert die Strasse. Ihre Mutter hat sie gefunden damals. Sie hat sie gerettet. Sie hat sie gestreichelt. Sie hat geweint.

Sie muss sie doch geliebt haben.

Wie ein Edelstein funkelt dieser wiederentdeckte Moment durch den Nebel der Vergangenheit. Sonnie sitzt ein Kloß in der Kehle.

Ihre Mutter ist gestorben. Ihre Mutter ist tot. Weg. Seit zehn Jahren. Und Sonnie kann sie nicht fragen: Hast du mich geliebt?

Ein Brownstone-Haus. Ein afrikanisches Friseurgeschäft. Schwarze Matronen mit Turbanen klopfen von innen gegen die beschlagene Scheibe und zeigen auf Sonnies Kopf. Immer wieder. Jetzt halten sie ein Foto hoch von einer Frau mit hunderten von geflochtenen Zöpfen.

Echtes menschliches Haar steht an der Tür. Gleich nebenan »Balou's Soulfood«. Ein Deli. Ein dicker Mann mit weißer Kochmütze schließt gerade von innen die Tür ab und dreht ein Schild um.

Sorry, we're closed.

Sonnie stellt den Koffer ab und klopft. Der dicke Koch schüttelt den Kopf.

»Wo ist der Hauseingang?«, ruft Sonnie durch die Scheibe.

Der dicke Koch schließt die Tür wieder auf und steckt den Kopf heraus. Sein Gesicht ist rund und fleckig. Er trägt viele dünne graue Zöpfe im Nacken zusammengebunden.

Er fixiert Sonnies Brüste, Sonnies Bauch, Sonnies Beine. Er grinst.

»Wohin, Schneeflocke? Von zu Hause abgehaun? Ärger gehabt?«

»Ich suche Elvira de Montreux«, sagt Sonnie.

»Hä?«

»Der Spiegel des Cyprianus.«

»Hä?«

Das Grafenschloss. Die uralten Föhren und Eichen. Der Junker Kuno. Die Armbrust. Die gute Gräfin. Die schöne Stiefmutter. Der kleine Wolf. Der Obrist. Der dunkelrote Fleck über Kunos Herzen. Die vermauerte Sakristei. Das schwere Bahrtuch. Der Spiegel des Cyprianus.

»Die Wahrsagerin. Schwarze lange Haare ...«

»Ach, die Franzmann-Hexe, ja, die haust hier.« Sein Gesicht verfinstert sich. Er klopft nebenan auf eine dunkle Holzbohle, zieht den Kopf ein und schließt die Tür ab.

Die Bohle ist ein Stück von einer Tür. Ein Verschlag. Die Tür gibt nach. Sonnie macht einen Schritt ins Dunkle. Sie tastet nach einem Lichtschalter. Es gibt keinen.

Die Augen der Mutter sehen Sonnie an. Es dauert einen Moment, bis sich Sonnies Augen an die Dunkelheit gewöhnt haben. Die Umrisse erscheinen, die Mutter verschwindet. Sonnie setzt sich auf die untere Treppenstufe und öffnet den Koffer. Sie tastet nach dem Handspiegel. Da bewegt sich was im Koffer. Sonnie zieht die Hand zurück und schreit.

Ein Hund bellt. Noch einer. Noch einer. Das Treppenhaus hallt vor lauter Hundebellen. Oben öffnet sich eine Tür.

»Was'n da los? Ist da wer?«

Hastig wühlt Sonnie weiter. Es bewegt sich nichts. Es war eine Täuschung, sicher war es eine Täuschung. Sie ertastet den Spiegelrahmen, den schweren Knauf. Sie steckt den Spiegel hinten in den Rockbund, unter Rhetts Trenchcoat. Sie schließt den Koffer.

»Madame de Montreux?«

»Hier oben, vierter Stock.«

»Gibt es einen Fahrstuhl?«

Keine Antwort. Nur Lachen. Das Licht geht an. Es flackert. Graffiti an den Wänden. Sonnie steigt die Treppe hoch, Stufe um Stufe. Der Daumen juckt unterm Gips. Der Spiegelknauf drückt auf die Lendenwirbel. Die Tür ist offen. Eine dicke junge Latino-Frau steht im

Türrahmen. Sie ist schwanger. Sie hat lange dunkle Haare mit lila Haarsträhnen, trägt ein enges Kleid und darüber eine Strickjacke. Sie hat kurze Beine. Sie sieht aus wie ein Pinguin.

»Bist du Laufkundschaft?«

»Nein, ich … hab einen Termin mit Madame de Montreux.«

»Die wird sich verspäten. Heute ist Familientag.«

»Soll ich ein andermal wiederkommen?

»Nein, bleib ruhig! Komm rein! Setz dich!«

Der Pinguin watschelt vor Sonnie her. Schwanger, denkt Sonnie, und ein Rest von Angst durchzuckt sie. Sie betreten ein Wohnzimmer. Teppich mit Flecken und Brandlöchern. Ein Mann in Unterhemd und Jogginghose auf zerschlissenem Sofa. Kleine Kinder kriechen über den Teppich. Ein Baby in einer Wiege. Der Fernseher läuft.

Der Pinguin ruft dem Mann etwas Spanisches zu und zerrt einen Vorhang zu. Sonnie und der Pinguin sind nun vom Rest der Familie getrennt. In diesem Teil des Wohnzimmers liegen Decken und Kissen auf dem Teppich. Ein kleiner runder Campingtisch steht zwischen zwei Ikea-Stühlen. Kinderlachen und eine strenge Fernsehstimme dringen durch den Vorhang. Der Pinguin zündet ein Räucherstäbchen an und hängt sich ein billiges, mit Glitterfäden durchzogenes Tuch über den Kopf.

»Ich würde lieber auf Madame de Montreux warten«, sagt Sonnie.

Das Räucherstäbchen qualmt stark.

»Die hat grad angerufen. Ich soll dir die Zeit vertreiben. Stell doch den Koffer im Flur ab.«

»Nein.« Sonnie umklammert den Griff. Er ist feucht.

Der Pinguin setzt sich jetzt Sonnie gegenüber. Er lächelt. Es fehlen einige Zähne im Lächeln. Zwischen ihnen, auf dem Campingtisch, steht ein Aschenbecher. Daneben liegen eine Schachtel Zigaretten, ein Feuerzeug, ein Stapel grüner Handzettel. Sonnie greift nach einem der Handzettel.

MIA
Handleserin and Wahrsagerin
enthüllt die Vergangenheit
erklärt die Gegenwart
entfaltet die Zukunft
durch die vierzig Zahlenkarten des Tarot,
Handlesen, übernatürliche Kräfte, Kristallkugel
Du hast eine Frage frei.

»Ich glaube, ich möchte lieber auf Madame de Montreux warten.«

»Wird noch 'ne halbe Stunde dauern. Elvi steht im Stau. Ich könnte so lange in deinen Handflächen und in deinem Gesicht lesen. Das geht richtig in die Tiefe. Leidest du an Blähungen?«

»Bitte? Nein. Aber ich hab ...« Sonnie zieht den Gipsarm unterm Trenchcoat vor.

»Ist der gebrochen?«, fragt der Pinguin.

»Ist er?«, fragt Sonnie zurück.

Der Pinguin sieht sie an, einen Funken Intelligenz in den Augen. »Er ist nicht gebrochen. Und das war die Frage, die du frei hattest. Der Gips ist ohnehin kaputt. Der Gips muss ab, für den Energiefluss.«

»Von mir aus.«

Der Pinguin verschwindet und kommt kurze Zeit später mit einer Geflügelschere wieder.

»Wird schon seine Gründe haben, dass Elvi im Stau steckt«, murmelt er. »Vermutlich soll ich dir sagen, was so los ist in deinem Leben.«

Sonnie schweigt. Sie weiß selbst, was los ist in ihrem Leben. Eine Menge ist los. Alles ist los. Der Pinguin beugt sich über sie. Er riecht nach Schweiß und billigem Deodorant. Die Geflügelschere frisst sich durch den im Kampf zersplitterten Gipsverband.

»Ich möchte, dass du dich auf drei Wünsche konzentrierst«, flüstert der Pinguin, während er schneidet, ritschratsch.

Drei Wünsche. Drei Wünsche. Drei Wünsche. Ein Leben mit Rhett, denkt Sonnie. Den Koffermann finden. Ich will wissen, ob meine Mutter mich geliebt hat.

»Gib mir deine Hände, bitte.«

Sonnie betrachtet ihren Daumen, rosa verschrumpelt. Um die Schnittwunde herum klafft tote, weiße Haut. Die Schwellung ist zurückgegangen. Sonnie streckt die Hände nach vorn. Der Pinguin greift nach ihren Handgelenken und dreht Sonnies Handflächen nach oben. Der Pinguin beginnt, in einem leiernden Tonfall zu sprechen. Es klingt wie die Bordansage einer Stewardess.

»Du bist eine ehrliche Person. Aber verzeih mir, wenn ich das sage, viele Leute in deiner Vergangenheit haben dir das nicht gedankt. Du solltest vorsichtig sein, wem du vertraust und mit dem du Klartext sprichst. Es gibt viel Neid auf der Welt. Da ist eine Frau in deiner Umgebung, von der du denkst, dass sie eine enge Freundin ist. Aber sie ist keine enge Freundin. Es gibt etwas Negatives, das dich umgibt. Etwas schwächt dein Energiefeld. Etwas blockiert dich.«

Sonnie starrt auf den Koffer.

Der Pinguin folgt ihrem Blick.

»Du wirst bald eine Reise machen. Eine Reise in die Vergangenheit.«

Hier is Gabi … Ga-bi.

»Du musst deine Vergangenheit finden, bevor sie dich findet.«

Du musst deine Vergangenheit finden, bevor sie dich findet.

»Du wirst bedeutungslose Affären erleben«, sagt der Pinguin. »Frag dich, was du willst in deinem Herzen. Frag dein Herz: Was ist deine Sehnsucht?«

Mit einem Blinzeln auf Sonnies in Abwehr versteinertes Gesicht ändert der Pinguin Tonfall, Tonlage und Sprechtempo, als hätte er Helium geschluckt: »Deine Glückstage sind Mittwoch und Freitag. Deine Glückszahlen sind 3, 9, 6, 4 – in dieser Reihenfolge. Du wirst mit 89 Jahren friedlich im Schlaf sterben. Sind das nicht gute Nachrichten? … O hallo, Elvi!«

»Hallo, Mia.«

Sonnie dreht sich um. Im Halbschatten des Vorhangs, von einer billigen Stubenleuchte umflort, steht Elvira de Montreux und blickt aus trägen, gelbgrünen Katzenaugen auf Sonnie. Sonnie hat sie gar nicht kommen hören. Elvira trägt die schwarz gefärbten Haare in einen akkuraten Dutt vernestelt. Ihr olivgrüner Mantel ist tailliert und hochgeknöpft. Ihre Hammerzehen hat sie in schmale Stiefel gepresst. Sie ist eleganter als bei ihrem ersten Treffen. Sie ist im Dienst.

Sonnie fragt sich, was die Frau in dieser Umgebung sucht, was sie gemeinsam haben mag mit dem schwangeren Pinguin und seiner Großfamilie. Der ist im selben Moment wie vom Erdboden verschluckt. Selbst die Geräusche hinter dem Vorhang sind weg.

»Lass dich nicht täuschen von Äußerlichkeiten«, sagt Elvira de Montreux, und ihr französischer Akzent legt sich wie Parfüm über den Räucherstäbchenqualm. »Mia hat die Gabe, aber sie weiß es nicht. Sie hält sich selbst für eine Schwindlerin.«

Wie schon beim ersten Mal mustert sie Sonnie, die vor Nervosität aufgestanden ist, ausgiebig. »Komm mit in mein Büro, Schätzchen.« Sonnie folgt Elvira, die größer ist als sie und hoheitsvoll voranschreitet. Elvira läuft auf die Wand zu. Eine Tür wird sichtbar, die vorher im Schatten verborgen war. Elvira zieht ein beeindruckendes Schlüsselbund hervor.

»Voilà!«

Ein großer, mit schwarzem Stoff verkleideter Raum wird sichtbar, in dessen Mitte ein Schreibtisch steht. »Ich bin eine« … üsch bün einöh … »Archivarin«, sagt Elvira. Sonnies Kehle ist trocken. In ihrem Bauch sitzt eine Faust.

»Was … archivieren Sie denn?«, fragt Sonnie. Es ist das Erste, was sie sagt, seit Elvira erschienen ist. Ihre Stimme ist belegt. Sie räuspert sich, erst leise, dann energischer.

»Essenzen«, sagt Elvira. »Hast du den Kampf wenigstens gewonnen?«

»Welchen Kampf?« Sonnie schießt das Blut ins Gesicht.

»Den Faustkampf. Schau doch in den Spiegel! Hast du keinen Spiegel?«

»Wieso?« Sonnie greift nach dem Spiegelknauf im Rockbund. Ertappt.

Mit einem Lächeln, das gleichzeitig streng und ungeduldig ist, nimmt Elvira eine Puderdose aus ihrer Tasche, klappt sie auf und hält sie Sonnie hin. Sonnie sieht in den kleinen, runden, leicht mit Puder bestäubten Spiegel. Sie hat ein Veilchen.

Verkorkst.

»Ich hab mich … gestoßen.«

»Wie auch immer«, sagt Elvira. »Let's talk business. Du hast etwas, was mir gehört, und ich habe etwas, was dir gehört.«

»Ich weiß nicht, wovon Sie reden.«

»Natürlich weißt du, wovon ich rede. Sonst hättest du ihn ja nicht mitgebracht.«

»Wen?«

Elvira steht auf, geht zur Ecke ihres Büros und zieht an einer Schnur. Gleichzeitig öffnen sich die schwarzen Vorhänge an allen vier Wänden, und deckenhohe Regale kommen zum Vorschein, Regale mit Fächern, in denen, dicht an dicht gedrängt, Koffer stehen. Große, kleine, dicke, schmale, aus Leder, aus Plastik, aus Textil, mit beschlagenen Ecken, mit runden Ecken, mit Aufklebern, mit Riemen, verstaubt.

Sonnie starrt die Regale mit den Koffern an.

»Haben Sie ein … Fundbüro?«

»Wenn du so willst.«

»Und Sie wollen – meinen Koffer?«

»Das ist nicht dein Koffer, Schätzchen.«

»Nein ... doch ... Sie irren sich ... Der Koffer gehört mir. Ich habe ihn rechtmäßig ...«

»Rechtmäßig was?« Räschtmässssisch. »Geklaut?«

»Ich habe ihn nicht geklaut, Madame de Montreux. Ich habe ihn auf der Straße gefunden.«

»Du bist nicht die rechtmäßige Besitzerin. Ich kenne den rechtmäßigen Besitzer. Er hat sich gemeldet.«

»Mister Cohen?«

»Der Besitzer möchte ungenannt bleiben.«

»Ich habe den Koffer mitgebracht, weil ich ihn Ihnen zeigen wollte. Weil ich glaube, dass er Verwirrung in mein Leben bringt.«

»Na also. Tauschen wir.«

»Und was krieg ich?«

Elvira zeigt auf die mit Koffern gefüllten Regale. Sie hat sich den Mantel ausgezogen, ihre Bluse hat einen dunkelroten Fledermausärmel, sodass die Geste majestätisch, fast märchenhaft wirkt.

»Such dir einen anderen aus.«

Sonnie nähert sich den Regalen. Langsam läuft sie an den Koffern entlang, berührt sie, die Boten aus anderen Zeiten, von anderen Orten. Sie würde sie gern öffnen, einen nach dem anderen.

»Ich hätte da einen Tipp«, sagt Elvira.

Die Regale tragen Jahreszahlen. An jedem Fach eine. 2004, 2003, 2002, 2001. Die Jahreszahlen führen chronologisch zurück. 1996, 1995, 1994, 1993.

»Warm«, sagt Elvira.

Sonnies Herz schlägt schneller. 1990, 1989, 1988, 1987.

»Wärmer«, sagt Elvira.

Sonnies Schritt verlangsamt sich. 1986, 1985, 1984.

»Heiß«, sagt Elvira.

Sonnie bleibt stehen vor einem Regal. Es besteht aus vier Fächern. Jedem Fach ist ein Jahr zugeordnet, und es stehen jeweils sechs Koffer darin. Im unteren Fach stehen ausschließlich Koffer aus dem Jahr 1984. An jedem der Koffer klebt ein Schild mit einer Adresse. 22 East 62th Street. 146th Street and Riverside Drive. 2285 Fifth Avenue, Bleecker and Thompson. 115 Avenue A.

115 Avenue A? Das war ihre Adresse. Das war der Brownstone-Vierstöcker, in dem sie zur Untermiete bei den polnischen Kiffern gewohnt hatte.

Der Koffer. Da ist er. Ist er es? Sonnie fährt über den staubigen und groben Stoffbezug. Ihre Finger ertasten das kleine Lederemblem. »Rolf Hetzer, Leipzig« steht darauf. Rolf Hetzer. Leipzig. Er ist es.

Sonnie vergisst zu atmen. Ihr Koffer. Ihre Wurzeln. Ihre abgehackten Wurzeln. Ihre Erinnerungen. Ihre verschütteten Erinnerungen. Rolf Hetzer, Leipzig. Die Vergangenheit finden, bevor sie dich findet. Sie hatte ihren Koffer stets bewacht und beschützt. Bis auf einmal. Als sie mit Winston, dem alten Rockmusiker, nach Los Angeles getrampt war. Sie hatte den Koffer in Winstons Wohnung zurückgelassen. Es war ihr riskanter erschienen, ihn mit auf die Westküstenreise zu nehmen.

Doch als sie nach zwei Monaten wiederkamen, war die Wohnung zwangsgeräumt worden. Es gab eine neue Tür, ein neues Namensschild, neue Mieter. Alles war weg. Winstons Schlagzeug. Winstons Bassgitarre. Winstons

Möbel. Winstons Haschpfeifensammlung. Sonnies karierter Koffer. Weg.

»Woher …?«

»Nimm ihn raus«, sagt Elvira.

Sonnie zieht den Koffer aus dem Regal. Er ist kleiner als in ihrer Erinnerung und leichter.

Elvira schreibt gerade etwas auf einen pinkfarbenen Aufkleber, pink wie alle Adressen-Beschriftungen auf den Koffern. Sie steht auf, läuft zu dem »Lady Baltimore«, klebt den Aufkleber auf die Seite und nimmt den Koffer am Griff.

»Was machen Sie da?«, fragt Sonnie matt. Sie weiß genau, was Elvira de Montreux macht. Sie vollzieht den Pakt.

»Fass mal mit an, Schätzchen«, sagt Elvira. Sonnie tritt an ihre Seite. Sie streicht ein letztes Mal über den roten Koffer, leicht klopfend, wie auf die Flanken eines geliebten Rennpferdes, das sie soeben verkauft hat. Gemeinsam hieven sie ihn in ein fast volles Regalfach mit der Bezeichnung 2005. Auf dem pinkfarbenen Aufkleber steht: Chrystie Ecke Delancey.

Sonnie tritt wieder hinaus auf die Straße. Sie stellt den karierten Koffer ab. Sie nimmt den Handspiegel aus dem Rockbund. Sie steckt ihn in ihre Handtasche. Sie nimmt den Koffer wieder. Als sie den ersten Schritt macht, löst sich ein Schatten aus der Wand und folgt ihr. An der Ampel dreht sie sich um. Ein Mann. Groß. Ein gelbbrauner kahler Kopf wächst aus einer gelbbraunen Lederjacke. Der Mann trägt ein Schlüsselbund an der Taille. Es rasselt. Sonnie ändert ihre Route und geht nach links anstatt nach rechts. Die Schritte bleiben hinter ihr.

Sonnie bleibt vor einem Schaufenster stehen, in dem Beinprothesen ausgestellt sind. Der Mann bleibt ebenfalls stehen. Ein zweiter Mann gesellt sich hinzu. Dem zweiten hängt der Hosenzwickel in den Knien. Er schlägt sich mit einer leeren Wasserflasche in die hohle Hand. Es macht ein Plop-Geräusch. Die Männer sehen sich nicht an. Sie sehen Sonnie nicht an. Vielleicht ist ja alles ganz harmlos. Vielleicht bildet Sonnie sich nur ein, dass sie verfolgt wird. Sonnie atmet tief. Die Luft ist viel zu dick. Sonnie und die zwei Männer starren in das Schaufenster mit den Beinprothesen.

Keiner von ihnen braucht eine Beinprothese. Es ist kein Zufall. Sie wird verfolgt. Sonnie überlegt, wie viel Sinn es hätte, zu rennen. Sie geht weiter, in einem für die Tageszeit geradezu provozierend langsamen Schlenderschritt. Es ist dunkel. Es ist kalt. Alle Läden zu. Es gibt keinen Grund zu schlendern. Aber Sonnie weiß nicht, wie man angemessen läuft in einer Situation wie dieser.

Schlüsselklappern.

Flaschenklopfen.

Sie darf keine Angst zeigen.

We're gonna be cool. Now Ringo, I'm gonna count to three, and when I count three, you let go of your gun, and sit your ass down.

Vor ihr Leute. Ein Paar. Ein älteres Paar, Touristen. Sie halten einen Stadtplan in der Hand. Sie stecken die hellen Köpfe zusammen im Licht der Straßenlaterne. Sie versuchen herauszufinden, wo sie sind. Sonnie beschleunigt ihren Schritt. Sie rennt in den Lichtkegel der Laterne. Schon von weitem, atemlos, mit vor Anspannung piepsiger Stimme, ruft sie:

»Kann ich Ihnen helfen?«

Natürlich wird sie nicht den besten Eindruck machen, mit dem Veilchen, mit dem Koffer, abgehetzt, aufdringlich, aber das ist egal. Der Mann, ein schmächtiger Glatzkopf um die fünfzig, wirft ihr einen prüfenden Blick zu.

»Nein, danke, vielen Dank«, sagt er mit skandinavischem Akzent.

»Sind Sie Schwede?«, fragt Sonnie.

»Wir kommen aus Dänemark«, sagt die Frau, die ein gutmütiges rotfleckiges Gesicht und einen apfelsinenfarbenen Pagenkopf hat.

Die Verfolger nähern sich. Es sind jetzt drei.

Sonnie lacht auf, als sei das ein unglaublicher Zufall, dass die beiden aus Dänemark kommen, obwohl sie nie in Dänemark war, nichts über Dänemark weiß und auch keinen Dänen kennt.

»Das ist ja ein Ding«, sagt Sonnie, »Dänemark, wo denn da?«

»Aabenraa, in Südjütland«, sagt die Frau und lächelt zutraulich. »Und wo kommen Sie her?«

»Deutschland«, sagt Sonnie, »Leipzig.«

»Wo?«

»Sachsen«, sagt Sonnie. Saxonia.

»Aaah-ja«, sagt der Däne, den Sonnies Herkunft offenbar beruhigt. »Sprek-ken Sie doitsch?«

Die drei Verfolger laufen an ihnen vorbei. Rassel. Plop. Rassel. Plop. Sie wenden Sonnie ihre Gesichter zu.

Ganovengesichter. Warte nur, Schneeflocke, liest Sonnie in den Ganovengesichtern, wir kriegen dich.

»Jaja«, sagt sie laut, greift nervös den Dänen am Revers, lässt aber sofort wieder los. »Können Sie mir den Weg zur Subway zeigen?«

»Dort hinten.« Er wird wieder misstrauisch. »Ich dachte, Sie kennen sich hier aus? Wollten Sie uns nicht eben noch helfen?«

»Ja, ich meinte ja auch … kann ich Ihnen den Weg zur Subway zeigen?«

»Wir wollen ins Apollo-Theater«, sagt die Dänin.

»Dann haben wir denselben Weg«, sagt Sonnie in Panik und zeigt dorthin, wo der Däne eben hingezeigt hat. Sie zeigt mit der Hand, die im Gips war, die nun wieder frei und leicht ist, aber kleiner und verschrumpelt. Sonnie hat keine Ahnung, wo das Apollo-Theater ist, aber sie muss in Begleitung zur Subway gehen. Im Hintergrund, hinter den Dänen, stoppen die Verfolger. Inzwischen sind es vier. Sie beraten sich kurz und kommen langsam zurück.

»Kommen Sie«, sagt Sonnie und zieht am Ärmel der Frau. Der Däne sieht sich um. Rassel. Plop. Rassel. Plop.

»Was geht hier vor?«, sagt er. »Wer ist das? Wer sind diese Männer? Das ist doch ein abgekartetes Spiel! Help! Help! Police!«

»Police«, echot seine Frau.

Beide rufen unisono: »Police!«

Die Verfolger stocken. Von der Straßenecke fährt ihnen langsam ein hellbraunes Auto entgegen. Sie springen hinein. Das hellbraune Auto fährt neben Sonnie Schritt. Die Dänen bleiben lamentierend zurück. Sonnie rennt.

Sie sieht Licht. Sie sieht Leute. Sie sieht eine offene Ladentür. Sie bremst ab, geht rein. Keucht. Stellt den Koffer ab. Sieht sich um. Ein Schnapsladen voller Leute. Nur für eine Sekunde fühlt sich Sonnie erleichtert. Dann sieht sie sich genauer um. Zahnlose, lallende, zitternde, brüllende, stinkende, Schnaps fordernde, gefundene Cents hinzählende Trinker. Sie starren Sonnie aus blutunterlaufenen Augen an. Der Schnapsverkäufer, ein Chinese, ist mit Plexiglas geschützt. Es gibt nur eine kleine Schleuse zum Durchreichen von Flaschen und Geld, eine Schleuse wie eine Schießscharte. »Nicht mehr als fünf einzelne Cent pro Einkauf«, steht auf einem Pappschild über der Schießscharte. Sonnies Hirn pocht. Bleiben. Rausgehen. Bleiben. Rausgehen. Wo ist die Subway-Station? Ob die Ganoven draußen warten? Haben sie sie reingehen sehen?

»Bist du Russin?«, fragt sie ein zahnloser, dicker schwarzer Mann. Er trägt eine Trainingsjacke über einem Unterhemd und riecht nach Erbrochenem.

Sonnie schüttelt den Kopf.

»Französin?«

»Deutsche.«

Der dicke Mann grinst. Der dicke Mann salutiert.

Bloody damn butchering Nazi pig!

Er wendet sich ab. Sonnie denkt, dass sie zum zweiten Mal innerhalb einer halben Stunde gefragt wurde, wo sie herkommt. Deutschland. Leipzig. Wie lange hat sie das nicht mehr gesagt. Deutschland. Leipzig.

Gabi.

Wie lange wurde sie das nicht mehr gefragt. Deutschland. Leipzig.

Isch würd disch gärn moh wiedorsähn.

Leipzig. Sie kann es nicht sehen. Aber sie kann es riechen. Beton und geschmolzenes Quietschpapier, mit einem Hauch Patchouli und Moschus, das war damals sehr in und wurde aus dem Intershop besorgt. Leipzig, ein Neubauviertel, WBS 70, Mockau-West. Sonnie erinnert sich, an die Schule, ein Block aus zementierten Betonplatten. Sie erinnert sich an den Hausschuhzwang, an das Schliddern und Gleiten über die Flure. Sie erinnert sich daran, wie sie gehänselt wurde, weil sie eine Brille trug. Sie erinnert sich an ihren Stolz, ein Jungpionier, ein Thälmannpionier, eine FDJlerin zu sein.

An Leipzig selbst kann sie sich nicht mehr erinnern. An die Stadt, die Silhouette der Stadt, den Schnitt der Stadt, die Stadtteile. Wie die Stadt aussah – nichts. Nur, dass der Vater eines Tages nicht nach Hause gekommen war. Die Mutter hatte nichts gesagt, kein Wort. Und wenn Sonnie fragte, sagte die Mutter: Sei still. Sei doch still. Der Vater war zu einem Vortrag nach Düsseldorf gefahren. Er war am nächsten Tag nicht zurückgekommen. Da war Sonnie fünf und lernte neue Worte. Republikflüchtling. Ausreiseantrag. Stasi.

Sonnie hatte ihren kleinen karierten Koffer gepackt. Sie hatte fest damit gerechnet, dass die Mutter und sie, dass sie beide dem Vater hinterherreisen würden. Drei Tage lang hatte Sonnie ihren karierten Koffer durch die Wohnung getragen. Damals war der Koffer riesig gewesen. Sonnie hatte ihr Käppchen aufgesetzt. Sie war reisefertig gewesen. Aber die Mutter hatte gesagt: »Was soll denn das, Sonja?«

Dann war der Vater doch zurückgekommen. Er hatte die Großeltern mitgebracht aus Schleswig-Holstein. So war der Großvater in Sonnies Leben getreten, und mit dem Großvater das Licht.

Sonnie tritt aus dem Schnapsladen in die Dunkelheit. Wo geht es zur Subway? Sie donnert unter ihr. Sie kann nicht weit sein. Sonnie läuft. Sie läuft zügig. Neben ihr fährt ein hellbraunes Auto. Langsam. Sonnie reißt eine Tür auf, über der »Mama Rumba« steht. Sie wird in rötliche Dunkelheit getaucht. Salsa. Lachen. Schwüle. Paarsilhouetten. Alkoholdunst. Körperbewegungen.

Ein Arm greift um Sonnies Taille. Sie wird in die Menge gezogen. Sie wird in einen Tanz gezogen. Sie hat seit Jahren nicht mehr getanzt. Rhett tanzt nur unter Protest. Jake tanzte gar nicht. Dabei tanzt Sonnie so gern. Sie wird gern getanzt. Die Musik fließt schneller ins Blut als Wein. Sonnie lässt sich einsaugen in die Leiberwoge. Das Meer verschluckt sie. Sie wird ein Teil des großen, warmen, pulsierenden Schiebens und Zuckens.

Ihre Schultern kreisen.

Ihre Hüften kreisen.

Ihr Unterleib bebt.

Ihre Füße erobern Terrain.

Sonnie wirft den Kopf zurück. Ihr Mund lächelt von selbst. Ihr Tänzer ist groß. Er ist im Schatten. Er ist stumm. Er wiegt sich. Er wiegt sie. Er zieht sie nah an sich. Sein Atem brennt an ihrem Ohr. Er nimmt ihren Arm, ihre Hand, dreht sie ein, stößt sie ab, wickelt sie auf. Er presst sie an sich. Ihr Herz klopft an seins. Er stößt sie zurück, sie fällt in die Menge, wird gehalten, schwebt. Ihr Tänzer zieht sie an wie ein Magnet. Kaltes Glas in ihrer Hand. Glatter Strohhalm in ihrem Mund. Margarita. Sonnie schließt die Augen. Ein Mund küsst ihre kalte Nasenspitze. Der Mund ist warm. Der Mund ist weich. Sie schlägt die Augen auf. Der Mund ist rosa. Der Mund ist geformt wie ein Rosenblatt. Sie weicht zurück und fixiert das Gesicht ihres Tänzers.

Er ist es. Der Mann mit dem Rosenblattmund. Er packt ihre Hüften. Er lässt die Hände hinauf zu ihren Schulterblättern gleiten. Er hebt Sonnie über sich. Er stellt sie wieder ab. Er biegt sie nach hinten. Er schiebt sein Bein tief zwischen ihre Beine. Er tanzt sie atemlos. Er tanzt sie gedankenlos. Er tanzt sie willenlos.

»Ich hab dich gesucht«, sagt der Rosenblattmann.

»Ich dich auch«, hört sich Sonnie sagen. Sie hört sich laut und tief lachen. Geht das schon wieder los, denkt sie.

Er gibt ihr eine Margarita. Sie ist durstig. Sie ist gierig. Der Strohhalm bremst ihre Gier. Sie setzt den salzigen Glasrand an die Lippen und trinkt.

»Du hast ein Veilchen«, sagt der Rosenblattmann.

Du hast ein Rosenblatt, denkt Sonnie.

Sie trinkt. Sie lacht. Sein Bauch ist fest. Seine Schultern sind breit. Seine Hüfte schwingt synchron mit ihrer. Sonnie verschmilzt mit dem Rosenblattmann. Sie leckt an seinem schwarzen Hals. Er ist salzig.

Sie wird wieder durstig.

Bleib doch endlich durstig.

Sie trinkt noch eine Margarita.

Sonnie ist betrunken. Er greift sie um die Taille und schleudert sie wie eine Puppe. Sonnie fliegt. Sie nimmt nichts um sich wahr. Sie sieht nur seine weißen glänzenden Zähne. Zähne oben, Zähne unten, eine dicke, nasse, graue Zunge. Die graue Zunge leckt rosa Lippen. Seine rosa Lippen. Zunge und Lippen werden größer, verschwimmen. Sonnie lässt sich küssen vom Rosenblattmann.

Sie lässt sich von dem Rosenblattmann hinaustragen, in ein anderes Haus tragen. Sie lässt sich vom Rosenblattmann zwei Treppen hochtragen. Sie lässt sich von ihm ausziehen. Sie lässt sich von ihm mit Küssen überdecken.

Du wirst wilde und bedeutungslose Affären erleben.

Der Mann ist wie ein zäher warmer Mantel aus Teer, haarlos, pulsierend, bittersüß. Schweißperlen glänzen auf seiner Haut, als sie sich danach eine Zigarette teilen. Sein Schatten gleicht der afrikanischen Maske auf dem Picasso-Bild. Sein langes krauses Haar zipfelt in alle Richtungen.

»Hmmm. Sag mal, Veilchen, hattest du nichts … dabei?«

»Was dabei?«

»Na, Gepäck.«

Der Koffer. Wo ist der Koffer? Wo hat sie ihn verloren? Sonnie strengt sich an. Ihr Hirn gehorcht nicht. Sie hat ihn getragen. In der rechten Hand. Sie hatte ihn in der Hand, als sie verfolgt wurde. Hat sie ihn abgestellt, als sie vor dem Schaufenster mit den Beinprothesen stand? Hat sie ihn abgestellt, als sie auf die Dänen traf? Hatte sie ihn noch im Schnapsladen? Hatte sie ihn noch im »Mama Rumba«?

»Wie kommst du darauf, dass ich Gepäck hatte?«

»Weiber haben immer Gepäck.«

»Hast du den Koffer gesehen? Hatte ich einen Koffer, als ich ins Lokal kam?«

»Nein.«

»Woher weißt du dann, dass ich einen hatte?«

Er wendet ihr ruhig das Gesicht zu. Es ist glatt wie poliertes Ebenholz.

»Hattest du einen?«

Sie sehen sich einen Moment an. Sonnie erschrickt über die Kälte in seinem Blick. Es ist, als hätte sie sein Gesicht schon anderswo gesehen.

Die Afrokrause. Der trotzige Gesichtsausdruck. Die runde Stirn. Die hellen, aufgeworfenen Lippen. Das sarkastische Lächeln. Der breite Nasenrücken.

Sonnie streckt den Arm aus und zerrt an seinen Haaren. Sie wühlt sich durch seine Haare, die dicht sind wie Heckenrosen. Rosenblattmann mit Heckenrosenhaar.

»Hey, was machst du da?«

Zwei.

Er hat zwei wohlgeformte, leicht abstehende, tiefbraune Ohren.

»Ist das dein Fetisch? Ohren?«

Sonnie springt auf, die Decke vor der Brust. Sie wühlt nach ihren Sachen. Sie zieht sich an. Sie ist sehr aufgeregt.

»Ich weiß wer du bist«, ruft sie. »Du kannst mich nicht täuschen.«

»Wovon sprichst du überhaupt, du durchgeknallte Schachtel?«

»Du hast meinen Koffer geklaut.«

Durchgeknallte Schachtel.

»Elvira de Montreux hat dich geschickt.«

»Wer? Auf was für 'nem Trip bist du denn?«

»Du bist der Koffersohn! Natürlich! Dass ich da nicht eher draufgekommen bin!«

»Der was?«

»Deswegen hast du mich in dein Bett gelockt.«

»Wenn der Schwanz steht, rennt das Hirn weg«, sagt der Rosenblattmann.

When the dick stands up the brain runs away.

»Du hast dich rangeschmissen. Und ich fick halt gern mal 'ne weiße Bitch.«

NEUNTES KAPITEL

Sonnie steht an der Subway. Der Schnapsladen war schon zu. Sie hat im »Mama Rumba« gesucht. Sie hat vor dem Laden mit den Beinprothesen gesucht. Sie ist die Straße auf und ab gelaufen. Kein Koffer.

Sie schaut hinunter in den Schacht. Zement, Holzbohlen, Gleise, hundert Jahre alt oder mehr. Zwischen ihnen glitzern tiefe morastige Pfützen. Müllberge. Verwesungsgestank. Mäuse werden von glänzenden Ratten gejagt. Die Mäuse sind flink. Die Ratten sind schlau. Sie bleiben im Hinterhalt. Sie lauern im Schatten der Gleise. Dann stoßen sie heraus. Die Rattenschwänze fegen über die Holzbohlen. Die Ratten fangen die Mäuse. Eine der Ratten hat nur noch zwei Beine, das rechte Vorderbein und das linke Hinterbein. Eine andere Ratte liegt aufgebläht auf dem Rücken, alle viere nach oben gestreckt. Sie ist tot. Die tote Ratte entdeckt Sonnie erst zuletzt. Sie ist starr und dunkel wie die Gleise.

Die Subway fährt ein. Sie kommt aus der Bronx. Sie ist halb voll. Sonnie steigt ein. Die Blicke der Passagiere richten sich auf sie. Auf sie, die frisch gefickte weiße Bitch. Auf sie, die durchgeknallte Schachtel mit Veilchen. Die Leute sehen immer nur, was sich bewegt. Sonnie setzt sich rasch hin. Sobald sie sitzt, still sitzt, wird sie mit dem Interieur der Bahn verschmelzen wie die tote Ratte mit dem Gleis, wird sie nicht mehr beachtet werden. Andere Passagiere werden einsteigen und die Blicke auf sich lenken. Nach wenigen Stationen werden andere Weiße einsteigen.

Vier junge schwarze Männer steigen ein, jugendliche Subway-Akrobaten, und ein kleiner Junge. Vier Ratten, eine kleine Maus. Die Silhouette der toten Ratte, der fette starre Leib, die hochragenden Beine, erinnern Sonnie an etwas. Sie erinnern Sonnie an etwas Schönes.

»Leute«, ruft einer der Subway-Akrobaten, »haltet bitte den Mittelgang frei. Ihr seht gleich Action.« Äkschonn.

»Was machst du denn da mit Mucki?« Eine tiefe, raue Männerstimme. Die Stimme des Großvaters. Sonnie sieht auf. Schmunzelnd steht er vor ihr, Pullunder, rote Hosenträger, die hellbraunen Manchesterhosen in den Knien ausgebeult. In seinen Hosentaschen klimpert es. Er hält den Pfeifenkopf umschlossen. Er zeigt mit dem Mundstück auf das Meerschwein. Diese Geste. Wie der Großvater den Pfeifenkopf umschlossen hält und mit dem Mundstück auf Dinge zeigt und dabei schmunzelt.

Die Jungen schalten einen CD-Player an. Hip-Hop. Sie bewegen sich synchron, roboterhaft. Sie klatschen im Takt. Sie fordern die Passagiere auf, zu klatschen. Eine alte schwarze Frau mit goldenem Hut klatscht im Takt. Die Jungen hangeln sich an den Haltestangen durch den Subway-Wagen. Drei von ihnen verbinden sich zu einer Art Rhönrad und rollen durch den Wagen. Sie schleudern den kleinen Jungen hoch und fangen ihn wieder auf.

»Ich wickle ihn«, sagt Sonnie. »Mucki ist ja noch ein Baby.« Der Großvater lacht, betrachtet das Meerschwein, das ruhig auf dem Rücken liegt, mit zitterndem Schnurrbart, alle viere nach oben, und schüttelt den Kopf.

»Guck mal, er lächelt.«

Sonnie beugt sich nach vorn, um Mucki lächeln zu sehen. Sie sieht seine dunklen Knopfaugen, sein rot-weiß-schwarz geschecktes Fell, seine gespaltene Oberlippe, seine langen gebogenen Vorderzähne, seine kleine flinke rosa Zunge.

Dann wird alles schwarz.

»Long time no see.«

Sonnie schlägt die Augen auf. Ihr Kopf sitzt in einem Schraubstock.

»Machen Sie das ab.« Sie versucht, ihren Kopf aus dem Schraubstock zu befreien, aber da ist kein Schraubstock.

Über ihr ein Gesicht. Ein bekanntes Gesicht. Sie hat das Gefühl, dass das Gesicht schon mal über ihr war. In der linken Augenbraue ist ein weißer Strich.

»Wo bin ich? Was ist passiert? Wer sind Sie?«

»Der Reihe nach«, sagt das Gesicht. »Du bist in der Notaufnahme. Diesmal Knock-out in der Subway.«

»Haben wir uns nicht schon mal getroffen?«

»Zeugen haben angegeben, du bist vom Fuß eines saltoschlagenden Subway-Artisten am Kopf getroffen worden und ohnmächtig geworden. Allerdings kann ich mir nicht erklären, wo das Veilchen herkommt. Das muss vorher passiert sein.«

Die Stimme klingt kalt und unpersönlich. Sie kennt diese Stimme, aber in einem anderen Tonfall, in einem anderen Kontext, wärmer.

»Dreh dich bitte um und zieh die Hose runter… ja, so… reicht… nur eine kleine Spritze.«

Sonnie dreht sich auf den Bauch. Sie schiebt den Hosenbund über die Hüften. Sie spürt etwas Kaltes unter ihrem Hüftknochen, dann einen Stich, einen Druck, ein Stechen.

»Was deine andere Frage betrifft…« Die bekannte Stimme, die jetzt hinter ihr ist, lacht auf, kalt und feindselig. Sie wendet ihr Gesicht zum kalten Lachen hin. Die Unterlippe des Mannes stülpt sich nach vorne. Ein Blitz der Erinnerung streift Sonnie.

»… wir haben uns hier gestern nicht nur getroffen, sondern ich habe deinen Daumen behandelt. Wo ist eigentlich der Gipsverband? Und dann haben wir uns geliebt. Auf dieser Behandlungsliege. Wir waren heute verabredet, Sonnie. Ich habe drei Stunden im ›Café Mephisto‹ gesessen und auf dich gewartet.«

Sonnie sieht die vorgestülpte Unterlippe. Der Kuss. Der saugende, zungenlose, hungrige Kuss. Der Körper, der muskulöse junge Männerkörper. Ihr fällt alles wieder ein. Wie hieß er noch? Ihr fällt nur Clooney ein. Er war nur ein One-Night-Stand. Wieso hatte sie sich mit ihm verabredet? Es kommt ihr vor, als sei das vor tausend Jahren geschehen. Hatte sie ernsthaft erwogen, eine Affäre mit ihm anzufangen?

»Kommt es mir nur so vor, oder bist du feindselig?«, fragt sie.

»Ich bin verführt worden«, sagt Clooney. »Ich bin versetzt worden.«

Warum macht der Mann so ein Theater?, denkt Sonnie.

»Und da ist noch was«, sagt er.

Sonnie richtet sich auf. Ein Eisbeutel rutscht von ihrer Stirn. Sie betastet ihren Kopf. Da klebt ein Mullverband. Was hat er gesagt?

»Eine kleine Platzwunde. Eine Schädelprellung.«

Sie sagt nichts.

»Das Veilchen – ich frage lieber nicht, wo du das her hast – sieht schlimmer aus, als es ist.«

Sie sagt nichts.

»Du bist eine Schlampe. Sonst ist alles im Lot«, sagt Clooney. »Und da ist noch was.«

Sonnie sitzt jetzt auf der Liege. Sie sieht ihn direkt an. Warum spricht er so mit ihr? Er ist doch ein Fremder.

»Die Ergebnisse von der Blutuntersuchung sind da.«

Du wirst zwei bedeutungslose Affären erleben.

»Du bist schwanger.«

Sonnie sagt nichts. Sie schüttelt den Kopf. Sie schüttelt immer wieder den Kopf.

Sein weißer Kittel, sein Gesicht verschwimmen vor ihren Augen.

»Nein«, sagt sie. »Nein, das kann nicht sein.«

Er lacht mokant. »Das Ergebnis ist ziemlich eindeutig.«

»Unmöglich. Vollkommen unmöglich.«

»Herzlichen Glückwunsch für dich und deinen Mann. Der kommt übrigens gleich.«

»Wer kommt?«

»Dein Mann. Wir haben deine Sachen durchsucht und am Funktelefon die Kurzwahl 1 gedrückt. Deine Freundin war dran, Lola ...«

»Chola.«

»… Chola. Sie ist auf dem Weg hierher. Sie wollte ihn benachrichtigen.«

»Meinen Mann …« Sonnie spricht die Worte aus und lässt den Klang nachhallen.

Rhett hat ihr gestern einen Heiratsantrag gemacht. Zwischen zwei bedeutungslosen Affären, von denen er nichts weiß und nichts erfahren wird.

»Die freudige Botschaft kannst du also selbst überbringen.«

Es macht Sonnie Angst, wie der fremde Mann die Worte »freudige Botschaft« ausspricht. Sie denkt an die Praktikantin mit den pinken Kreolen. Sie denkt an den watschelnden Pinguin. Sie ist schwanger von einem Mann, der Rhett seit heute nicht mehr ist. Das Kind, das niemand will, ist das Produkt einer Beziehung, die so nicht mehr besteht. Aber natürlich wird es nicht geboren werden, in keinem Fall wird es geboren werden, es wird abgetrieben werden, abgesaugt, rausgeschabt, weggeschmissen.

Gesetzt den Fall, es stimmt, was Clooney ihr da sagt. Immerhin ist er nicht nur Arzt, sondern auch ein abgewiesener Mann. Es muss mit Rache, mit einem schlechten Scherz gerechnet werden. Kein schlechter Scherz der Welt wäre Sonnie jetzt willkommener als dieser.

»Kann nicht sein.«

»Ist aber so.«

»Muss eine Verwechslung sein.«

»Ausgeschlossen.«

»Vielleicht sind die Blutproben durcheinander geraten.«

»Höchst unwahrscheinlich.«

»Aber nicht unmöglich?«

»Praktisch unmöglich.«

»Aber ich hatte meine Periode.«

»Kommt vor.«

Sonnie erschrickt. Hat die Praktikantin, die von Basedow schwanger ist, nicht auch ihre Periode gehabt? Und bei ihr? Es war wenig gewesen. Es war so gut wie gar nichts gewesen. Und sie hatte sich gefreut, dass nun wohl die Wechseljahre anfangen würden, pünktlich zum Vierzigsten.

Sie hat die Bluterei immer gehasst. Dieser moderige Geruch, der unabwaschbar scheint, der ihr aus allen Poren kriecht, sie zur Aussätzigen macht. Der scharfe, besonders klebrige Schweiß. Die Krämpfe. Sie hasst die Anbahnung, wenn alles sich in ihr zusammenzieht, wenn sich alles nach unten zieht. Sie hat nie viel Aufhebens darum gemacht, um einem weiteren weiblichen Klischee entgegenzuwirken: dem Stimmungsmythos rund um den Zyklus. Aber sie hasst es. Die Weltuntergangsstimmung davor. Sie hasst den ersten Tag mit den braunschwarzen Schleimbatzen am Klopapier. Sie hasst den zweiten Tag, wenn das Blut heller und röter und flüssiger wird und sich mit dem Wasser im Klobecken vermischt. Sie hasst Tampons, die in ihr aufquellen und sich voll saugen mit Serum und Gestank, braunfleckige Binden, an ihr festklebende Watte und die Herumwirtschafterei mit all dem Verbandszeug, das »weibliche Hygieneartikel« genannt wird. Und sie hasst es, wenn Rhett, der sich sonst vor allem ekelt, ihr den Nabeldorn in die wunden Eingeweide sticht und raunt: »Das macht mir gar nichts aus.«

Und soeben hat das verfluchte Monatsblut die einzige tröstliche Funktion verloren: die der Entwarnung.

»Dem Resultat zufolge bist du … warte … im vierten Monat.«

Vierter Monat, denkt Sonnie. Vierter Monat. Zu spät für eine Abtreibung.

»Zu spät für eine Abtreibung«, sagt Clooney, Frohlocken in der Stimme.

Oder vielleicht geht das in Kanada? Auf Haiti? In einem Hinterhof in der South Bronx? Vierter Monat. Ich werde vierzig. Wir haben November, also … Dezember, Januar, Februar, März, April. Geburt im April. Sie fühlt nichts, weder Verzweiflung noch Schmerz noch Angst noch Freude.

Clooney hat nun einen versöhnlichen Ausdruck im Gesicht.

»Also, nicht mehr trinken, keine Prügeleien in der Subway und, vor allem, kein Sex mehr in der Notaufnahme.«

Sein Versuch, ihr schelmisch zu drohen, misslingt. Für den Bruchteil einer Sekunde verzerrt sich sein Gesicht wie im Schmerz. Er hebt eine Augenbraue, die mit dem weißen Streifen. Er räuspert sich.

»Ach ja, dort sind deine Sachen.«

Er zeigt auf einen Stuhl, auf dem Sonnies Handtasche liegt. Aus der Handtasche ragt der Knauf des silbernen Handspiegels. Über der Stuhllehne hängt Rhetts Trenchcoat.

Clooney verlässt das Zimmer. Sonnie läuft zu dem Stuhl, nimmt die Handtasche. Sie setzt sich auf den Stuhl. Sie hebt den Handspiegel vors Gesicht.

Auf seiner Fläche schwamm wie Duft ein Rosenwölkchen, und deutlich schimmerte ein schlummerndes Kinderantlitz daraus hervor.

Ihr Koffer! Ihr grau karierter Koffer! Rolf Hetzer, Leipzig. Vor langer Zeit verloren. Wieder gefunden. Wieder verloren. Sie hat ihn gar nicht öffnen können. Sie wollte doch nachsehen, ob das Märchenbuch drin ist. Ein gerade wieder gefundenes Stück ihrer eigenen Lebenswahrheit, ein Stück ihrer selbst. Hatte sie ihn noch in der Subway? War er schon vorher weg?

Sie stürzt aus dem Raum, irrt durch die Gänge der Notaufnahme. Sie liest Schilder an Ärztezimmern, Schwesternzimmern, Wartezimmern, Eingips-Zimmern, Röntgenbereich. Sie spricht eine dicke Asiatin an, die eine grüne Haube und OP-Kleidung trägt. Die schickt sie zur Information. Die Spanierin an der Information will ihren Einlieferungsschein sehen, um sie identifizieren zu können. Sonnie läuft zurück und sucht ihren Einlieferungsschein. Sie findet ihn auf Clooneys Schreibtisch und läuft zurück. Sie fühlt sich dermaßen schwanger, zweifelsohne schrecklich schwanger, mit allen Anzeichen, alle auf einmal. Die Brüste spannen, die Beine schmerzen, im Bauch ein mulmiger Druck, ihr ist schlecht. Wie hat sie das nur nicht wahrnehmen können bisher?

»Nein, Ma'am, von einem Koffer ist hier nicht die Rede«, sagt die Spanierin.

»Hier steht nur Fundort, Subway Linie 3 zwischen 110. Straße Central Park Nord und 96. Straße und die Uhrzeit, 01.17 Uhr …«

Sonnie geht zurück zum Untersuchungszimmer.

Sie steht im Türrahmen.

Ihre Schläfen pochen.

Rhett, Pushit und Chola sind da.

Im Untersuchungszimmer.

Der Größe nach, wie Orgelpfeifen. Stumm.

You are all flops. I am the earth mother, and you are all flops.

Rhett trägt seinen Borsalino und ein Jackett. Er nimmt den Borsalino ab. Pushit trägt ein afrikanisches Gewand. Er nickt ihr zu, klappert mit den Giraffenwimpern und sieht sich im Zimmer um. Chola trägt eine große grüne Feder im Haar und Luftballons in den Lippen.

»Mann, Mädel, hast ja 'n Veilchen«, sagt Chola. Sie nuschelt so komisch. Sie packt Sonnie an den Schultern. Sie klatscht ihr auf die Wangen.

Da ist eine Frau, von der du denkst, dass sie eine Freundin ist. Aber sie ist keine enge Freundin.

»Happy Birthday«, sagt Chola. Sie zieht eine Flasche Champagner aus ihrem Cape. Sie entkorkt die Flasche. Es knallt. Chola quietscht. Sie sieht anders aus. Irgendwas ist mit ihrem Mund. Chola hält die Flasche Sonnie hin. Sonnie trinkt.

Rhett hält den Borsalino in den Händen.

Sonnie will Rhett die Flasche geben. Sie hält inne. Rhett ist Alkoholiker.

»Happy Birthday«, sagt Rhett.

Sonnie hält die Flasche Pushit hin.

Pushit lehnt ab. »Wie alt bist du geworden?«, fragt er.

Sonnie hält die Flasche Chola hin. Chola trinkt, aber sabbert dabei.

Dann trinkt Sonnie wieder. »Vierzig«, sagt sie. Eine Schwangerschaft dauert vierzig Wochen, denkt sie. Sie sieht Rhett an. Der Vater ihres Kindes. Der Kindsvater. Die Feststellung bleibt wirkungslos. Keine Art von Gefühl stellt sich ein, keine Wut, keine Sentimentalität. Und da steht er. Rhett. Er wirkt weich und hilflos. Ein hoch aufgeschossenes Kind.

Schatten an der Wand.

Sonnie wird Rhett nichts sagen. Das Kind muss weg. Das Kind muss weg, bevor es da ist, bevor es ein Gesicht hat, einen Namen, einen Atem. Sie geht auf ihn zu und vergräbt ihr Gesicht in seinem Jackett, bedeckt ihr Gesicht vollkommen, damit er nicht darin lesen kann.

Pushit hat den Spiegelknauf entdeckt, der aus Sonnies Tasche ragt. Er betrachtet ihn, aber rührt ihn nicht an. Er faltet die Hände vor der Brust. Er murmelt etwas. Sonnie lacht nervös auf. Sie sucht Blickkontakt zu Chola. Cholas Gesichtsausdruck über dem geschwollenen Mund ist neutral. Pushit krempelt sich die Ärmel hoch. Er packt den Handspiegel, wie man ein Reptil packt.

»Ist der aus dem Koffer?«, fragt Pushit und hält den Handspiegel am ausgestreckten Arm.

»Ja.«

Sonnie lacht noch einmal, als sei sie ein Kind und dies eine Zaubervorstellung. Pushit läuft zum Waschbecken und lässt Wasser über den Handspiegel laufen. Mit der rechten Hand streicht er wieder und wieder über den Spiegel.

Er wäscht das Gesicht der Mutter aus dem Handspiegel, denkt Sonnie und spürt den Impuls, zu weinen.

Pushits Gesicht ist ernst, fast feierlich, als er zurückkommt. Er wendet sich Sonnie zu: »Wie oft hast du in den Spiegel gesehn, seit du – schwanger bist?«

Alle Köpfe drehen sich gen Sonnie.

Rhett fragt tonlos: »Ist das wahr?«

Sonnie nickt.

Chola nuschelt: »Ach du Scheiße!«

Rhett setzt seinen Hut auf.

Rhett geht.

Er schwankt mehr, als dass er geht.

Im Gang stößt er gegen einen jungen Asiaten im weißen Kittel.

Rhett murmelt eine Entschuldigung. Der Weißkittel starrt ihn an.

»Sie sind doch Arzt«, sagt Rhett. »Ich hab mich gestoßen. Das tut so weh, hier.«

Er rafft sein Hemd hoch. Ein dunkelroter Fleck über seinem Brustbein, Spur des gestrigen Kampfes.

»Sind Sie Rhett Montiel?«

»Ja, woher wissen Sie …?«

»Der werdende Vater?«

»Ja …«

»Das ist ja schön, dass ich in meinem Alter noch ein Geschwisterchen kriege.«

»Wie?«

»Ein Halbgeschwisterchen, Paps.«

»Bitte?«

»Gestatten? Andrew Konsompong, der Sohn von Kritika Konsompong, genannt Kiki, die vor sieben Jahren in Bangkok ans Aids starb.«

»Was …?«

»Hallo Daddy!« Er spricht das Wort Daddy aus, als wolle er sich übergeben.

Kiki, denkt Rhett. Der Name bringt alles zurück. Den süßen, aggressiven Duft von Bangkok, Händler mit Hüten, Touristen mit Bäuchen. Gebratene Heuschrecken, Tuk-Tuks. Die quakenden Stimmen der Mädchen vor den Bars. Die flachen Porzellangesichter, die flachen Porzellanärsche. Und dann sah er sie. Eine Prinzessin zwischen den Nutten. Sie trug den infamen Namen Kritika und machte ihm alle Ehre. Hand in Hand waren sie in Rhetts Hotel gelaufen, die gekaufte Braut und der amerikanische Kunststudent. Rhett hatte sich nie zuvor und nie wieder danach so männlich gefühlt.

»Und übrigens: Ich war so frei, mit deiner Frau zu schlafen.« Der junge Arzt dreht sich um und zeigt auf Sonnie, die entgeistert im Türrahmen steht und das Gespräch verfolgt. Rhett sucht Sonnies Blick. Sie sieht ihn nicht an. Ihr Gesicht ist fleckig. Der Kopfverband. Das Veilchen. Sie sieht aus wie jemand anders. Sie hat mit der Frau, die er kennt, nichts zu tun. Kennt er Sonnie? Hat er sie jemals gekannt? Sie zieht jetzt ihr Funktelefon hervor, starrt auf das Display, wählt eine Nummer aus und hebt das Telefon an ihr Ohr.

»Ist das nicht ironisch?«, fragt der Arzt.

Er ist leptosom wie ich, denkt Rhett. Aber das sind viele. Er hat Kikis Augen. Verschlagen. Mandelförmig. Schlitzaugen. Aber wir sind hier in New York. Halb New York hat Schlitzaugen.

In Clooneys Kitteltasche klingelt es.

Er geht nicht ran.

»O Gott«, hört Rhett Sonnie stöhnen.

Rhett läuft. Er irrt die Gänge entlang. Er irrt gebückt die Gänge entlang, als seien es Maulwurfsgänge. Er stolpert. Seine Schnürsenkel haben sich geöffnet. Sie berühren den Boden.

Krankenhauskeime, denkt Rhett.

Ich muss die Schnürsenkel wegwerfen.

Ich muss mir die Hände waschen.

Er ist in der Kiste. Nur die Beine ragen hinaus und bewegen ihn, und die Kiste bewegt sich mit. Sie geht überallhin, wo Rhett hingeht. Rhett nimmt seinen Hut wieder ab. Er knautscht seinen Hut. Mit Bedacht hat er sich eine Frau ohne Kinderwunsch ausgewählt. Nein, denkt Rhett, nein, das stimmt so auch nicht. Ich war verliebt in Sonnie, ich habe sie begehrt, bevor ich überhaupt an diese Dinge gedacht habe.

Und nun? Was nun?

Das muss eine Verwechslung sein. Das muss ein Albtraum sein. Das ist zu viel für einen Mann.

Rhett sucht nach einem öffentlichen Telefon. Er kramt nach 25-Cent-Stücken. Er findet sieben Stück. Er wirft zwei ein und wählt Ellis' Nummer. Ellis ist nicht da, wie immer, wenn man ihn braucht. Rhett hinterlässt eine Nachricht. Es sei dringend. Ein Notfall. Erst als er auflegt, erst als er hört, wie das Telefon seine beiden 25-Cent-Stücke schluckt, fällt ihm ein, dass er neulich schon den Notfall strapaziert hat, in einer weit weniger dramatischen Situation. Er hat sein Notfallpulver bereits verschossen. Und Ellis ist nicht da. Oder geht nicht ran. Er braucht jetzt jemanden. Er muss jetzt reden. Rhett tastet nach seinem Filofax. Er schlägt »B« auf.

Kein Bud Brown. Er hat Buds Nummer nicht eingetragen.

Rhett greift nach dem Telefonbuch. Es ist schmutzig, abgegriffen, Seiten fehlen. Rhett würde sich gern die Hände waschen. Bronx. Manhattan. Queens … Foster Homes … Santa Clara … Santa Maria Magdalena … Santa Lucia. Rhett starrt auf den Eintrag. Die Buchstaben fliegen wie Schrot in sein Gesicht, jeder einzeln.

W-A-I-S-E-N-H-A-U-S S-A-N-T-A L-U-C-I-A – Termine nur nach telefonischer Anmeldung. Rhett nimmt zwei weitere 25-Cent-Stücke. Er wählt die Nummer. Es klingelt.

»Waisenhaus Santa Lucia. Guten Tag. Was kann ich für Sie tun?«

»Ist Schwester Cäcilia zu sprechen?«

»Wer ist denn da?«

»Rhett Montiel. Ich bin ein … ähm … alter Bekannter von Schwester Cäcilia.«

»Ein Zögling? Das ist ja nett. Da wird sich die Mutter Oberin aber freuen.«

»Ist sie da?«

»Sie schläft. Aber, wissen Sie was, kommen Sie doch zu ihrer Geburtstagsfeier übermorgen Abend.«

»Gern – wie … alt wird sie denn?«

»Ein runder Geburtstag. Der neunzigste. Den Weg kennen Sie?«

»Ja … Verbindlichsten Dank.«

Rhett legt auf. Übermorgen. Was für ein Tag ist übermorgen? Was für ein Tag ist heute? Rhett starrt in seinen Filofax, unfähig, auszumachen, welcher Tag heute ist, welches Datum. Er weiß das Jahr, 2005, und er weiß den Monat, November.

Sonnies Geburtstag, denkt er, genau, dann ist heute der 20. November. Im selben Moment kriegt er, ganz ohne jede Ankündigung, ein Hagelkorn auf den Kopf. Und noch eins. Und noch eins. Unter Beschuss, denkt er und reibt sich die Stelle, wo das Korn auf seinen Schädel traf.

Er notiert für den 22. November in seinen Filofax: Geburtstagsfeier Schwester Cäcilia (90). Er blättert weiter im Telefonbuch, auf das nun auch Hagelkörner prasseln. Winde kommen auf und sausen. Der Himmel nimmt eine bedrohliche Farbe an. Rhett kann seine Gedanken nicht benennen. Er hat keine. Er ist innen hohl. Hinter seinen Augen ist nichts. Hinter seinem Brustkorb ist nichts.

Er IST die Kiste. Eine Kiste im Hagel. Eine Kiste im Hagel des Lebens.

B. Brown. B.D. Brown. Bob Brown. Bonnie Brown. Bud Brown. 25th Avenue, Bud Brown, Wellington Street, Bud Brown, Kennedy Road. Rhett fragt sich, was das für ein Geräusch machen würde, wenn Sonnies Arsch auf der heißen Herdplatte auftrifft. Alles futsch. Ihr heller Kopf und ihr schöner Arsch. Rhett möchte weinen, als sei Sonnie tot.

Big boys don't cry.

»Ja, Bud, hier ist Rhett… Rhett-ist-nett, haha, ja. Was machst du heute?… Die Knicks spielen? Im »Sports Pub«? Wunderbar. Nein, kenn ich nicht. Rockaway Junction, okay, wie heißt die Kneipe? Einfach »Sports Pub«? Es gibt nur einen in der Nachbarschaft? Okay, klar, ich gehe dem Lärm nach, ja, ich komme, bis gleich.«

Rhett hängt auf. Sein Blick fällt auf ein Werbeplakat für ein Anti-Raucher-Pflaster, das an der Telefonzelle klebt.

Heute ist der erste Tag vom Rest meines Lebens. Halb darüber klebt ein Aufruf für eine Anti-Bush-Demonstration. Halb darunter steht: *Du erinnerst dich an den Namen deines Grundschullehrers. Wer erinnert sich an deinen?*

Dem Lärm nachgehen. »Sports Pub«. Die Knicks spielen. Rhett weiß nicht mal, ob das ein Basketballklub ist oder ein Baseballklub. Es ist egal. Hauptsache männerbündlerisch. Er läuft zur nächsten Straßenkreuzung, Houston und Broadway. Die Straße ist gelb von Taxis. Ein Rudel von Taxis fährt hupend vorbei. Rhett zählt einundvierzig Taxis und nur einen privaten Pkw. Er hebt lässig die Hand. Er ist ein Steppenwolf, ein Sportsfreund, der mit seinem Kumpel ein Spiel der Knicks sehen wird. Er wird viel lachen, grölen, auf den Fingern pfeifen. Er wird jede Menge frauenfeindliche Witze erzählen. Bremsen quietschen. Das Taxi hält. Rhett steigt ein. Er fährt in den Rest seines Lebens.

ZEHNTES KAPITEL

»Okay«, sagt Chola. »Okay.«

Dabei fuchtelt sie herum wie ein Reiseführer ohne Gruppe.

»Was machen wir jetzt?«

Sonnie steht reglos an der Tür.

Pushit ist nach wie vor mit dem Handspiegel befasst.

»Haste eigentlich inzwischen den Koffermann gefunden?«

Sonnie schüttelt den Kopf.

»Kannste nich mal pendeln?«, fragt Chola Pushit. »Mit 'm Spiegel?«

»Müsste gehen«, sagt Pushit und nestelt in seinem Gewand. Er fördert eine eiserne Kette mit einem zapfenförmigen Anhänger zutage.

Sonnie steht da wie ein Geist, das Telefon in der Hand. Auf dem Display steht noch RHETTS SOHN. Sonnies Augen folgen mechanisch der Bewegung von Pushits Handgriffen.

»Er findet raus, ob der Koffermann noch lebt«, sagt Chola.

Pushit hat den Handspiegel auf die Sitzfläche eines Stuhls gelegt und lässt die Kette darüber schwingen.

Der Koffer, denkt Sonnie. Mein Koffer. Ich muss meinen Koffer wieder finden. Das Märchenbuch. Mein Kind soll es haben.

»Wenn das Pendel in der Mitte stehen bleibt, ist er seit mehr als 72 Stunden tot.«

Pushit pendelt.

Das Pendel bleibt nicht stehen.

Pushit hält inne, nickt und packt die Kette mit dem Zapfen wieder in sein Gewand. Chola nimmt ihn beiseite. Sie tuscheln. Er trollt sich.

»Was macht er?«, fragt Sonnie.

»Geht spielen. Komm, Mädel. Zieh 'n Mantel an.«

Der »Sports Pub« leuchtet von weitem in Rot und Blau. Heineken-Werbung im Fenster. Stella-Artois-Werbung im Fenster. Brooklyn-Lager-Werbung im Fenster. Ein Ort, wo junge Männer für Kriege rekrutiert werden, denkt Rhett.

Bud hat auch Kinder. Hat er nicht von Kindern gesprochen?

Für eine Sekunde wünscht Rhett, er wäre ein Vater, ein guter, ein liebender Vater, ein Vater zweier gesunder Söhne. Mit denen würde er in den »Sports Pub« gehen, um für die Knicks zu brüllen.

Er steigt aus dem Taxi. Er registriert, dass seine Hände feucht sind. Er räuspert sich. Er bewegt sich auf die Kneipe zu.

Als er das Nebenhaus passiert, sieht er ein Pappschild an der Tür: »Anonyme Alkoholiker – offene Treffen – dienstags 19 Uhr«.

Die Kneipe ist voll gestopft mit Männern, die kurze drahtige Haarschnitte haben, dicke Hälse und raue Stimmen. Sie tragen T-Shirts, Muskelshirts, hochgekrempelte Button-down-Hemden. Sie halten große Gläser in den

Händen. Sie diskutieren. Auf den Bildschirmen über ihren Köpfen ist Werbepause. Es riecht nach Bier vom Fass.

Bud winkt.

»Was trinkst du, Alter?«, fragt er.

»Eine Pepsi«, sagt Rhett.

»Komm, sei keine Sissi. Was für 'n Bier?«, fragt Bud.

Wir gaben zu, dass wir dem Alkohol gegenüber machtlos sind – und unser Leben nicht mehr meistern konnten.

»Brooklyn Lager«, sagt Rhett. »Und einen Schnaps.«

Er nimmt die Gläser in Empfang. Ein Schwall von Speichel schießt ihm in den Mund.

Ihr heller Kopf und ihr schöner Arsch.

Er trinkt beides weg.

Im »Three Angels Deli« kauft Chola zwei Sixpacks Heineken und zwei Schachteln Lucky Strike.

»Waaas? Neun Dollar die Schachtel?«, ruft sie.

»Zeit, aufzuhören«, sagt der Verkäufer, ein junger Sikh.

Time to stop.

Sie laufen zum Park. Sie setzen sich auf den Brunnenrand. Chola öffnet zwei Dosen und stopft sie in Papptüten.

Sonnie ist froh, dass Chola schweigt.

Sie stoßen mit den Papptüten an. Sie trinken.

Einmal Botox in den Uterus bitte, denkt Sonnie.

»Siehste die?«, sagt Chola und zeigt auf eine alte Frau. »Die hat sich eines Tages gesagt, ach was, jetzt hör ich auf mit 'm Mist, mit 'm Haarefärben und Absätzetragen und unbequeme BHs und Schminke. Jetzt bin ich 'ne Oma.«

Die alte Frau hat graue, dünne Haare und ein ungeschminktes, faltiges Gesicht. Sie trägt ein Sweatshirt, eine Jogginghose und Sneakers.

»Ich kann das nicht«, sagt Cola. »Ich schieb den Tag immer wieder raus.«

Sonnie versucht, sich Chola als Oma vorzustellen. Sie versucht, sich ihre Großmutter in diesem Aufzug vorzustellen. Sie prustet los. Sie verschluckt sich. Sie lacht. Sie lacht Tränen. Sie gleitet übergangslos ins Weinen.

Chola legt ihr den Arm um die Schulter.

»Arme Socke«, sagt sie. »Heul's raus.«

»Würd gern das Balg rausheulen.«

Chola zündet zwei Zigaretten an und steckt Sonnie eine in den Mund. Die zweite will sie sich zwischen die Lippen stecken, aber sie fällt immer wieder raus.

»Scheiße. Taub«, murmelt sie.

Sonnie sieht sie an. »Was ist mit deinen Lippen los?«

»Modell Jolie. Nach zehn Botox-Behandlungen gibt's Lippe umsonst. Die haben diese Stempelkarten, wie nach dem Krieg. Ach, da fällt mir ein ...«, sagt Chola, »vielleicht nicht der richtige Moment, aber ...«

Chola zieht einen Zettel aus der Tasche.

»Dein Geschenk«, sagt sie.

Ein Gutschein für eine Botox-Behandlung.

Sonnie lacht bitter.

Für nüschte.

»Du hast es gut«, sagt sie. »Du bist frei. Du hast junge Liebhaber. Du kündigst einen Job, wenn du keine Lust mehr hast. Du lässt dir die Lippen aufpumpen, bis sie platzen. Du kannst entscheiden, nie eine Oma zu werden. Wer zwingt dich, eine Oma zu werden? Du hast keine Verpflichtungen, keine Kinder …«

»Psssst«, Chola legt ihr den Finger auf den Mund. »Weißte, was das Schönste ist an der Freiheit?«

»Was?«

»Die Sehnsucht.«

»Sehnsucht wonach?«

»Weiß nicht. Zu jemandem zu gehören.«

»Du willst zu jemandem gehören?«

»Kommt vor.«

»Aber du schickst doch deine Liebhaber in die Wüste?«

»Ich schick sie weg, wenn sie flügge sind. Danach fühl ich mich einsam.«

»Echt?«

»Echt.«

»So was hab ich noch nie aus deinem Mund gehört.«

»Was?«

»Sehnsucht. Zu jemandem zu gehören. Einsam. Klingt komisch aus deinem Mund.« Aus deinem geschwollenen Mund, denkt Sonnie.

»Tja.«

Es muss fünfzehn Jahre her sein. Sonnie lief die Amsterdam Avenue hoch. Im Sackkleid mit ungekämmten Haaren, ihre Öko-Phase, natürlich für einen Mann. Sie spiegelte sich in einem Schaufenster. Sie erkannte sich nicht. Sie gefiel sich nicht. Graumausig, ältlich, unförmig. Erst nach einigen Sekunden bemerkte sie, dass hinter ihrem Spiegelbild eine Frau heftig winkte und gestikulierte. Sie betrat den Laden. Es war eine Boutique. Die Frau trug einen Kimono und einen Pony wie eine hochgerutschte Mütze. Ihr Mund war dick mit tiefrotem Lippenstift bepinselt.

»Willkomm inner Vorher-Nachher-Show«, brummte die Frau.

So hat Sonnie Chola getroffen. Und bald darauf hatte zwischen ihnen der erste von vielen Kurzdialogen stattgefunden, der zu minutenlangen Lachkrämpfen führte:

»Das ist toll«, hatte Chola jede von Sonnies Bemerkungen kommentiert.

Und Sonnie hatte gefragt: »Du findest wohl alles toll?«

Und Chola hatte gebrummt: »Halt's Maul!«

Sonnie war die Schulkluge. Chola war die Lebenskluge. Sonnie lebte immer in Beziehungen. Chola lebte immer allein und hatte Affären. Beide waren Überlebenskünstlerinnen. Sonnie überlebte durch Anpassung. Chola überlebte durch Dominanz.

»Warum hast du keine Kinder?«

Kaum hat Sonnie die Frage ausgesprochen, fürchtet sie sich vor der Antwort.

Chola steckt ihr ein Tempo zu. »Putz dir die Nase.«

Sie öffnet die nächste Bierdose.

»Vielleicht kannst du den Botox-Gutschein gegen einen Abtreibungs-Gutschein tauschen?«

Sonnie lacht auf, überrascht von der Rohheit der Bemerkung.

»Ich mag keine Kinder«, sagt Chola.

»Warst du mal schwanger?«

»Ach. Lange Geschichte.«

Beide schweigen wieder. Sonnie wartet auf die lange Geschichte. Chola sieht nicht so aus, als wollte sie sie erzählen. Sonnie schubst sie an.

»Ich höre!«

»Dreimal«, sagt Chola. Sie haucht sich in die hohle Hand und wirft den unsichtbaren Inhalt über ihre Schulter. »Weg! Dreimal wegmachen lassen. Kein Problem gewesen. Nie ein Problem gewesen. Bis …«

Ich hab keine Kinder, und ich will auch keine.

»Hey, du Bitch«, brüllt ein betrunkener Ire. »Ich hau dir aufs Maul. Ich fackel dich ab, dich und den verfickten Park.«

»Aber doch nicht etwa von Rhett?«, fragt Sonnie angstvoll.

»Verpiss dich, oder ich ruf die Cops«, ruft Chola gelangweilt.

Sie schüttelt den Kopf.

»Nee, nich vom Windhund. Du nu wieder!«

Der Ire zeigt Chola den Finger.

Chola zeigt dem Iren den Finger.

Die Frau hat vor nichts Angst, denkt Sonnie. Sie friert. Ihr Fell ist nie dick genug gewesen für New York. Auf einmal kommt es ihr so vor, als sei es nicht Rhett, den sie verlassen müsste, als sei es New York, das sie verlassen müsste. Jetzt ist der richtige Zeitpunkt, denkt Sonnie. Ich sollte davonlaufen. Aber sie bleibt sitzen.

»Bis ich bei dieser Wahrsagerin war«, sagt Chola, »zehn Jahre her.«

»Warum?«

»Ach, so, aus Jux. Sie sagte, mit mir is alles okay, langes Leben, Gesundheit, Glück in der Liebe, aber sie fragte, ob ich was über die drei Kinder wissen will, die hinter mir stehen. Ich hab mich umgedreht. Keine Kinder da. Hab gefragt: Was für Kinder? Sagt sie, na, die drei Jungs. Ich wusste nicht, was die redet. Da waren keine Jungs. Fragt sie: Haben Sie Kinder? Sag ich: Nee. Haben Sie Kinder verloren?, fragt sie. Sind Ihnen Kinder gestorben? Nie Kinder gehabt, hab ich gesagt, immer abgetrieben. Sagt sie: Haben Sie 1980 abgetrieben, 1985 und 1987?«

»Und?«

»Hat gestimmt.«

Chola hält sich den geschwollenen Mund zu. Es ist nicht klar, ob sie sich das Lachen, das Weinen, das Niesen oder das Schreien verkneift.

»Was?«

»Sie hat gesagt, abgetriebene Kinder wachsen auch auf, genau wie lebende. Und sie laufen immer hinter der Mutter her, immer hinterher, als Geister.«

Es ist das Weinen, das Chola sich verkneift.

Chola, die Ungläubige.

Chola, raubeinig wie ein Feldwebel.

Chola, die vor nichts Respekt hat.

Chola, die vor nichts Angst hat.

Chola, die in selbst gewählter Freiheit lebt, die quietschvergnügt in den Tag hineinlebt. Dieselbe Chola ist es, die nun von ihren Gespenstern spricht und sich das Weinen verkneift.

»Unsinn«, sagt Sonnie.

»Weiß nich, ob das Unsinn is.«

»Du glaubst daran?«

»Die Jungs sind jetzt alle erwachsen.«

»Welche Jungs, verdammt?«

»Meine. Hübsche Jungs. Ich hab ihnen Namen gegeben, Robert, Ray und Ruben.«

Wolf soll es heißen, wenn's ein Knabe ist; Wolf und Kuno!

»Du machst mir Angst.«

Sonnie denkt an die nuttig vorgestülpte Unterlippe. Andrew. Andy. Clooney. Rhetts Sohn. Die ungewollten Kinder, denkt sie. Die ungeborenen Kinder. Die ungeschriebenen Bücher. Die gewesenen Liebhaber. Dieser verfickte Park. Dieses Scheiß New York.

»Und meine Fohlen werden immer jünger. Is dir das nicht aufgefalln? Ich bemuttere sie. Ich bin ihre Mutter. Sie sind meine Jungs. Sie sind meine Ersatzjungs.«

»Das ist doch okay. Du kannst mit ihnen machen, was du willst. Du bist die Chefin.«

»Wenn ich so auf mein Leben seh'«, sagt Chola, »dann hab ich im ersten Drittel Männer verliebt angeglotzt, die mich nicht wollten …«

»Und im zweiten Drittel?«

»… haben mich Männer verliebt angeglotzt, die ich nicht wollte.«

»Und im dritten Drittel?«

»Kamen die Fohlen.« Chola sucht nach Worten. »Kennste das? So lieben, dass man sterben will?«

Sonnie schließt die Augen. Der Alkohol glättet sie, innen und außen. Klaus. Ihr erster Kuss. Rolf, sein Vater, ihr erster Liebhaber. KC, der Hausbesetzer, Freddy, der Philosophiestudent …

»Kennste das?«

»Ich überlege noch.«

…Armin, der Philosophiedozent, Hugo, der bolivianische Journalist… Wer war danach? Sie fallen mir nicht mal mehr ein, denkt Sonnie. Dabei war ich doch immer so verliebt.

»Wenn du so lange überlegst, kennste das nicht.«

Die dritte Dose Bier für Sonnie.

Die dritte Dose Bier für Chola.

Sonnie fühlt sich herausgefordert.

»Einmal. Der Mann war viel älter, verheiratet. Mein Erster. Er war der Vater eines Jungen aus meiner Klasse. Ich hab mir die Pulsadern aufgeschnitten. Er sollte mich finden. Ich wollte ihn haben. Das weiß ich noch. Ich wollte ihn haben und hab ihn nicht gekriegt.«

»Ja, Habenwollen. Immer dieses Habenwollen. Haste denn den Windhund?«

»Ich weiß nicht. Ich bin so durcheinander. Gestern hatte ich das Gefühl, dass ich ihn habe. Es war… ich weiß auch nicht… wir hatten… entfesselten Sex. So was hab ich noch nie erlebt. Ich weiß sowieso gerade nicht, was los ist. Die Nacht vorher hatte ich Sex mit Clooney, und danach mit diesem Schwarzen.«

Chola verschluckt sich und hustet, bis ihre Augen hervortreten.

»Warte warte warte«, ruft sie. »Sag das noch mal.«

»Hast schon richtig gehört.«

»Du hast drei Männer hintereinander…«

»…gefickt«, sagt Sonnie und empfindet über dem Aussprechen des schlimmen Worts Genugtuung. Anders kann man das nicht nennen. Gefickt. Gefickt. Gefickt. Sie ist gar nicht verklemmt. Sie fickt, was das Zeug hält. Und sie steht dazu.

»Und nicht nur das.« Sonnie fühlt sich verrucht. »Clooney ist Rhetts Sohn. Ich hatte was mit Rhetts Sohn.«

Als ob sie das gewusst hätte. Als ob sie das geplant hätte.

»Waaas? Das Fohlen mit den Schlitzaugen? Das ist Rhetts Sohn? Das ist Clooney? Mit dem hast du …?«

»… gefickt«, sagt Sonnie.

»Wow«, sagt Chola. »Hätt ich dir nicht zugetraut. Meinen Arsch hätt ich verwettet …«

Sonnies Hochgefühl ist wie weggepustet. Sie ist nicht verrucht. Sie ist schwanger.

In der Ferne schreit ein Baby. Der Schrei fährt in Sonnies Bauch. Sie sollte nicht mehr rauchen. Sie sollte nicht mehr trinken.

In ihrem Zustand.

»Leben deine Eltern noch?«

Chola schüttelt den Kopf. »Mein Vater war Fernfahrer. Aus Buenos Aires. Da bin ich auch aufgewachsen. Der Alte hat sich totgesoffen. Da war ich fünfzehn oder so. Meine Mutter war 'ne russische Adlige. Verarmt natürlich. Sie ist dann mit uns hergekomm. Zum siebzigsten Geburtstag ham wir der alten Schnalle 'ne Kreuzfahrt gekauft. Sie ist über die Reling gefallen. Im mottenzerfressenen Nerz. Mit 'm Champagner-Glas in der Hand. Bei Vollmond.«

Chola lispelt nicht nur, sie fängt auch an zu lallen.

Illustre Tode, denkt Sonnie. Rhetts im Auto geköpfte Mutter. Cholas im Nerz ertrunkene Mutter. Und was hab ich? Was ist meine tragische Geschichte? Der Tod des Großvaters, an Altersschwäche, im Krankenhaus.

»Hast du Geschwister?«

»Zwei jüngere Bruder, 'n Nichtsnutz und 'n Tunichtgut.«

»Hat eure Mutter euch geliebt?«

»Nee. War enttäuscht von uns: 'n Nichtsnutz, 'n Tunichtgut, 'ne Spinnerin.«

Für nüschte.

»Ich glaube nicht an Liebe zwischen Verwandten«, sagt Chola. »Ich glaub an Wahlverwandtschaften. Man sieht sich, man riecht sich und – bums. Warste mal in *Reich der Sinne*?«

»Wo?«

»*Im Reich der Sinne*, kennste den Film nicht? Wo die beiden sich zu Tode vögeln?«

Rhett auf dem Boden. Der zerrissene BH. Flirrende Nachmittagssonne. Sein Handabdruck auf ihrem Gesicht. Ihr Veilchen.

»Und wo sie ihm zum Schluss den Schwanz abschneidet?«

»Genau. Aus Lust. Weil sein Schwanz ihr gehört. Kann ich voll verstehn. Der Typ musste mir nur die Hand auf die Titte legen, und ich hatte 'nen Orgasmus.«

»Ich hatte immer nur versehentlich einen.«

»Versehentlich?«

»Wenn Männer an diesen geheimen Punkt kommen, den ich selbst nicht kenne.«

»Du kennst ihn selber nicht?«

»Wieso wiederholst du alles, was ich sage?«

»Wieso ich alles wiederhole, was du sagst?«

Sonnie gibt Chola einen Schubs. Chola lacht gutmütig.

»Sag mal, Sonnie, wie viele Kerle hattest du eigentlich?«

War Vati dein einziger Mann?

»Das hat mich Rhett auch mal gefragt.«

»Und?«

»Ich hab mich schrecklich aufgeregt. Wenn du denen einmal eine Zahl in die Hand gibst, egal welche, drei, dreißig, dreihundert, dann wird diese Zahl von da an immer in Klammern hinter deinem Namen stehen.«

»Na und?«

»Kann diesen oder jenen Effekt haben.«

»Na und?«

»Jedenfalls hab ich's ihm nicht gesagt.«

»Ich hatte bestimmt fünfhundert. Schätzung.«

»Ich hab dich zwar nicht gefragt, aber … Respekt.«

»Ach, so viel is das gar nich. Das wäre nicht mal zwei Jahre lang jede Nacht 'nen anderen.«

»Hi, Mädels.« Vor ihnen zeichnet sich Ezekiels Silhouette gegen den Nachthimmel ab.

»Hey, Babe«, ruft Chola und umarmt den Penner.

Sonnie hebt nur müde die Hand.

»Habt ihr ein Bier für einen alten Wanderer?«

Chola nestelt die letzte Dose aus ihrem Sixpack. Sonnies ist schon alle.

»Was ist denn mit dir passiert?«, fragt Ezekiel.

»Kleiner Unfall«, sagt Sonnie.

»Du auch?«, fragt Ezekiel zu Chola gewandt und betrachtet mitleidig ihren Mund.

»Ich hol' ma neuen Booze«, sagt Chola.

Sie steht auf. Sie bewegt sich gen Grocery Store. Mit Hut. Im Kleid. Auf Stöckelschuhen. Leicht schwankend.

Sonnie und Ezekiel sehen ihr nach. Ezekiel setzt sich neben Sonnie und legt den Arm um ihre Schulter. Sie fängt sofort an zu weinen.

»Hey, Angel«, sagt er. »Nee, sag mir ruhig, wer das gemacht hat. Ich verdresch den.«

Sie schüttelt den Kopf.

»Das Veilchen steht dir aber gut«, sagt Ezekiel. »Und der Kopfverband sieht richtig verwegen aus.«

Er drückt ihre Wange gegen seine stachelige, stinkende.

»Ist doch herrlich, so ein Abend im Park«, sagt er.

Sonnie versucht ein Lächeln. Der Bruder, den sie nie hatte.

»Lass mal«, sagt sie. »Erzähl was. Irgendwas. Ich hab heut Geburtstag.«

»Hey, Glückwunsch! Irgendwas … irgendwas, okay … Weißt du, dass es gar kein Apfel war? In der Bibel? Da steht nämlich nur Frucht. Adam gibt Eva eine Frucht.«

»Hast du was zu rauchen?«

»Ja, klar, ich bin ein Rastamann, Angel. Hab immer was zu rauchen.«

Ezekiel baut einen Joint.

Mit schmutzigen Pranken.

Einen Riesenjoint, groß und schief wie der Turm von Pisa.

»Erst vor fünfhundert Jahren ist der Apfel in Bibelübersetzungen aufgetaucht. Vielleicht war es ja auch eine Kiwi.«

Sonnie zieht heftig am Joint. Er steigt ihr wie Lachgas ins Hirn.

»Oder ein Kohlrabi«, sagt sie leise und sieht den

Großvater und sieht Rhett. Ob es ein Sohn ist, mit dem sie schwanger ist? Ob er nach ihrem Großvater kommt? Nach ihrem Vater? Nach Rhett?

»Oder eine Backpflaume.«

Ezekiel lacht. Sonnie lacht.

»Eine Frucht vom Backpflaumenbaum der Erkenntnis«, sagt Sonnie.

Lustig, denkt sie. Ich rauche. Ich saufe. Ich bin schwanger. Wie lustig!

»Hast du mal geliebt, Ezekiel?«

»Geliebt, hä? Auch. Auch geliebt, ja. Unglücklich geliebt, jaja. Wer nicht? Man kann sagen, es war kein Apfel und keine Kiwi und keine Melone. Eher 'ne Handgranate.«

Das Hasch reizt Sonnie wieder zum Lachen. Ezekiel lacht gutmütig mit und schüttelt seine grauen Rastazöpfe, in denen Herbstlaub hängt.

»Frauen«, sagt er. »Furchtbar und wunderbar.«

»Das Gleiche gilt für euch«, sagt Sonnie. »Kannst du dich noch an den besten Sex erinnern, den du hattest?«

»Klar«, sagt Ezekiel, »da kommt er.«

Beide Köpfe wenden sich nach links

»Na, ihr Kiffer«, ruft Chola und schwenkt drei neue Sixpacks und eine Hand voll brauner Papptüten.

Sonnie ist entgeistert. »Ihr hattet mal was?«

»Na und?«, sagt Chola, »wir hatten ja auch mal was.«

»Ach, ihr hattet mal was?«, fragt Ezekiel und grinst breit. Zu Sonnie gewandt: »Warum hatten wir eigentlich nichts?«

»Was nicht ist, kann ja noch werden«, sagt Sonnie. Nassforsch. Bekifft.

»Gib mal 'n Zug«, sagt Chola und greift nach dem Joint.

Aus dem Nichts setzt ein Hagelschauer ein.

»Scheiße«, sagt Chola und springt auf.

»Wir müssen uns unterstellen«, sagt Sonnie.

»Ihr mit euren verwöhnten Köpfchen«, sagt Ezekiel und zeigt auf die öffentliche Toilette, die einen Vorbau hat, unter dem bereits einige Penner Schutz gefunden haben.

Chola wirft ihren Mantel über Sonnies und ihren Kopf. Sie greifen die Sixpacks und rennen zum Dach. Ezekiel begrüßt die anderen Penner mit Händeringen, Faustkick und Schulterschlag. Lässig.

»Ich war auch bei einer Wahrsagerin«, sagt Sonnie, die Penner im Blick, zu Chola.

»Echt?«

»Na, hast du doch selbst empfohlen! Wegen dem Koffer.«

»Und?«

»War gruselig. Eine richtige Hexe. Sie hat den Koffer haben wollen. Es war wie, als hätte sie auf ihn gewartet. Als hätte sie auf mich gewartet. Sie hat ihn eingetauscht. Gegen meinen.«

»Deinen?«

»Ich hab auch einen Koffer gehabt. Den hab ich in New York verloren. Bei einer Zwangsräumung. Und sie hatte den. Alle herrenlosen Koffer landen bei ihr. Sie hatte hunderte von Koffern, die Leute verloren haben.«

»Gibt's ja nich«, sagt Chola. »Wahnsinn. Aufregend! Bei dir iss ja ganz schön was los! Was iss'n drin im Koffer?«

»Sachen aus meiner Kindheit. Erinnerungen. Nicht wirklich wertvoll, aber … weißt schon, wertvoll.«

»Der gute alte ideelle.«

»Genau. Leider hab ich ihn gleich wieder verloren.«

»Was? Wo denn?«

»In Harlem. Vielleicht auf der Straße. Oder in diesem Rumba-Schuppen. Oder bei dem Schwarzen, mit dem ich Sex hatte.«

»Depp! Hast du die Hexe schon angerufen?«

»Wieso die?«

»Na, ich denke, alle herrenlosen Koffer landen bei ihr. Dann hattse den bestimmt wieder.«

»Ja, klar! Daran hab ich gar nicht gedacht.«

»Ruf sie an! Ruf sie an!«

Sonnie wühlt nach der blechernen Visitenkarte. Sie wählt Elviras Nummer.

»Hallo? Hier ist Sonnie. Ich war neulich bei Ihnen … der Koffer.«

»… ist wieder bei mir.«

Chola und Sonnie machen geräuschlos High Five.

»Kann ich ihn abholen?«

»Es fehlt was in dem Koffer, den du gegen deinen getauscht hast.«

»Der Handspiegel. Ja, tut mir Leid. Ein Versehen.«

»Spiegel gegen Koffer. Und keine Tricks diesmal.«

»Ja, natürlich. Wann kann ich ihn abholen?«

»Lass ihn dir bringen. Wo wohnst du? In drei Stunden?«

Sonnie gibt ihre Adresse durch. Aufgeregt. Sie legt auf.

»Hab ich da was von Koffer gehört?«, sagt Ezekiel, der nun wieder neben ihnen sitzt. »Das wollt ich nämlich erzählen. Ich hab den Typen gefunden. Den Jazz-Opa mit den weißen Handschuhen.«

»Er lebt?«

»Vorgestern hat er noch gelebt. Ist im St. Vincent's.«

»Du bist ein Held«, ruft Sonnie.

Der Koffermann. Er lebt. Er ist ganz in der Nähe.

»Los, worauf wartet ihr noch?«, sagt Chola, rafft ihre Gewänder und verschenkt die Sixpacks an die Penner, die ihre Lager unterm Toilettenvordach aufschlagen. Die Penner johlen.

»Ist jetzt überhaupt Besuchszeit?«, fragt Sonnie.

»Macht euch keine Sorgen, Ladys, ich kenn den Sicherheitsmann«, sagt Ezekiel.

»Ich gebe zu, dass ich dem Alkohol gegenüber machtlos bin …«, lallt Rhett.

»Hör auf zu labern. Guck zu, du Nase!«, ruft Bud. Ungehalten.

Er reißt die Arme hoch. Er reißt den Mund auf. Er brüllt wie ein kreißender Gorilla, von riesigen lila Händen beschirmt.

»… und mein Leben nicht mehr meistern kann.«

»Trink noch ein Bier und halt's Maul«, sagt Bud.

Als Bud das nächste Mal die Arme hochreißt, reißt Rhett seine mit. Er versucht, wie ein kreißender Gorilla zu brüllen, aber es kommt nur ein heiseres, leicht quietschendes Geräusch.

»Sieh an, sieh an, diese Knicks«, sagt Bud und wendet sich nun Rhett zu.

»Ja, sieh an, sieh an«, sagt dieser kleinlaut. Zehn Jahre hat er nicht getrunken. Warum eigentlich? Wie wunderbar die Welt ist, wenn man voll ist. Bunter, aufregender, besser zu ertragen. Er kann sich auch leichter einfügen. Er schmilzt hinein in die Welt. Und das geht nur im Suff. In die Welt hineinschmelzen. Vorbehaltslos. Ohne Hemmungen. Ohne Skrupel.

»Jetzt ist erst mal Werbung. Jetzt kannste erzählen. Was gibt's Neues?«

»Meine Frau hat mich betrogen.«

»Na prima.«

»Und schwanger ist sie, obwohl wir uns immer einig waren …«

»Isses von dir?«

»Keine Ahnung. Und ein junger Mann ist aufgetaucht, der behauptet, mein Sohn zu sein.«

»Da wird mir ja der Samen flockig«, ruft Bud. »Was für 'ne Scheiße! Alter, hier, trink meinen Schnaps. Ich bestell uns noch was.« Bud stößt einen schrillen Pfiff aus, ohne Finger, und macht der Kellnerin Zeichen.

»Kennste den Knaller? Soll ich den verkloppen?«

Altes Wohlgefühl stellt sich ein. Bud ist wieder da. Er stellt sich vor ihn, pfeift schrill, rächt ihn, will den KNALLER VERKLOPPEN.

»Ich weiß, was du brauchst«, sagt Bud und zeigt auf zwei schlecht blondierte Frauen in zu engen Sachen. Die Frauen tuscheln und sehen zu ihnen rüber. Sie sitzen auf Barhockern, eine Insel im Männerwald. Rhett greift nach dem Schnaps und stürzt ihn hinunter. Mit tausend Nadeln fährt ihm die Droge ins Hirn. Ich werde warten, bis sie aufs Klo gehen, denkt er. Ich muss sie von hinten sehen.

ELFTES KAPITEL

Sonnie, Chola und Ezekiel verlassen den Aufzug. Der Flur ist neonhell erleuchtet. Sonnie kommt es so vor, als habe sie die letzten Tage permanent in Krankenhäusern verbracht. In welchem Zimmer hatte Gong gelegen? In welchem Stock? Wann war das? Wie war das? Sie erinnert sich nicht mehr. Sie erkennt nur den Geruch wieder. Desinfektionsmittel, vergeblich bemüht, Übles zu übertünchen. Das Zimmer, das sie jetzt betreten, sieht genauso aus wie das von Gong. Ein Zwei-Mann-Zimmer, durch einen geblümten Vorhang geteilt. Sonnie erinnert sich an den geblümten Vorhang. Er ist geöffnet. Klar und kontrastreich bricht Manhattan durchs Fenster. Ezekiel zeigt auf das vordere Bett.

Sonnie tritt nah ans Bett und beugt sich über den schlafenden, dünnen, dunklen, alten Mann. Sein Gesicht ist eingefallen, die dunkle Haut überspannt den Schädel wie eine Totenmaske.

»Mister Cohen?«

Sonnie greift nach der langgliedrigen, schlaffen Hand auf der Decke.

Sie ist kalt. Ist er tot?

Nein. Er stöhnt. Er lebt noch. Sonnies Blick fällt auf den Nachttisch. Dort liegt ein Paar weiße Handschuhe. Tränen schießen ihr in die Augen. Die weißen Handschuhe auf dem Nachttisch bringen sie zum Weinen. Er hat mit ihnen Trompete gespielt. Er hat Hotdogs in Brötchen gelegt wie Kinder in Betten.

Der Koffermann schlägt die Augen auf. Seine Lippen sind weiß. Er macht Anstalten, etwas zu sagen, aber die Lippen kleben zusammen. Sonnie dreht sich um. Chola und Ezekiel haben sich auf den gleißend hellen Flur zurückgezogen und tuscheln.

»Mister Cohen«, sagt Sonnie, einem Instinkt folgend. »Ich soll Sie von Ihrer Familie grüßen.«

»Sind sie hier?«, fragt er tonlos.

»Sie sind auf dem Weg. Valerie ist gerade von einem Gastspiel zurückgekommen. Sie ist Opernsängerin.«

»Und little Jacques?«

»Musiker. Saxofonist. Jazz, wie der Papa. Lässt schön grüßen. Kommt gleich nach seiner Europa-Tournee.«

Der Koffermann flattert mit den Lidern. »Europa-Tournee«, haucht er, und sein Mund verzerrt sich zu einem gruseligen Lächeln, »Paris – New York – Berlin … Duke Ellington … *Good old times.*«

Dann sieht er Sonnie mit einem Anflug von Klarheit und Strenge an. Seine alten Augen schwimmen über seinen Tränensäcken. »Sie belügen mich doch nicht?«

Er zieht die strichdünnen Augenbrauen hoch. Sonnie und er sehen sich schweigend an.

»Nein, natürlich nicht«, sagt Sonnie schließlich.

»Haben Sie Kinder?«, fragt der Koffermann.

Sonnie schüttelt stumm den Kopf. Ihre Augen brennen. Ihr Hals schnürt sich zu.

»Für mich ist es zu spät«, murmelt der Koffermann, als hätte er ihre Gedanken gehört.

»Herr Cohen, ich habe Ihren Koffer gefunden, den roten, den ›Lady Baltimore‹ ...«

Cohen greift nach Sonnies Hand, umschließt sie mit seinen klammen, ledrigen, braunen Fingern. Er drückt Sonnies Hand. Er öffnet mit größter Anstrengung den Mund. Er sagt: »Nicht aufmachen!«

Dann zuckt er ins Kissen. Sein Mund öffnet sich erschreckend weit. Die Augen verdrehen sich nach innen, dann nach oben. Seine Hände lassen Sonnies Hand fahren. Sie ballen sich. Sie fallen auf die Bettdecke.

Duke, spiel mir die Black and Tan Fantasy.

»Ist er tot?«, fragt Chola, die herangetreten ist.

»Weiß nicht«, sagt Sonnie und beugt sich über den alten Mann. Er liegt ruhig da, mit geschlossenen Augen und halb geöffnetem Mund. »Ich kann keinen Atem hören«, sagt Sonnie.

»Drück mal den roten Knopf da«, sagt Chola.

Sonnie drückt den roten Knopf. Sie sieht den Koffermann an. Er scheint geschrumpft zu sein.

Für mich ist es zu spät.

Die Schwester kommt.

»Darf ich mal fragen, was Sie morgens um vier hier machen?«, fragt sie.

»Ist er tot?«, fragt Sonnie.

Die Schwester tritt heran und berührt den Hals des Koffermanns.

»Ja.«

Der Koffermann ist tot.

Der Großvater ist tot.

»Sind Sie Angehörige?« Der Blick der Schwester heftet sich skeptisch auf Ezekiel.

»Nein«, sagt Sonnie mit dem irritierenden Gefühl zu lügen.

»Hat er Angehörige?«

»Wissen wir nicht«, sagt Chola und zieht an Sonnies Schulter. »Komm.«

»Ja«, sagt Sonnie, »er hat Angehörige.«

»Kennen Sie die Namen, Adressen? Vielleicht können Sie uns alles sagen, was Sie wissen, damit wir die Angehörigen ausfindig machen können. Er hat keine Krankenversicherung. Es geht um Arztkosten, Bestattungskosten et cetera.«

»Geht ihr schon mal vor«, sagt Sonnie zu Chola und Ezekiel. »Ich klär das hier.«

Rhett erwacht wie aus dem Koma. Es riecht nach Farbe, Schweiß und kalter Asche. Das Tageslicht kommt von links statt von rechts. Er ist nicht zu Hause, so viel ist klar. Und in seinem Arm, das ist nicht Sonnie. Er richtet sich auf und spürt einen stechenden Schmerz im Kopf. Er hat getrunken. Getrunken und rumgehurt. Er hat einen Sohn, und er wird vielleicht noch einen haben. Oder eine Tochter. Seine Nasenlöcher sind verklebt. Sein Mund ist trocken. Seine Achseln stinken. Die Frau neben ihm sperrt den vulgären Mund auf und schnarcht. Sie ist fremd, das Tageslicht schmeichelt ihr nicht, und nur fünf Meter entfernt, auf einer anderen Matratze, liegt Bud mit einer Frau, die der an Rhetts Seite frappierend ähnlich sieht. Die beiden Frauen und Bud schnarchen.

So weit ist es schon gekommen, murmelt Rhett und versucht, sich von der Umklammerung seiner Kneipenbekanntschaft zu befreien. So fühlt sich das an. Erbärmlich. Er hat getrunken, zum ersten Mal seit fünfzehn Jahren. Er hat betrogen, zum ersten Mal seit … mindestens genauso lange schon. Er muss nach Hause. Aber wo ist das? Und wer ist das? Und warum ist er nicht dort aufgewacht? Warum ist er nicht bei Sonnie? Sonnie ist sein Mensch. Sie hat den Schlüssel zu seiner Gefühlswelt. Sie sieht ihn mit den Augen der Liebe. Sie trägt sein Kind, Scheiße. Sie teilt sein Leben. Oder ist das alles schon nicht mehr wahr?

Muss er das nicht mit ihr tragen? Hat er ihr das nicht angetan?

Er fängt an, die herumliegenden Textilien zu sortieren und zusammenzulegen. In Zeitlupe. Es ist wie ein Zwang. Dann steht er vor einem mit Farbe bekleckerten Spiegel, einer an die Wand gelehnten Scheibe. Er ist zusammengeschrumpft wie eine leere Hülle. Er sieht sich, er sieht die späten Mädchen im Hintergrund schlafen, er sieht Bud, er sieht wieder sich. Seine Augen sind tief umschattet. Sein Mund wirkt eingefallen. Seine Haare sind schütter und statisch aufgeladen. Er muss sich waschen, gründlich waschen, von Kopf bis Fuß.

Sonnie läuft nach Hause. Im Briefkasten steckt eine Postkarte. Auf der Postkarte ist ein Blumenstrauß abgebildet. Nelken. Sonnie erkennt die eckige Gelehrtenschrift des Vaters.

»Meine liebe Sonja«, beginnt der Text. Sonnie kann den Text auswendig. Auf den Geburtstagskarten des Vaters steht immer dasselbe:

»Meine liebe Sonja. Zu deinem Geburtstag wünsche ich dir Gesundheit, Besonnenheit und Erfolg im Beruf sowie im Privatleben. Dein Vati.« Doch diesmal steht da noch ein PS: »Oma liegt im Sterben.«

Die Rollläden des Fahrstuhls sind hochgezogen. Gong steht im Fahrstuhl, als wäre er nie weg gewesen. Sonnie unterdrückt den Impuls, die Arme auszubreiten und Gong zu umarmen.

Sie hält die Geburtstagskarte in der feuchten Hand.

Sie knickt die Geburtstagskarte.

Oma liegt im Sterben.

Frau Gong ist sicher glücklich gewesen, als Herr Gong wieder da war. Und die Gong-Kinder, und die Gong-Eltern. Familie, denkt Sonnie, wie macht man das? Wie liebt man das? Wie spricht man damit?

Du wirst bald eine Reise machen. Eine Reise in die Vergangenheit.

Sie wird Rhett fragen. Sie wird sich mit Rhett aussprechen. Wenn Rhett da ist, wird sie bleiben. Wenn er weg ist, wird sie fahren. Zurückfahren, zurück in die Vergangenheit.

Sonnie geht vorbei an Malern, die ihr »Hi« nicht erwidern. Sie empfindet einen Triumph der Heimkehr, der sich im nicht erwiderten »Hi« manifestiert. Sie öffnet die Tür. Abgeschlossen.

»Hallo?«

Niemand da. Das Schlafnummer-Bett ist unberührt. Sie steht vor dem Spiegel und zerrt sich den Verband vom Kopf. Sie steht vor dem Spiegel, betastet ihr Veilchen. Es ist abgeschwollen, dunkler nun ums Auge.

Es klingelt. Sie rennt zur Tür. Und während sie rennt, weiß sie, es ist nicht Rhett. Rhett ist weggelaufen, Rhett hasst sie, weil sie schwanger ist, er hasst sie, weil sie mit Clooney, seinem Sohn, geschlafen hat, er hasst sie und er hasst die Welt. Er würde den Schlüssel nie verlieren oder verlegen oder einfach nicht benutzen. Das kann nicht Rhett sein. Wobei, wer weiß, wer weiß, vielleicht ist es doch Rhett, vielleicht gibt es eine Erklärung, die ihr gerade nicht einfällt, vielleicht ist das Klingeln seiner Verwirrung geschuldet, vielleicht ist es doch er? Und während sie sich auf die Tür zubewegt, hofft sie, dass er es ist. Wenn er es ist, muss sie nicht zurück nach Deutschland, muss nicht in die grauen indifferenten Augen des Vaters sehen, muss nicht am Bett der bösen Großmutter sitzen, muss nicht all das wieder riechen, fühlen, sehen, was sie verließ, was sie fluchtartig verließ, was sie nicht ohne Grund fluchtartig verließ.

Es ist der Rosenblattmann. An den hat sie nun gar nicht gedacht. Wie eine Schaufensterpuppe von Macy's steht er da, wie ein Pizzabote, fremd und störrisch. Er hält ihren Koffer in der Hand. Und, da sie schweigt, sagt er: »Ich soll hier was abgeben.« So fremd sein Blick. Ist er es wirklich? Oder sehen sie alle gleich aus?

»Okay.« Sie nimmt den Koffer, mit pumpender Vorfreude im Bauch, sagt: »Was schulde ich Ihnen?«

Einen Fick. Ich fick halt gern mal 'ne weiße Bitch.

»Nichts«, sagt der Rosenblattmann, Fremdheit im Blick. Sonnie bezweifelt, dass er es ist.

»Ich bin schon bezahlt worden«, sagt er.

»Gut, dann«, sagt sie. Der Mann interessiert sie nicht mehr.

Sie nimmt ihren Koffer aus seiner warmen, weichen, dunklen Hand. Er dreht sich in derselben Sekunde um, rennt fast, nimmt die Treppe. Sie schließt die Tür, setzt sich aufs alte Parkett, legt den Koffer neben sich, legt die Wange auf den Koffer. Die verschmutzten, harten Fasern drücken sich in ihre Wange. Der Koffer war da, war weg, war wieder da, war wieder weg. Nun ist er wieder da. Nun soll er bleiben. Er riecht nach Vergangenheit. Sie fürchtet sich, ihn zu öffnen. Ihre Hände betasten die Schnallen, ihr Kopf hebt sich langsam. Sonnie öffnet den Koffer.

Ihre Schlenkerpuppe, ihr abgegriffenes Storm-Märchenbuch, die vom Großvater geschnitzte Flöte, schwarze Scherenschnitte, ein Weihnachtsbaum, ein Männerprofil, eine Prinzessin, rosa Mädchentagebücher mit vergoldeten Schlössern.

Sonnie sitzt im Schneidersitz auf dem alten Parkett. Sie hebt die Flöte an die Lippen. Ein heiseres Fiepen. Ihre Finger suchen die Löcher. Ihre Hände sind viel zu groß für die Flöte.

Sie legt die Flöte weg und geht zum Anrufbeantworter. Eine Nachricht blinkt. Sie drückt auf PLAY. Sie kennt die Nachricht schon.

»Sonnie? Hallo? … Ich weiß gar nich, ob ich de richtige Nummor hab … Hier ist Gabi. Aus Leipzig. Du, wir machen ein Glassentreffen Ende Novembor. Wir holen die Zwanzig-Jahre-Abi-Feier nach. Haste Lust? Haste Zeit? Ich würd dich gern mal wiedersehn. Meine Nummer ist 0341-5551212.«

Sonnie liegt die Flöte weg. Ende November. Wann ist das? Es schneit. Ist das schon vorbei?

Oma liegt im Sterben.

Sie greift nach dem Kuli neben dem Anrufbeantworter. Sie spielt die Nachricht noch einmal ab. Sie kritzelt Gabis Nummer auf ihren Innenarm.

Was wohl aus Klaus geworden ist? Er war ihr Banknachbar. Er war rothaarig, mit weißer, durchsichtiger Haut und Sommersprossen. Er hatte rote Wimpern. Er las Bücher von Sartre und André Gide. Er küsste sie. Der erste Zungenkuss. Sie gingen drei Wochen miteinander, bis sie sich in Klaus' Vater verliebte. Rolf. Ihre große Liebe. Ihr erster Mann.

Sonnie sucht den Kühlschrank nach Wein ab. Nichts. Sie sucht den Vorratsschrank ab. Nichts. Sie sucht wieder im Kühlschrank. Im Obstfach ist noch eine angebrochene Flasche chinesischer Kochwein. Sie trinkt aus der Flasche. Es schmeckt ekelhaft. Der Alkohol marschiert sofort an seinen Platz.

Kommst sowieso bald wieder, hatte die Mutter gesagt, als Sonnie nach Amerika ging. Sie war zehn Jahre später wiedergekommen, zur Beerdigung. Und nun wird sie zur Beerdigung der Großmutter fahren. Oder wird sie sie noch lebend sehen? Und ist ihr daran gelegen?

Oma liegt im Sterben.

Wie lange wird die Karte unterwegs gewesen sein? Eine Woche? Zwei, drei Wochen? Sicher ist sie längst tot.

Für nüschte.

Sonnie trinkt die Flasche aus. Sie wählt Gabis Nummer.

»Munz.«

»Splettstösser.«

»Sonnie?«

»Gabi!«

»Gut, dass du zurückrufst. Wollte dich heute auch noch mal anrufen. Herzlichen Glückwunsch zum Geburtstag.«

»Danke.«

Gabi denkt jedes Jahr an Sonnies Geburtstag. Sonnie hat nie an Gabis Geburtstag gedacht, sie ist auch jetzt, als sie sich fragt, wann der eigentlich ist, nicht sicher, ob sie es jemals wusste.

»Ich mach grad die Liste für das Klassentreffen. Kommst du?«

»Wann ist denn das?«

»Übermorgen. Ganz nobel. Ab abends um acht, in »Auerbachs Keller«. Kommste nun?«

»Ja.«

»Prima. Das mit Oma hast du schon gehört?«

»Ist sie tot?«

»Schlaganfall. Halb gelähmt. Dein Vater wollte sie unbedingt zu Hause pflegen. Aber der kann auch nicht mehr so. Ist ja niemand da ...«

»Bis übermorgen.«

Sonnie legt auf. Da steht er, der Vorwurf, mit gespreizten Beinen. Deutschland, die kalte Mutter. Verwandtschaft, die beleidigte Leberwurst. Sonnie gießt sich die letzten Tropfen in den Mund. Warum tut sie sich die Scheiße an? Hat sie nicht schon genug Ärger? Sie schüttet gierig, aber die Flasche ist leer. Sie nimmt die Scherbe, die auf dem alten Parkett liegt, und legt sie in den karierten Koffer. Sie nimmt die Geburtstagskarte des Vaters und legt sie in den karierten Koffer.

Sie sucht nach der Kreditkarte, der Partnerkarte, die ihr Rhett einmal in die Hand gedrückt hat und die sie mit gespielter Entrüstung von sich wies. Sie findet sie im Chaos ihrer verstreuten Sachen. Sie ruft das Reisebüro an, in dem sie viele von Rhetts Dienstreisen gebucht hat. Sie bucht einen Last-Minute-Flug, nachmittags, über Frankfurt nach Leipzig.

Sonnie sagt Rhetts Kreditkartennummer durch.

Sie steht am Fenster.

Die Skyline sieht schmutzig aus.

Es schneit.

ZWÖLFTES KAPITEL

Rhett steht an der Bushaltestelle, den Kragen hochgeschlagen, Schnee in den Wimpern. Er fühlt sich zum Kotzen. Diese schreckliche Einsamkeit, die aus heiterem Himmel hereinbricht, die aus dem Asphalt aufsteigt und aus den offenen Mündern der Irren kommt, die auf den Straßen Selbstgespräche führen. In diesem Moment hasst er New York mit einer Leidenschaft, die ihm neu und unheimlich ist.

Der Bus kommt. »Fahren Sie nach Manhattan?« Der dicke Fahrer nickt. Rhett hält ihm zwei Dollarscheine hin. »Ich nehm keine Dollarscheine«, sagt der Fahrer. »Ich nehm nur Quarter.«

»Aber ich hab das Geld«, sagt Rhett, dem die Knie zittern. »Zwei Dollar, hier.«

Der Dicke sieht ihn Kaugummi kauend an. Er macht keine Anstalten, loszufahren.

»Geld ist Geld«, sagt Rhett.

»Read my lips«, sagt der Dicke, »keine Scheine.«

Die Fahrgäste beginnen zu murren. »Raus oder rein«, ruft einer.

Rhett steigt rückwärts aus. Kein Wunder, denkt er, dass in dieser Scheißstadt jeden Tag Morde passieren. Der Bus schnauft und fährt los. Rhett übergibt sich. Er wischt sich das Gesicht mit seinem Ärmel ab. Er fährt suchend in die Taschen seines Mantels nach einem Taschentuch. Kein Taschentuch. Links Münzen. Quarter, aber nur zwei. Er hätte acht gebraucht. Rechts ein Heft. Rhett zieht das Heft hervor. Ein billig gebundenes blassgelbes Heft. Das Zwölf-Schritte-Programm der Anonymen Alkoholiker. Rhett liest:

1. Schritt: Wir gaben zu, dass wir dem Alkohol gegenüber machtlos sind und unser Leben nicht mehr meistern konnten.

Was heißt hier, nicht mehr meistern? Ich konnte mein Leben noch nie meistern, denkt Rhett, und sein eigenes Selbstmitleid lässt ihn wohlig schaudern.

2. Schritt: Wir kamen zu dem Glauben, dass nur eine Macht größer als wir selbst, uns unsere geistige Gesundheit wiedergeben kann.

Was heißt hier wiedergeben?, denkt Rhett. Ich war noch nie geistig gesund. Wer ist schon geistig gesund? Er lässt die wenigen Personen, die er kennt, an sich vorüberziehen. Keine davon kommt ihm geistig gesund vor.

3. Schritt: Wir fassten den Entschluss, unseren Willen und unser Leben der Sorge Gottes – wie wir Ihn verstanden – anzuvertrauen.

Scheiße, denkt Rhett. Was soll das sein, Gott, wie wir ihn verstanden? Wer ist Gott, wie wir ihn verstanden? Und wer ist eigentlich wir? Und warum Präteritum?

4. Schritt: Wir machten eine gründliche und furchtlose Inventur in unserem Inneren.

Das ist endlich mal eine vernünftige Idee, denkt Rhett und markiert den vierten Schritt mit einer Linie seines viel zu langen, schartigen Zeigefingernagels. Furchtlos. Das gefällt ihm. Das ist, was er sein möchte, bekotzt, verkatert, verlogen, aber immerhin furchtlos.

5. Schritt: Wir gaben Gott, uns selbst und einem anderen Menschen gegenüber unverhüllt unsere Fehler zu.

Die leichteste Übung, murmelt Rhett. Die allerleichteste Übung.

6. Schritt: Wir waren völlig bereit, all diese Charakterfehler von Gott beseitigen zu lassen.

Von wem auch immer, sagt Rhett schon lauter. Wer immer will, darf ab sofort meine zahlreichen Charakterfehler beseitigen.

7. Schritt: Demütig baten wir Ihn, unsere Mängel von uns zu nehmen.

Demut, denkt Rhett, ist eine überschätzte Tugend.

8. Schritt: Wir machten eine Liste aller Personen, denen wir Schaden zugefügt hatten, und wurden willig, ihn bei allen wieder gutzumachen.

Ach, das ist interessant, sagt Rhett. Er sieht eine untersetzte spanische Frau mit Kinderwagen an der Bushaltestelle stehen. »Sie? Mam? Haben Sie mal 'nen Stift?«

Die Frau schüttelt den Kopf. »Sie? Mister?« Rhett ist sich dessen bewusst, dass er keinen guten Eindruck macht, frühmorgens, bekotzt und fahl, wenn er Passanten hinterherrennt. »Haben Sie mal einen Stift?« Der junge Mann, mit Anzug und Schlips, der verloren wirkt hier im ärmlichen Teil Brooklyns, dreht sich gar nicht erst um. An einem Zeitungskiosk kauft Rhett einen Stift und lässt sich einige Dollar in Quarter umwechseln.

»Bud Brown«, schreibt Rhett hinten auf das Heft. »Joy, Sonnie, Kiki, mein Sohn …« Er weiß nicht mal den Namen von dem jungen Mann, von dem Arzt, der sich als sein Sohn ausgibt, er weiß nicht mal, ob es sich tatsächlich um seinen Sohn handelt… »Ellis, Chola, Ezekiel, Schwester Cäcilia …«

Da kommt der Bus. Er lässt nacheinander acht Quarter in die Zählbox gleiten. Pling pling pling. Kaum sitzt er, rafft er das Heft wieder vor und ergänzt mit vom Fahren verdruckster Schrift: »Mein ungeborenes Kind.« Er starrt auf die Buchstaben, die sich zum Verhängnis fügen. Er versteht, was er da geschrieben hat. Er sieht sich aus dem Arztzimmer gehen, sieht sich Sonnie zurücklassen, schwanger von ihm. »Es ist eine Tatsache«, murmelt er. »Eine Tatsache.« Und liest weiter.

9. Schritt. Wir machten bei diesen Menschen alles wieder gut – wo immer es möglich war –, es sei denn, wir hätten dadurch sie oder andere verletzt.

Das versteht Rhett nicht. Er soll alles wieder gutmachen, es sei denn, er hat die betreffenden Menschen verletzt? Natürlich hat er die betreffenden Menschen verletzt. In jedem Fall hat er die betreffenden Menschen verletzt. Oder er soll alles wieder gutmachen, es sei denn, die Wiedergutmachung verletzt die ohnehin schon verletzten Menschen erneut? Aber wie könnte sie das?

10. Schritt: Wir setzten die Inventur bei uns fort, und wenn wir Unrecht hatten, gaben wir es sofort zu.

Das Präteritum macht Rhett schwermütig. Die stilschwachen Autoren dieses Pamphlets haben offenbar schon alles bestens überstanden, während sich das Drama seines Lebens gerade vor Rhett entrollt wie englischer Rasen.

11. Schritt: Wir suchten durch Gebet und Besinnung, die bewusste Verbindung zu Gott – wie wir Ihn verstanden – zu vertiefen. Wir baten Ihn, uns Seinen Willen erkennbar werden zu lassen und uns die Kraft zu geben, ihn auszuführen.

»Bullshit«, entfährt es Rhett.

»Grand Central Station«, ruft der Busfahrer. »Grand Central Station. Umsteigen zu den Subway-Linien 4, 5, 6, 7 …«

Rhett springt auf. Es ist eine Verstandesentscheidung, denkt er, durchrudert den morgendlichen Berufsverkehr, bahnt sich seinen Weg zur Subway. Kurz durchzuckt ihn die Erinnerung an Termine, die er nicht wahrgenommen hat und nicht wahrnehmen wird. Er kann jetzt nicht. Er muss nach Hause. Erst geht er auf die öffentliche Toilette. Er wäscht sich das Gesicht, die Hände. Reibt die Kotze vom beschmutzten Mantel. Wäscht sich wieder die Hände. Riecht an seinen Händen. Wäscht sie nochmals. In der Subway-Station holt er das Heft wieder hervor. Er versucht, das Titelblatt zu verdecken.

12. Schritt: Nachdem wir ein spirituelles Erwachen erlebt hatten, versuchten wir, diese Botschaft an Alkoholiker weiterzugeben und unser tägliches Leben nach diesen Grundsätzen auszurichten.

Elf Schritte reichen, denkt Rhett. Reichen vollauf. Der Downtown-Zug kommt. Rhett bleibt stehen wie angewurzelt. Er steigt nicht ein. Er hat Angst, nach Hause zu fahren. Er will den Konflikt austragen. Er wird ein neues Leben beginnen. Aber diesmal richtig. Diesmal nicht halbherzig. Dazu braucht er die Unterstützung seines Therapeuten. Er wird gleich zu Ellis fahren. Er wird den Uptown-Zug nehmen. Er wird nach Harlem fahren.

Sonnie steigt aus dem Airtrain. Sie läuft über die Straße am JFK, läuft durch den Schnee. Hinterlässt eine Spur. In der linken Hand trägt sie eine Reisetasche, in der rechten den karierten Koffer. Ihre Haare hat sie zu einem schlampigen Pferdeschwanz gebunden. Ihr Veilchen verbirgt sie hinter einer Sonnenbrille.

Die Mutter riecht nach Veilchen.

Der Großvater riecht nach Pfeifentabak.

Die Großmutter riecht nach Mottenkugeln.

Der Vater riecht nach Tinte.

Kommst sowieso bald wieder.

Zwanzig Jahre, und sie trägt ein Kind. Der Kindsvater ist ein brüchiger, ein windiger Mensch. Sie ist erwachsen. Sie kann eine Mutter sein. Sie kann entscheiden, keine Mutter zu sein, nie eine Mutter zu sein, jetzt oder nie. Sie hätte die Wahl, wenn sie Illusionen hätte. Ihre Herzfrequenz ist beschleunigt, seit sie das Ticket gekauft hat.

Bleiben Sie schön neugierig!

Furcht überfällt sie, als sie ihren Pass zeigen soll. Furcht, die Sonnie in Amerika gelernt hat. Immer wieder hat etwas nicht gestimmt, mit ihrem Visum, ihrer Aufenthaltsgenehmigung, ihren Papieren, ihrer »Credit History«. All die Jahre hat sie sich nur geduldet gefühlt, nur durchgeschummelt, hinter ihren Männern versteckt, die ihre Schutzmänner waren, ihre Strohmänner, ihre Alibis. Durch die Ehe mit Jake hat sie die Greencard erworben, aber nie hat sie sich entschließen können, den Schwurfinger zu heben, um Amerikanerin zu werden, um wählen zu können, um Ja zu sagen zu dem Land, in dem sie ihr halbes Leben verbrachte. Ihr bisheriges halbes Leben. Hochgerechnet auf ihr ganzes Leben, wie viel Zeit hat sie wohl hier verbracht? Wird sie sechzig werden oder achtzig? Wird sie morgen sterben oder nächstes Jahr?

Sei doch endlich glücklich!

»Herzlichen Glückwunsch, Mam«, sagt der Flughafenbeamte. Aber wozu? Zur Ausreise? Zur Schwangerschaft?

»Sie sehen keinen Tag älter aus als dreißig.«

Ach, zum Geburtstag. Die amerikanische Verlogenheit kotzt Sonnie an. Erstmals. Auf einmal. Warum bloß? Sie hat sie immer gemocht. Sie hat sich immer einlullen lassen von ihr, tragen lassen. »Das ist eine Lüge«, entfährt es ihr. Es tut ihr im selben Moment Leid. Was kann der Mann für ihre Misere? Er wollte doch nur freundlich sein. Er weiß es nicht besser. Er lächelt sie verunsichert an, mit leichtem Zittern in den Mundwinkeln. Er ist höchstens dreißig, mit schwarzen, lockigen Haaren, und seine Wangen färben sich rot. Mulatte, hätten wir früher gesagt, denkt Sonnie. Neger, Mulatten, Polacken, Zigeuner, Liliputaner – sie geht zurück ins Land der antiquierten Begriffe. Sie geht vom Land der unbegrenzten Möglichkeit ins Land der unverstellten Mürrischkeit.

Business Class, wenn schon Rhetts Kreditkarte. Sonnie geht in die Lounge und trinkt in zehn Minuten drei Plastikbecher Weißwein. Sie sucht ein Kreditkartentelefon und wählt eine Nummer.

»Vati? Ja, Sonja. Ich komme morgen elf Uhr fünf in Leipzig an. Ja, Flughafen … Das ist nett … Bis dann.«

Vor dem Fenster rangieren Flugzeuge. Silberne Leiber. Gefräßige Schnäbel. Monströse Vögel aus dem Genlabor. Sonnie stellt sich Versöhnungsumarmungen vor, mit der Großmutter, mit dem Vater. Sonnie stellt sich eine Hochzeit vor, in einer Kirche, in Weiß, sie hochschwanger, Rhett mit Borsalino.

Der Schnee taut weg.

Manhattan taut weg.

Rhett in Harlem. Der Doorman meldet ihn an. Ellis noch nicht da. Die Empfangsdame, eine riesige Jamaikanerin, fragt, ob Rhett einen Termin hat.

»Nein.«

Rhett ist erstaunt, überhaupt eine Empfangsdame zu sehen. Bisher ist er hier nur außerhalb der Geschäftszeiten aufgetaucht. Bisher hatten die Treffen mit Ellis die Anmutung von privaten Treffen. Nun sitzt er in einem Wartezimmer und blättert in Zeitschriften wie ein Patient. Wer diese Zeitschriften wohl schon in den Händen gehalten hat?

»Wo kann man sich hier die Hände waschen?«, fragt er die Empfangsdame, die gerade ein Gesäß an ihm vorbeischiebt, das er als bauchige Tafelbirne bezeichnen würde.

Alles ist anders bei Tageslicht. Die rostigen Flachdächer, die ameisenkleinen Menschen, die gelben Taxis. Rhett läuft an der verglasten Front vorbei, an der sich gerade ein Fensterputzer abseilt. Für den Bruchteil einer Sekunde sieht er dem Fensterputzer, der wie eine rotbäckige Libelle zwischen Empire State und Chrysler Building schwebt, direkt in die Augen. Der stellt sich auch nicht infrage, denkt Rhett, während er reflexhaft lächelt und nickt. Der Fensterputzer verzieht keinen

Muskel im schwitzenden Gesicht. Ein Schreck durchzuckt Rhett. Er verachtet mich, denkt er und zieht die Schultern noch weiter nach vorn, den Kopf noch mehr ein.

Ellis kommt, im eiligen Schritt kleiner Erfolgsmänner. Er trägt einen gut sitzenden Anzug und sein joviales Lächeln. Er nimmt Rhett sofort mit ins Büro, als habe er ihn erwartet. Rhett erzählt los, noch bevor er sitzt. Dass er getrunken hat, dass ein Sohn aufgetaucht ist, dass er Vater wird, dass Sonnie ihn betrogen hat, dass er Sonnie betrogen hat. Ellis zieht das Jackett aus, bestellt per Telefon bei der Empfangsdame, die er Nancy nennt, einen Kaffee, fragt Rhett, ob er auch einen Kaffee will und wie er ihn will, mit normaler Milch, Kaffeesahne, entfetteter Milch, Sojamilch.

»Hörst du mir überhaupt zu?«, fragt Rhett gekränkt, denn diesmal steht sein Notfall zweifelsfrei fest. Im selben Moment hangelt der Fensterputzer sich herüber und wienert mit unbewegtem, rotfleckigen Gesicht. »Den habe ich vorhin angelächelt, aber er hat nicht zurückgelächelt«, hört Rhett sich sagen.

»Mann Gottes, die Scheiben sind außen verspiegelt. Der Mann sieht dich gar nicht. Der sieht nur das Glas«, sagt Ellis und nimmt auf seinem hochlehnigen Stuhl Platz.

Die riesige Empfangsdame bringt zwei Tassen Kaffee. »Danke, Nancy«, sagt Ellis, der in ihrer Gegenwart noch kleiner scheint. Er wartet, bis sie die Tür hinter sich geschlossen hat.

»Und, ja, Rhett, ich höre dir zu. Ich habe dir immer

zugehört, auch mitten in der Nacht, auch kurzfristig, auch wieder und wieder dasselbe. Ich möchte jetzt nicht sagen: Ich hab's kommen sehen. Ich möchte jetzt nicht fragen: Hast du mir zugehört? Ich bin jedenfalls nicht verwundert.«

Sie trinken Kaffee. Sie sehen aus dem Fenster, Rhett leicht gekränkt, und schweigen. Es schneit. Der Anblick der Schneeflocken tut Rhett gut. Er versöhnt ihn mit dem Fensterputzer, der ihn gar nicht sehen kann. Ellis redet, in leisem, einlullendem Tonfall, über die zwölf Schritte, über Treffen der Anonymen Alkoholiker. Rhett nickt. Er spürt, wie er ruhiger und müder wird. Er driftet weg. Seine Gedanken fliegen davon, über die Skyline, die verschwimmt, die zum Umriss von Sonnies weichem, weißem Körper wird.

Er träumt sich hinein in eine Fensterputzerfantasie, er, Rhett, in einer kleinen Gondel, wie er an Sonnies Körper hinauf- und hinabgleitet und ihn putzt, die Haut wienert, Quadrant für Quadrant.

»Rhett?«

Er schreckt auf.

»Die Liste, die du erwähnt hast, zeig sie mir mal.«

Rhett reicht die bekritzelte Broschüre über den Schreibtisch. Ellis' Finger greifen danach, und zum ersten Mal sieht Rhett, wie perfekt jedes von Ellis' kleinen Körperteilen in Harmonie miteinander ist. Er ist die gelungene Miniatur eines Mannes, denkt Rhett, und nur eine Riesin wie Nancy lässt ihn lächerlich aussehen.

»Ich stehe auch auf der Liste«, sagt Ellis. Er lächelt süffisant.

»Warum stehe ich auf der Liste?«

Rhett zaudert. Warum steht Ellis auf der Liste?

»Ich habe dich versetzt, nicht auf dich gehört, dich gefeuert …«

Ellis sieht ihn abwartend an.

»… dafür möchte ich dich um Verzeihung bitten.«

»Na, wunderbar! Erledigt!«

Ellis streicht seinen Namen durch.

»Du gestattest, dass ich die anderen Personen ordne«, sagt Ellis. Er nimmt einen Stift und malt eine »1« vor den Namen Sonnie, eine »2« vor »mein Sohn«. Eine »3« vor Schwester Cäcilia.

»Du gestattest, dass ich etwas ergänze …«

Ellis schreibt eine »4« und dahinter: Eltern.

»Sehr komisch«, sagt Rhett.

»Es gibt da was, über das wir noch mal sprechen müssen«, sagt Ellis.

Massives Unbehagen steigt in Rhett hoch.

Ellis, aufrecht unter der hohen Lehne, streckt sich vergeblich unter Rhetts Blick.

»Du weißt, dass es diesen Zeitungsartikel über den Unfall gibt.«

Rhett will das nicht hören.

»Und es war genau, wie von dir beschrieben«, sagt Ellis. Er nimmt den Hörer ab: »Nancy, bringen Sie mir bitte die Akte von Rhett Montiel?«

Nancy erscheint prompt, als hätte sie hinter der Tür auf diesen Auftritt gewartet. Sie hält eine Ledermappe in der Hand. Sie legt die Mappe auf den Tisch. Ellis schlägt sie auf und blättert. Rhett spürt leichte Atemnot. Er steht auf und will ein Fenster öffnen, aber die Schlösser sind verriegelt.

»Entschuldige«, sagt Ellis leise, »meine Klienten sind nicht stabil genug für hundert Meter Höhe.«

Weit unten, wie durch Watte, ertönen Martinshörner. Er hätte »manche meiner Klienten« sagen können, denkt Rhett und knackt die Fingergelenke.

»Hier steht's«, sagt Ellis. »Der Mann Arzt, seine Ehefrau Tänzerin. Wohnhaft auf der Upper East Side, Park Avenue. 17. 8. 1960. Beide kommen ums Leben … Frau beim Unfall enthauptet. Nur ihr Kind überlebt …«

Ellis hebt prüfend den Blick. Rhett verzieht keine Miene.

»… eine Tochter, Anabel Kozlowsky.«

»Was?«

»Das überlebende Kind war Anabel Kozlowsky, Tochter von Lesly und Margaret Kozlowsky. Sie kam als Pflegekind in die Familie ihrer Tante.«

»Das kann nicht sein. Ich war im Auto. Es waren meine Eltern. Ich erinnere mich an alles.«

»Erzähl mir noch mal, woran du dich erinnerst.«

»Hab ich dir doch schon mehrfach erzählt …«

»Viermal.«

»Na also.«

»Erzähl sie mir ein fünftes Mal, bitte.«

»Ich weiß nicht mehr, warum mein Vater von der Fahrbahn abkam. Die Stimmung war heiter. Ich hatte meine Mutter gerade lachen hören. Er hatte etwas gesagt, und sie hatte gelacht. Dann fuhr er nach links. Er fuhr auf die andere Fahrbahn. In den Truck, der uns entgegenkam. Es ging alles so schnell. Er flog durch die Scheibe. Meine Mutter ohne Kopf. Ich eingeklemmt. Überall Blut. Dann kamen sie. Die Männer mit den

Schweißgeräten. Die großen Männer mit den Schweißgeräten und den Schneidbrennern. Polizeiautos. Ärzte mit dem Hubschrauber. Und Reporter, Reporter. Sie haben Fotos gemacht. Blitzlicht …«

Ellis hat immer wieder auf das Papier gesehen, Rhett angesehen, das Papier angesehen, die Lippen bewegt.

»Rhett«, sagt er, »du hast mir die Geschichte immer in identischen Worten erzählt.«

»Na und?«

»Lies das!«

Ellis reicht ihm die Kopie eines Zeitungsausschnittes. »Eine Überlebende erinnert sich«, steht da, und darunter kleiner: »Anabel Kozlowsky über den Autounfall, bei dem vor zwanzig Jahren ihre Eltern auf tragische Weise ums Leben kamen«.

Rhett liest.

»Ich weiß nicht mehr, warum mein Vater von der Fahrbahn abkam. Die Stimmung war heiter. Ich hatte meine Mutter gerade lachen hören. Er hatte etwas gesagt, und sie hatte gelacht. Dann fuhr er nach links. Er fuhr auf die andere Fahrbahn. In den Truck, der uns entgegenkam. Es ging alles so schnell. Er flog durch die Scheibe. Meine Mutter ohne Kopf. Ich eingeklemmt. Überall Blut. Dann kamen sie. Die Männer mit den Schweißgeräten. Die großen Männer mit den Schweißgeräten und den Schneidbrennern. Polizeiautos. Ärzte mit dem Hubschrauber. Und Reporter, Reporter. Sie haben Fotos gemacht. Blitzlicht. Meine Mutter ohne Kopf. Sie saß noch im Sitz. Angeschnallt. Ganz still.«

Seine Brust wird eng. Er sieht auf. Er sieht Ellis an.

»Aber das sind *meine* Erinnerungen«, ruft er. »Das ist *mein* Leben. Sie hat mein Leben gestohlen. Man muss sie verklagen. Man muss sie stoppen.«

Rhett schüttelt den Kopf. »Da stimmt was nicht«, sagt er.

»Nein, da stimmt was nicht«, sagt Ellis. »Der Meinung bin ich auch. Und es ist gar nicht so schrecklich, wie du denkst. Es ist ein kleiner Defekt. Dein Gedächtnis spielt dir einen Streich. Nicht sie hat dein Leben gestohlen, sondern du ihres. Nicht mit Absicht, da bin ich überzeugt. Weißt du noch, warum du mich damals gefeuert hast?«

Rhett hat die mimische Kontrolle verloren. Seine Nasenflügel beben. Sein Kinn zuckt. Es ist, als jage elektrischer Strom durch sein Gesicht.

»Konfabulationen«, sagt er. »Pseudologie, Pseudo-Erinnerungen, fantastische Lügen durch Suggestion.«

»Exakt«, sagt Ellis. »Du hast mir diese Theorie verübelt. Dennoch, ich glaube, du hast so genannte Wahnerinnerungen, rückwirkende Verfälschungen der Erinnerung. Manchmal werden sie einfach produziert, um Erinnerungslücken aufzufüllen.«

Wahn, denkt Rhett.

No bad news.

Was Ellis spricht, blendet sich aus. Rhett verabschiedet sich. Er nimmt ein Taxi nach Hause. Wie kann er sich dieses Grauen ausgedacht haben? Er sieht sie doch, er riecht sie doch, die Männer mit den Schweißgeräten, die Blitzlichter, den Kopf der Mutter. Und wenn das nicht seine Eltern waren, die da starben? Wo sind sie? Leben sie? Wer ist er? Was bedeutet das alles für ihn? Was hat jetzt mehr Gewicht, die Vergangenheit oder die Zukunft? Muss er sich zuerst nach vorne wenden oder zurück? Er hat sein Leben nicht gelebt, bisher. Er muss versuchen, noch einen Zipfel zu erwischen.

Der Schnee ist weggetaut. Die Sonne ist ein makelloser Ball. Gong ist wieder da. Gong verbeugt sich vor ihm, wieder und wieder, und in seinen verquollenen Schlitzaugen stehen Tränen der Dankbarkeit.

Big boys don't cry.

Rhett will nur eins, allein sein. Fast ist er erleichtert, als er die Wohnungstür zweimal abgeschlossen findet. Sonnie ist nicht da. Jetzt auch noch Sonnie, das wäre zu viel. Aus dem Nichts kommende ohnmächtige Wut auf Schwester Cäcilia. Sie ist schuld an seinen Cowboyfantasien, seinen Lügengespinsten. Sie ist vermutlich die Einzige, die das Geheimnis seiner Herkunft lüften kann.

Und was bleibt nun von ihm, Rhett, wo er nicht mal mehr die furchtbare Geschichte hat, die ihn besonders machte, ihn von anderen unterschied, seine Defizite rechtfertigte, wenn auch nicht erklärte? Er wird ihr alles, alles sagen. Er wird sich laut Liste bei ihr entschuldigen, und dann wird er sie zur Rede stellen.

Rhett steht vor dem Schlafnummer-Bett. Er lässt sich vornüberkippen. Er liegt im bekotzten Mantel auf dem Schlafnummer-Bett, auf Sonnies Seite, der weichen. Er fällt in Schlaf wie in eine Ohnmacht.

Er erwacht heftig, von einer Faust, die gegen die Wohnungstür schlägt. Er sitzt im Bett und hat das panische

Gefühl, etwas verschlafen zu haben. Eine Entscheidung. Einen Termin. Eine Reise. Ein Leben.

Rhett steht auf.

Rhett geht zur Tür.

Er öffnct.

Vor ihm steht der Arzt. Sein Sohn. Der Mann, der behauptet, sein Sohn zu sein. Seiner und der von Kritika Konsompong. Erst seit heute weiß Rhett von der Existenz dieses Sohnes. Und nun steht er schon in der Tür.

Der Berg kommt zum Propheten, denkt Rhett. Der Mut kommt zu mir. Er öffnet die Tür weit. Er dreht sich um und geht in Richtung Dusche. Er ist ein entflohener Sträfling, der entdeckt worden ist. Er muss Ruhe bewahren. Er wird sich aus dem Duschfenster abseilen. Er wird das Wasser laufen lassen, um seinen Verfolger zu täuschen. Er wird entkommen, ein letztes Mal wird er entkommen.

»Ich komme ein andermal wieder«, ruft der junge Mann.

»Wieso?« Rhett dreht das Wasser in der Dusche auf. Es gibt kein Fenster. Er ist kein Held.

»Weil du meine Erwartungen untertriffst.«

»Geht denn das?«

»Verkotzt und verkatert.«

Rhett sieht sein Gesicht im Badspiegel. Er lässt sich nicht unterbuttern.

»Kauf dir doch einen aufblasbaren Vater.«

Der junge Mann scheint verblüfft. Vielleicht ist er sogar beeindruckt. Rhett jedenfalls ist beeindruckt. Der junge Mann lässt die Wohnungstür hinter sich ins Schloss fallen.

»Eigentlich will ich gar nicht zu dir«, sagt er. Er läuft durch die Wohnung, mit wehendem Mantel und suchendem Blick. »Ich will zu Sonnie. Wo ist sie?«

Rhett dreht den Duschhahn mit einem Ruck auf. Der Ruck gibt ihm das Gefühl von Tatkraft und Entschlossenheit. Kaltes Wasser schießt heraus. »Wo der Pfeffer wächst«, sagt Rhett.

DREIZEHNTES KAPITEL

Leipzig. Eiskalt weht es Sonnie in die Ärmel, in den Kragen, unter den Rock. Sie steht vor dem Flughafen. Keine Stadt in Sicht. Der Himmel ist bewölkt. Die vorherrschende Farbe ist ein fades, undurchsichtiges Achtzigerjahre-Grau. Sonnie klammert sich am Griff ihres karierten Koffers fest. Der Nebel im Handspiegel. Der Schatten der Mutter. Das Pendel. Der Himmel verdunkelt sich in Sekundenschnelle.

»'s pisst glei«, sagt neben ihr ein Sachse.

Sonnie wird von Panik erfasst, Panik, dass der Kreis sich schließt.

Sie öffnet den Mund und spricht die ersten Worte auf deutschem Boden.

»Vielleischt donnort's sogar.«

Sonnie erschrickt. Sie hat gesächselt. Sie biedert sich an. Ihr Blick fällt auf einen kleinen Mann in Pelerine. Ein kleiner alter Mann mit großer Nase und Bart und Pelerine. Er sieht aus wie Herr Bulemann aus Storms Märchen im Buch in ihrem Koffer. Herr Bulemann, der niemals stirbt und immer kleiner wird.

Der Mann mit Pelerine hebt den Arm.

Es ist der Vater.

Sonnie geht auf den Vater zu.

Die heimkehrende Tochter. Der ferne Vater. Sonnie fragt sich, wie sich die Wange des Vaters anfühlen würde an ihrer. Wie sein Hinterkopf sich anfühlen würde in ihrer Hand. Wird sie ihn umarmen? Wird nun die Umarmung stattfinden, die nie stattgefunden hat? Wird sie erlösend sein oder deplatziert? Sonnies Herz schlägt zum Zerspringen. Sie ist gerührt. Sie wird den Vater umarmen. Sie wird ihm einen späten Enkel schenken. Sie wird ihm den Haushalt führen. Sie wird ihm die Patchworkdecke um die schmächtigen Schultern legen, wenn er friert. Sie wird ihm Reiterchen machen, wie die Mutter früher. Das hat der Handspiegel gemeint, als er mir das Gesicht meiner Mutter zeigte, denkt Sonnie, während sie auf den Vater zugeht, der näher kommt, aber nicht größer wird, der fern bleibt wie eine Fata Morgana. Vata Morgana …

Der Vater reicht ihr die Hand.

Das schöne Händchen.

Sonnie ist froh, dass der Vater ihr die Hand reicht. Wie unangemessen eine Umarmung wäre. Wie klein und kalt die Hand des Vaters ist. Wie dünn seine Lippen, wie glanzlos seine Augen. Sonnie möchte weglaufen. Der Vater nimmt ihren Koffer. Er stutzt. Er erkennt den kleinen karierten Koffer. Erkennt er ihn? Hat er ihn ihr ausgesucht? Er sagt nichts. Er packt ihren Koffer in den Kofferraum.

Sonnie steigt auf den Beifahrersitz. Die ganze Welt ist ein Kofferraum, denkt sie. Elvira steht ihr vor Augen. Wie sich der Vorhang öffnet und die Regale voller Koffer zum Vorschein kommen. Elviras Kofferraum ist die Welt.

Erschrocken stellt Sonnie fest, dass der Vater bereits redet. Er sächselt. Er benutzt viele Substantive. Er hat ihr eine Frage gestellt. Nun herrscht Stille. Er wird sie etwas gefragt haben, das keine Kenntnis ihrer Person erfordert, ob sie die Hausaufgaben gemacht hat, das Abendbrot aufgegessen, wie der Flug war.

Sie erzählt, wie der Flug war. Sie spricht leise und hastig. Sie macht viele Worte. Kantig kommt das Deutsche aus ihrem Mund. Nur keine unbehaglichen Pausen. Sie plappert! Sie kann nicht aufhören! Der Vater neben ihr, Bulemann in der Pelerine, sitzt, schaltet den Blinker an, schaltet den Blinker aus, schaltet die Scheibenwischanlage an, schaltet die Scheibenwischanlage aus, schweigt.

An eine Betonwand neben der Autobahn hat jemand gesprüht: AMI GO HOME.

Da sagt der Vater: »Dich interessiert natürlich nicht, wie es Oma geht.«

Sonnie schweigt.

Natürlich nicht.

Sie ist wieder das dicke Kind. Tollpatschig. Ungeschickt. Taktlos. Desinteressiert. *Für nüschte.*

»Natürlich interessiert mich, wie es Oma geht. Sonst wäre ich ja nicht hier«, sagt Sonnie. Tränen in der Stimme.

Oma liegt im Sterben.

»Du bist doch nur fürs Klassentreffen gekommen.«

Das Profil des Vaters drückt aus, dass Sonnie eine scheinheilige Heulsuse ist. Seine Gene sind in ihrem Kind. Seine und Rhetts Gene sind in ihrem ungeborenen Kind.

»Du interessierst dich für nichts außer für dich. Das war schon immer so. Nicht für deine Mutter, nicht für Oma, und für mich schon gar nicht.«

Don't listen to him. Remember that – do not listen.

Blut pumpt in Sonnies Schläfen. Kinder kommen nicht schuldig auf die Welt. Kinder kommen unschuldig auf die Welt und werden schuldig gemacht. Sie kommen klug auf die Welt und werden dumm gemacht. Sie kommen stolz auf die Welt und werden klein gemacht. Sie wird dem Vater keinen späten Enkel schenken. Sie wird dem Vater keine Reiterchen machen. Sie würde gern aussteigen. Sie muss aussteigen. Es bleibt ihr keine Wahl.

Aber sie steigt nicht aus. Ihr Koffer ist im Kofferraum. Sie ist die Tochter, er ist der Vater. Es war ein entsetzlicher Fehler, herzukommen.

Ami go home.

Sie sieht aus dem Fenster. Verwaschene Fassaden. Schlecht frisierte Menschen. Grau, alles grau wie Rhetts Filofax, wie seine Augen, wie seine Haare, wie seine Haut. Sie dreht am Knopf des Autoradios. Peitschender Deutschrock. »Guten Tag, ich will mein Leben zurück«, singt eine Frau.

Der Vater schaltet wieder aus.

»Wie geht es Oma?«, sagt Sonnie, kleinlaut, besiegt. Sie wischt ihre klebrigen Hände an den Oberschenkeln ab. Sie beißt in ihre Fingerkuppen, bis das Blut kommt. Sie wäre gern eine Waise, so wie Rhett.

»Noch lebt sie«, sagt der Vater. »Kau nicht an den Nägeln, Sonja.«

Sonja nimmt die Finger aus dem Mund.

Erschreckt. Reflexhaft.

Oma ist nicht totzukriegen.

»Sie hat gekämpft«, sagt Andy. »Sie hat auf dich gewartet. Fünf Jahre hat sie auf dich gewartet. Sie hat geputzt, Steine geschleppt, in Seidenspinnereien im Schichtdienst geschuftet – und mich irgendwie durchgebracht. Fünf Jahre hat sie nicht angeschafft, keinen Mann in ihr Bett gelassen, dir Briefe geschrieben.«

»Ich hab nur einen bekommen«, sagt Rhett. Und bereut gleich, dass er es sagte.

»Und? Was hast du damit gemacht?«

Rhett senkt den Kopf.

»Dann starb ihre Mutter«, sagt Andy. »Niemand konnte mehr auf mich aufpassen. Sie hat keinen Job mehr gefunden. Niemand wollte eine Arbeiterin mit Kind. Sie ging wieder anschaffen. Aber sie war nicht mehr jung. Ihr Körper war von der Schwangerschaft und von der schweren Arbeit entstellt. Sie arbeitete dann in einem Billigpuff. Fast nur Touristen, die extra Geld boten für Sex ohne Kondom. Sie hat alles gemacht für Geld.

Sie wollte, dass ich es mal besser habe. Immerhin war mein Vater ein Farang, ein Weißer. Sie hat sich die abenteuerlichsten Geschichten ausgedacht. Du bist ein Diplomat, immer auf Reisen, daher kommst du nicht. Solche Sachen.

In den Achtzigern hat sie sich angesteckt. Es ging ziemlich rapide bergab. Sie hat mich angefleht, im Ausland zu studieren. Ich bewarb mich für ein Stipendium in Harvard. Ich bekam es, aber ich wollte nicht weg. Die Krankheit war schon ausgebrochen, meine Mutter wog sechsunddreißig Kilo. Sie fragte mich, ob ich nach Amerika gehen würde, wenn sie tot wäre. Immer und immer wieder fragte sie, ob es wegen ihr sei, dass ich bliebe, und ob ich gehen würde, wenn sie tot wäre. Ich hab irgendwann Ja gesagt, dass ich gehen würde, wenn sie tot wäre. Sie starb noch in derselben Nacht. Das hatte sie in ihrer Hand.«

Andy zieht aus seiner Hosentasche ein zerknittertes Foto. Es zeigt Rhett mit Pferdeschwanz und Piratentuch, in seinem Arm Kiki, kindlich dünn, das Kinn erhoben, das karminrote Froschmaul gespitzt, gierig, glücklich, kerngesund. Ein Schnappschuss aus einer Karaoke-Bar. Rhett erinnert sich. Er erinnert sich an jene Nacht. Sie sangen »Somethin' stupid«.

The time is right
Your perfume fills my head
The stars get red
and oh, the night's so blue –.

Das ist Kiki auf dem Foto, das ist er neben ihr, und Rhett nimmt den Schnappschuss aus der Faust der toten Nutte als Beweis seiner Vaterschaft, als Mahnmal seines Versagens.

Er streckt die Hand aus nach seinem Sohn, der zurückweicht, zurückzuckt.

Rhett sagt: »Es tut mir Leid«, und er meint es, aber Andy verzieht höhnisch das Gesicht.

»Von mir kannst du keine Vergebung erwarten, du Mörder.«

Er zieht einen Revolver aus dem Hosenbund.

Rhett spürt keine Angst. Warum kein Vatermord? Hat er nicht auch einen Vatermord begangen?

Rhett hat das unsinnige Bedürfnis, »Somethin' stupid« zu summen.

»Ich bin gekommen, um dich zu töten«, sagt sein Sohn. »Zwanzig Jahre habe ich darüber fantasiert, ein Loch in deinen Kopf zu schießen.«

Na, mach doch, denkt Rhett. Red nicht so viel.

»Aber jetzt sehe ich: Du lebst ja gar nicht. Du hast nie gelebt.«

Der junge Mann legt den Revolver aufs alte Parkett und erhebt sich vom Umzugskarton. Er geht zur Tür. Er dreht sich um. Er ruft: »Sonnie hat einen geilen Arsch.« Dann knallt die Tür.

Rhett summt »Somethin' stupid«.

Der Vater parkt das Auto pedantisch ein. Sonnie holt tief Luft und öffnet die Wagentür. »Seifen Ludwig« steht da noch. Nur der Laden ist weg. Es riecht nach nassem Pflaster und verbranntem Frittenöl. Für eine Zehntelsekunde ist da ein Erinnerungsfetzen. Sonnie fängt ihn nicht. Er fliegt weg wie Asche im Wind. Der Vater holt den Koffer aus dem Kofferraum und sagt: »Da wären wir.«

»Ja«, sagt Sonnie, und weil das »Ja« ihr zu dürr erscheint, fügt sie »schön« hinzu. Dabei ist es gar nicht schön.

Das Mietshaus, in dem sie aufwuchs, der feindselige Vater neben ihr, die sterbende Großmutter, auf die sie sich zubewegt, Stufe um Stufe. Sonnie kann keine Luft atmen außerhalb New Yorks. Deutschland drückt ihr auf den Brustkorb, auf die Stirn.

Doch als sie ihren Vater an der Bewegung wiedererkennt, mit der er den Schlüssel ins Schloss steckt, ein linearer und schwungvoller Stoß, der gar nicht zu ihm passt, der noch nie zu ihm passte, bleibt ihr Herz stehen. Vielleicht, denkt sie, wird doch noch alles gut. Dann öffnet der Vater die Tür.

Siebzigerjahre-Tapete.

Verbrauchte Stubenluft.

Vergeblichkeit.

Sonnie tritt ein. In ihrem Kopf tanzen Bilder und Begriffe.

Apfelkompott. Die Häkeldecke. Der Großvater hat den Kohlrabi durchgeschnitten. Beuys ist ein Feldhase. Der Koffermann stirbt. Die Großmutter stirbt.

Kommst sowieso bald wieder.

Die Dielen knarren. Der Vater stellt den Koffer ab und schaltet den Fernseher an. Ein Sprecher verliest die Nachrichten. Ein Foto von George W. Bush wird gezeigt. Auf dem Fernseher steht ein Jugendfoto der Mutter. Beide Gesichter ähneln sich. Die eng stehenden Augen, das Flackern der Ratlosigkeit dahinter, das grimassenhafte Lächeln.

Wie gefallen Euch diese Augen, schöne Gräfin?

Die Augen würden mir besser noch gefallen, wenn sie geschlossen wären.

Sonnie setzt sich auf die Couch, auf der die Häkeldecke liegt. Die Couch, die wartet auf *Dalli Dalli, Der goldene Schuss, Ein Kessel Buntes, Außenseiter Spitzenreiter, Zwischen Frühstück und Gänsebraten,* die Couch, auf der gleich, links und rechts von ihr, die Mutter und die Großmutter Platz nehmen würden.

Für nüschte.

Sonnie hatte der Großmutter oft den Tod gewünscht. Sie hatte auf Knien gelegen, als der Großvater im Krankenhaus lag, hatte gebetet, dass der Tod statt seiner die Großmutter holen solle. Aber die war ja nicht totzukriegen.

Hatte Sonnie auch den Tod ihrer Mutter gewünscht? Es gab drei Versionen des Muttertodes. Sie hat nicht gelitten, hatte der Vater gesagt. Sie fiel einfach um, in der Küche, beim Abwasch.

Sonnie geht in die Küche. Ein Berg von Abwasch türmt sich im Becken. Teller. Tassen. Die Frühstücksbrettchen. Frühstücksbrettchen mit eingebrannten Namen. Rouladenspieße, in Buchstabenform gebogen, über die Gasflamme gehalten. Buchstaben eingebrannt. MUTTI VATI SONJA OMA OPA. Die ganze Familie. Die Brettchen sind noch da, die Familie schrumpft, stirbt weg, war nie da, war nie das, was die Brettchen vorspiegeln.

Ramponiert sind sie alle, die Brettchen und die Familienmitglieder: zersäbelt, zerhobelt, rissig, verzogen, dunkel und abgegriffen.

Die Mutter ist fremd geblieben, ist tot, der Großvater ist nur noch ein Geist, der nach Pfeifentabak riecht, die Großmutter stirbt im Nebenzimmer, Sonnie hat ihr Herz in der Fremde deponiert, und der Vater schrumpft und ist saftlos, ohne Lachen, ohne Freunde, ohne Frau, allein. Sonnie fegt mit der Hand die Krümel auf der Arbeitsplatte zusammen.

Ein Blutgerinnsel im Hirn. Die Mutter hatte ein Blutgerinnsel im Hirn, irgendwo unterm Dutt, hinterm Ohr. »Sie hat ihren großen Auftritt gehabt«, hatte die Großmutter gesagt.

In der Tat, im Leben von Sonnies Mutter war ein

plötzlicher Hirnschlag in der Küche das Dramatischste, was je passiert war.

Der Vater steht in der Tür.

»Hast du Mutti damals gefunden?«, fragt Sonnie. Ihr Herz pocht wild.

»Willst du denn gar nicht die Oma sehen?«, sagt der Vater.

»War sie deine einzige Frau?«, fragt Sonnie in plötzlicher Kamikaze-Stimmung.

»Hast du getrunken?«, fragt der Vater.

Es ist seine Hilflosigkeit, denkt Sonnie. Es ist seine Hilflosigkeit, die ihn antreibt, mich zu drängen.

Was soll er sonst mit ihr anfangen? Was soll er ihr erzählen, sie fragen? Was für eine Antwort könnte ein Mensch wie er erwarten, vor der er sich nicht fürchten müsste?

Sie nähert sich ihm, er ist kleiner als sie. War er denn nicht immer größer, viel größer? Ist er geschrumpft? Ist sie gewachsen?

»Bist du traurig?«, fragt sie leise. »Bist du traurig, dass deine Mutter stirbt?«

Darin besteht meine Freiheit, denkt sie, zu lieben, wen ich will, nicht zu lieben, wen ich will.

Der Vater weicht zurück, als Sonnie die Hand erhebt, um seine Wange zu berühren. Ein Zittern läuft durch seinen Bart. Es riecht intensiv nach Kohlrabi.

»Lass«, sagt der Vater.

»Liebst du deine Mutter?«, fragt Sonnie.

»Tu nicht so, Sonja.«

»Vermisst du deine Frau?«

»Sie war auch deine Mutter.«

»Vermisst du meine Mutter?«

Der Vater wendet sich ab.

Ich leg dich gleich übers Knie. Jetzt. Jetzt gleich. Leg ich dich übers Knie.

Sonnie legt die Hand auf seine Schulter. Ihre Hand hat noch nie auf der Schulter des Vaters gelegen. Die Schulter ist spitz wie Stacheldraht. Der Vater ist das feindliche Land. Das Vaterland.

»Red mit mir«, sagt sie.

»Wüsste nicht, was es zu besprechen gibt«, sagt er.

»Viel«, sagt Sonnie, »alles.«

»Das fällt dir früh ein«, sagt der Vater. »Es gibt Telefone. Es gibt Flugzeuge. Du hättest anrufen können. Du hättest kommen können. Nichts.«

Hättehättehätte.

»Ich bin doch da«, sagt sie.

»Jetzt ist es zu spät.«

»Es ist nie zu spät.«

»Das ist mir zu dumm.«

Rhett erkennt nichts wieder, nicht die Straße, nicht die Bäume, nicht das Haus. Das Haus ist weiß, weiß verputzt, mit blauen Fensterrahmen. Das Haus ist viel kleiner als in Rhetts Erinnerung. In Rhetts Erinnerung ist das Haus ein riesiger brauner Holzverschlag, ein monströses hohles Holzscheit, in dem es nach Bohnerwachs und Erbsensuppe riecht, das unergründlich ist wie ein Dschungel, mit Kontrollposten an jeder Ecke.

Dieses kleine weiße Haus, adrett wie ein frisch gepelltes Ei, birgt keine Gefahr, keine Erinnerung. Die Angst durchzuckt Rhett, dass er gar nicht er ist, dass er gar nicht hier war, dass jetzt, gleich, ein weiteres Stück seiner Geschichte wegbricht, so wie ein morscher Ast wegbricht unter Menschenfüßen.

Er tritt ein und geht auf eine Vitrine zu. Eine Pförtnerin blickt ihm erwartungsvoll entgegen. Sie trägt ein enges Kleid und hat das Gesicht einer nigerianischen Stammeskriegerin.

Rhett stellt sich vor, dass er ein Kind, sein Kind, in einem Korb in dieses Waisenhaus trägt. Sein und Sonnies Baby trägt er hinein, unterschreibt die Papiere, geht weg als freier Mann. Er kann kein Vater sein. Das hat er hinlänglich bewiesen. Er legt ein Lächeln auf.

»Zu meiner Zeit gab es hier nicht so schöne Empfangsdamen«, sagt er.

Die Stammeskriegerin sieht ihn fragend an. Ihre rosa Zunge blitzt auf und fährt über ihre Unterlippe, einmal hin, einmal her. Wie ein Insekt, so flink. Glitzernd wie ein Tautropfen.

»Ich bin hier aufgewachsen«, sagt Rhett. »Rhett Montiel. Ich komme zur Geburtstagsfeier von Schwester Cäcilia.«

»Oh«, sagt die Pförtnerin hocherfreut. »Das ist aber schön. Die Mutter Oberin freut sich immer über den Besuch von Zöglingen.«

Das Wort Zögling bereitet Rhett Unbehagen. Ist er ein Zögling? Ein Beugling? Ein Krummling? Nie zuvor ist Rhett die Brutalität des Wortes Erziehung aufgefallen. Er wickelt den Blumenstrauß aus. Gelbe Rosen.

»Ich erkenne das Haus gar nicht wieder«, sagt er.

»Oh, natürlich nicht, es ist abgebrannt, in den Achtzigern«, sagt die Pförtnerin. »Dieses Haus ist 1990 neu gebaut wurden. Seitdem ist es für Knaben und Mädchen geöffnet. Es war ja zu Ihren Zeiten ein reines Knabenhaus. Darf ich Ihnen das Papier abnehmen?«

Zu Ihren Zeiten.

Mit samtig braunen, schlanken Fingern, mit Fingernägeln lang wie Krallen, greift sie nach Rhetts Blumenpapier. Sie ist so jung, denkt Rhett. Sie ist dreißig Jahre jünger als ich. Wie versehentlich berührt sie seine Hand. Er spürt einen leisen elektrischen Schlag. Beide zucken zurück, sehen sich an, lachen verlegen.

Dann läuft sie vor ihm her. Schwenkt den Arsch wie ein Wüstenkamel, denkt Rhett. Klassischer Apfel, denkt Rhett. Und schämt sich. Das ist aus dem Zögling geworden: ein Weichling, ein Feigling, ein Arschwissenschaftler, der den Schwanz einzieht, wenn es um Verantwortung geht.

Soll er die Chance ergreifen? Die Fehler, die er mit dem einen Sohn machte, mit dem anderen wieder gutmachen? Ist ihm ein zweites Kind geschickt als Angebot zur Rettung?

Und wäre es überhaupt ein Sohn?

Wenn es ein Sohn wird, denkt Rhett, das wäre schrecklich. Wird er nicht die Kiste, in der ich bin, erben, wie man eine Schuppenflechte erbt? Wird er nicht auch ein notorischer Lügner werden?

Er läuft hinter der Stammeskriegerin her, treppauf, treppab. Kleine hispanische Kinder in Schuluniformen folgen ihm mit neugierigen großen Augen.

Wenn es eine Tochter wird, denkt Rhett, das wäre schrecklich. Würde sie nicht mit dem ersten Augenaufschlag sehen, was für ein Versager ihr Vater ist? Würde sie nicht ein Abbild Sonnies werden? Rhetts Blick folgt dem schaukelnden Hintern der Pförtnerin vor ihm. Sie könnte meine Tochter sein, denkt er. Meine Tochter. Aber sie ist nicht meine Tochter. Sie scheint auf mich zu stehen. Die Welt wäre ein trauriger Ort, denkt Rhett, ohne junge Frauen mit Vaterkomplex. Ein trauriger Ort für alte Männer. Er strauchelt und hält sich am Treppengeländer fest. Die Stammeskriegerin dreht sich um.

»Alles in Ordnung?«, fragt sie und legt die Hand auf seine.

Sie begehrt mich nicht, denkt Rhett. Sie will mich huckepack tragen, füttern, windeln. Ich bin alt, denkt Rhett, der Kreis schließt sich. Mein Waisenhaus wird mein Altersheim.

Sonnie betritt das Zimmer der Großmutter. Es riecht nach Eukalyptus, Salbe, bitterem Tee. Ihr altes Kinderzimmer. Alles steht noch so wie damals: der Schrank, das Bett, der Tisch. Auf der Tapete sind rote Rhomben. Als Sonnie das Zimmer betritt, auf Zehenspitzen, ist sie wieder das kleine Mädchen.

Die Großmutter liegt im weißen Bettzeug. Sie sieht aus wie der Vater. Als hätte man die Luft aus dem Vater herausgelassen, seinen Bart abrasiert, seine Brille entfernt. Sie atmet ruhig, mit leisem Röcheln.

Sonnie setzt sich auf den Boden. Wie alt mag die Großmutter sein? Hundert?

Eine Greisin im Jugendbett. Ein holzverschlagener Kasten, den sich Sonnie gewünscht hatte, damals, mit sechzehn, und auf dem sie geträumt hatte, mit Rolf zu schlafen. Immer wieder mit Rolf. Aber sie hatte nie mit Rolf in ihrem Jugendbett geschlafen, sondern in einem Ehebett, wenn seine Frau nicht da war, und sie hatte auch mit sonst keinem Jungen geschlafen in diesem Bett, sie hatte auf dem Bett gelegen und Ton Steine Scherben gehört und City und die Rolling Stones, und nun stirbt die Großmutter hier. Sonnie zieht den Koffer an die Knie und öffnet ihn.

Ihre Schlenkerpuppe, ihr abgegriffenes Storm-Märchenbuch, die vom Großvater geschnitzte Flöte, schwarze Scherenschnitte, ein Weihnachtsbaum, ein Männerprofil, eine Prinzessin, rosa Mädchentagebücher mit vergoldeten Schlössern. Verschlossen. Kein Schlüssel. Sonnie denkt an den »Lady Baltimore«. Wie sie das Messer aus der Küche holte. Wie sie sich schnitt. Wie sie das Messer hob, mit dem Schattenriss einer Killerin, und die Kofferschlösser öffnete.

Und es ist gerade erst passiert, denkt sie. Ihre Hände zittern. Sie legt die Mädchentagebücher weg. Sie sind schwer. Sie sind voller Tränen.

Sonnie nimmt das Märchenbuch und schlägt »Der Spiegel des Cyprianus« auf. Die Großmutter atmet rasselnd.

Sonnie beginnt zu lesen. Sie liest der sterbenden Großmutter ein Märchen vor. Die deutsche Sprache klammert sich an ihre Zunge. Die Rs krachen im Hals.

... ein Spiegel, unter besondrer Kreuzung der Gestirne und in der Heil bringendsten Zeit des Jahres gefertigt...

…die Kräfte der Natur sind niemals böse in gerechter Hand …

…nur eine Sühne, aus des Übeltäters eigenem Blut entsprossen …

…ein hohes schmales Glas von einem wunderbar bläulichen Lichtglanz …

…ein Hauch auf dem Glas, sodass sie ihr Antlitz nicht deutlich zu sehen vermochte …

…rückwärts zu leben, ist auch durch Gottes Hilfe nicht vergönnt …

Das war ein Notschrei aus meines Junkers Kehle!
Ich höre nur den roten Wein vom Fasse rinnen.
Wie schön die Wälder grünen! Und sie sind alle tot!
Die gute Gräfin und der Graf,
mein Junker Kuno und nun auch der kleine Wolf!

Die Großmutter bewegt sich. Sonnie legt das Buch weg. Sie steht auf. Sie tritt ans Bett. Sie setzt sich auf die Bettkante. Sie will nach den winzigen knotigen Händen greifen, die auf der Bettdecke liegen. Sie tut es nicht. Aus zwei Gründen. Da ist die alte Angst, die Großmutter kaputt zu machen. Und da ist Feindschaft.

Die alte Frau schlägt die Augen auf. Kleine, von Warzen umgebene Augen. Die Großmutter sieht Sonnie an wie eine Fremde.

»Ich bin's, Sonja«, sagt Sonnie.

Die Großmutter blickt wie jemand, der nicht verstehen will. Sonnie spürt etwas, etwas in sich, eine Bewegung in ihr, Sodbrennen, Angst, das Kind, sie weiß es nicht. Es kriecht in ihr hoch. Vielleicht ist es Empathie, und der Tod kriecht in der Großmutter hoch, und Sonnie kann es spüren, als wäre er in ihr.

Die Großmutter hebt den Kopf, legt ihn schief und sieht aus wie ein stumpfsinniger weißer Vogel. Sonnie nimmt alle Kraft zusammen, um den Blick nicht abzuwenden. Sie stellt sich die Großmutter als junge Frau vor, die Jazz hört und Rachmaninoff, als junge Frau mit Pagenkopf und Swingerkleid, die auf einem Brunnenrand sitzt und mit einem jungen Mann knutscht, als Liebende in einem weichen Bett, als kreißende Soldatenfrau, der Sonnies Vater aus dem Schoß bricht.

Die Stammeskriegerin legt die Finger um einen goldenen Türknopf. Sie öffnet eine weiß gestrichene Holztür und winkt Rhett, einzutreten. Eine Frau in einer Nonnentracht sitzt auf einem Sofa. Rhett erschrickt. Er erkennt Züge von Schwester Cäcilia. Sie ist sehr alt geworden und sehr dick.

»Happy Birthday«, sagt Rhett.

»Rhett Butler, hä?«, sagt sie und lacht. Glucksend. Gutmütig. Offenbar hat man ihr von seinem Lapsus erzählt.

»Rhett Montiel«, sagt er und hält Schwester Cäcilia die Blumen entgegen.

»Leg auf den Tisch«, sagt sie. »Lass dich anschaun.«

Nicht unterbuttern lassen.

Rhett lässt sich betrachten wie ein nicht mehr frisches Stück Torte.

»Hm«, sagt Schwester Cäcilia, »hm. Hm. Setz dich, hier, zu mir.«

Der Zögling setzt sich neben Mutter Oberin aufs Sofa.

Sie legt ihre schwere dicke Hand auf seine. Ihre Handfläche rubbelt Rhetts Handrücken.

Sie stellt Fragen wie:

»Wie lange haben wir uns jetzt nicht gesehen, mein Junge?«

»Wie ist es dir denn ergangen?«

»Was machst du so, wo lebst du, bist du glücklich?«

Rhett antwortet ausweichend, knapp.

Doch Schwester Cäcilias letzte Frage ist:

»Hast du Kinder?«

Und da will Rhett nur noch eins. In ihren Schoß. Sich verkriechen im Schoß seiner Mutter. Weinen. Schluchzen. Nie mehr aufstehen. Zurück, hinein, in den Schoß.

»Nanana, Junge, was denn, was denn? Big boys don't cry.«

Da weint Rhett nur noch lauter.

Lautlos ist der Vater eingetreten. Sonnie steht vorm Bett der Großmutter. Vor ihrem Bett. Dem Jugendbett. Die Großmutter hat ein graurosa eckiges Gesicht, wie die Frauen auf dem Picasso-Gemälde. Der Vater steht hinter Sonnie. Die roten Rhomben hängen hinter dem Vater an der Tapete.

Niemand und nichts regt sich.

Duke, spiel mir die ›Black and Tan Fantasy‹.

Wie lange ist es her, dass sie den Koffer fand? Wann hörte sie auf, sich der Dinge sicher zu sein? War das nicht ein und derselbe Tag?

Der Vater räuspert sich. »Ist sie …«, fragt er.

Ist sie was?, würde Sonnie gern sagen. Aber hier wird nichts angesprochen und nichts ausgesprochen.

Yeah, they're dead. They're all messed up.

»Ich weiß es nicht«, sagt Sonnie.

Der Vater sagt nichts. Es gibt nichts zu sagen. Alles Sagbare ist gesagt.

Sonnie beugt sich hinab zum offenen Mund der alten Frau, kann aber keinen Atem hören oder fühlen. Sie nimmt die Decke weg und lauscht an der winzigen, flachen, harten Vogelbrust, die in ein hellblaues Spitzennachthemd verpackt ist. Nichts. Sie macht es wie die dünne Krankenschwester mit dem Koffermann, berührt den Hals mit ihren Fingern. Unter der faltigen Haut strömt nichts, in keine Richtung.

Kein Hauch von Leben in der Großmutter. Kein Hauch von Mitgefühl in Sonnie.

Sie macht unwillkürlich einen Schritt zurück. Sie fürchtet, dass der Geist der bösen Großmutter in ihren Bauch, in ihr Kind, fährt. Auch der Vater macht einen Schritt zurück. Sonnie fühlt sich hohl und taub. Sie wird den Vater nie umarmen. Sie wird ihm keinen späten Enkel schenken. Sie wird ihm nicht den Haushalt führen. Sie wird nicht die Patchworkdecke um seine schmächtigen Schultern legen. Sie wird keine Reiterchen machen.

Ich leg dich gleich übers Knie.

Vielleicht will er die Hand ausstrecken, kann aber nicht? Vielleicht hat er ein liebes Wort im Mund, aber der Mund ist zu klein? Sie wendet sich um und öffnet die Arme.

Der Vater verschränkt seine Arme vor der Brust.

Der Vater verschließt den Mund.

Der Vater schüttelt den Kopf.

Sonnie möchte sich vor ihn werfen, seine Beine umklammern, Tränen vergießen. Er soll sie übers Knie legen. Er soll ihr schönes Händchen nehmen. Er soll ein erlösendes Wort sagen.

Das Telefon klingelt.

Sonnie geht ins Nebenzimmer. Sie nimmt den Hörer auf. Ein Wähltelefon aus Bakelit. An einer Schnur. In einer Dose. In ihrem Elternhaus ist die Zeit stehen geblieben. Sonnie ist das kleine dicke Kind.

Käse-Schabi ist dran.

»Wie geht's Oma?«, fragt sie.

»Sie hat es überstanden.«

»Ach, geht's ihr besser?«

»Sie ist tot.«

Oma ist doch totzukriegen.

»Also, du hast einen Sohn, und du wirst noch ein Kind haben.«

Die Mutter Oberin streicht Rhett über den Kopf, streicht ihm wieder und wieder über den Kopf. Streicheln, denkt Rhett. Soll nicht aufhören.

»… nicht Vater sein …«, murmelt er. »… keine Eltern …«

»Du hast Eltern. Ich hab Eltern. Jeder Mensch hat Eltern«, sagt Schwester Cäcilia und hört nicht auf zu streicheln, als hätte sie Rhetts Wunsch gehört.

»Aber Sie haben auch kein Kind«, sagt Rhett in ihren Schoß.

»Ich habe mein Leben Gott geweiht«, sagt sie und lacht auf. »Der ist wie ein großes Kind.«

»Aber Sie wollten nie Mutter sein?«

Cäcilia schweigt und sieht durch die Wand hinaus in ihr Leben, wie es hätte sein können. Rhett folgt ihrem

Blick. Er sieht eine junge Frau, daneben einen jungen Mann. Ein Reihenhaus. Ein Auto davor. Kinder.

»Ich bin nicht Teil der Welt«, sagt Cäcilia. »Erst durch ein Kind wird man Teil der Welt. Die Schöpfung will das so. Man wird haftbar. Deine Eltern waren einfache Leute«, sagt Cäcilia leise. »Deine Mutter war sechzehn, als sie mit dir schwanger war. Ihre Eltern haben sie gezwungen, dich heimlich zur Welt zu bringen und uns zu geben. Der junge Mann, der sie geschwängert hat, hat sie fünf Jahre später geheiratet. Sie konnten keine Kinder mehr bekommen.«

Meine Eltern waren einfache Leute, denkt Rhett, und starrt auf seine aristokratischen Finger.

Sonnie! Ihre Abwesenheit tut ihm körperlich weh. Er ist ihr dankbar, dass auch sie ihm etwas angetan hat. Sie hat ihn geschlagen. Sie hat ihn betrogen. Sie hat ihn bestraft, und er hat Strafe verdient. Rhett richtet sich auf. Es scheint ihm plötzlich unschicklich, im Schoß einer fetten alten Frau zu liegen, die obendrein eine Jungfrau ist, eine Nonne, kein Teil der Welt. Er könnte ein Teil der Welt sein. Er könnte Vater sein. Er könnte haftbar sein.

Die Tür springt auf. Die Stammeskriegerin steht draußen und lächelt. Ein Kinderchor kräht »Happy Birthday to you«. Es sind Jungen und Mädchen im Schulalter. Sie reißen die Münder weit auf. Sie strecken die Brustkörbe nach vorn. Sie tragen dunkelblaue Uniformen mit weißen Kragen.

Das war knapp, denkt Rhett. Die Gratulanten bringen das Lied zu Ende, drei Strophen, werden bedankt und bewinkt, gehen ab. Sie gehen aufrecht, ohne Raffinesse, wie kleine Zinnsoldaten. Rhett versucht, sich vorzustellen, wie sein Sohn, der Arzt, als Kind ausgesehen hat.

Erst durch ein Kind wird man Teil der Welt.

»Wo sind sie?«, fragt er.

»Wer?«

»Meine Eltern.«

»Hm … weiß nicht genau … Reich mir mal das dicke Buch dort.«

Rhett greift nach einem riesigen Buch mit schwarzem Leineneinband und gelblichen Seiten. Schwester Cäcilia legt das Buch in ihren Schoß, dorthin, wo sie vorhin Rhett gelegt hat, leckt die fetten Finger an und blättert.

»Hier … Alfred und Ella Montiel. Farmer. Gestorben 1999 und 2002 … begraben auf dem Lincoln-Friedhof in Central Leatherstocking, steht hier.«

»Das kann nicht sein.«

»Dummerchen«, sagt Cäcilia, »hast dir immer Geschichten ausgedacht.«

»In Manhattan«, sagt Rhett.

Cäcilia streckt die Hand nach seiner aus.

»Du warst drei Tage alt, als ich dich auf meinem Arm hielt. So klein. Warst mein kleiner Liebling.«

Sie tätschelt seine Hand.

Mein kleiner Liebling.

Rhett spürt plötzlich Heimweh nach der Kargheit seiner Kindheit im Heim. Eltern hin, Eltern her, er ist zu Hause. Er ist jemandes kleiner Liebling. Cäcilias dicke Hand wischt Rhetts Bedenken ab, ein Vater zu sein. Wozu hat ihn sein großer Sohn am Leben gelassen?

Mein kleiner Liebling.

Ihre Koseworte fallen wie Samen in Rhett. So wird er sein Kind nennen, sein und Sonnies Kind. Mein kleiner Liebling, wird er es nennen. Dummerchen wird er es nennen. In zärtlichem Tonfall. Du Dummerchen.

Das Kind wird ihn mit Sonnie verbinden. Es wird ihn mit dem Leben verbinden. Es wird ihn mit der Welt verbinden. Er wird keine Zeit mehr haben für Selbstzweifel, Paranoia, Todessehnsucht. Er wird nicht einmal mehr Zeit haben für Cowboyfantasien. Er wird Windeln wechseln, Legotürme bauen, Hausaufgaben kontrollieren. Er wird irdisch sein, verantwortungsvoll und autoritär. Er wird nicht in die Sonne reiten. Er wird nicht vor die Subway springen. Er wird erlauben und verbieten, loben und tadeln, belohnen und strafen. Er wird da sein. Er wird leben. Er muss Sonnie finden. Er muss Sonnie sagen, dass er da sein wird. Stärke durchrieselt Rhett. Groß ist jetzt sein Mut.

Er verabschiedet sich knapp, stürmt hinaus ins Dunkel, überquert die Straße, wie in Zeitlupe. Die Straße ist vereist. Er rutscht aus. Er schliddert, schliddert in den heranrasenden Buick. Bremsen quietschen. Rhett wird durch die Luft gewirbelt. Seine Wirbelsäule kracht. Sein Schädel stößt auf das Pflaster. Es tut nicht weh. Er sieht Pink. Er denkt: »Ach, so fühlt sich das an.«

Es ist dunkel. Es ist fremd. Es riecht nach Asphalt und Gebratenem, aber die Süße, das Moderige der Queen fehlt.

Sonnie läuft durch Leipzigs Straßen. Verfallene Fassaden neben schicken. Baustellen. Straßenbahnen, die aus dem Nichts kommen. Viel Beton. Und Blicke. Mit jedem Schritt merkt Sonnie, dass ihre Erscheinung aufreizend ist, dass sie Anstoß erregt. Ihre zerfetzte Jeans, darüber das Trägerkleid, darunter ein T-Shirt. Der abgewirtschaftete Flokati. Die Siebzigerjahre-Sonnenbrille, ohne Hinweis auf Sonne. So sieht man nicht aus. So läuft man nicht rum. Nicht in dem Alter. Und auch sonst nicht. Man lächelt nicht, wenn eben die Großmutter gestorben ist. Man ruft nicht »Hallo« in grimmige Passantengesichter. Eine Hergelaufene ist sie, eine Fremde.

Verkorkst.

Entwurzelt. Entwurzelt, mutterlos, das Balg im Leib, den Mann betrogen.

Der Vater kann ihr gestohlen bleiben. Die Großmutter ist tot, warum auch nicht.

Ein Sturm kommt auf. Sonnie läuft gegen ihn an. Im Kopf den Ton des Beerdigers, den sie eben besucht hat. Herr Krüger senior von Pietät Krüger. Bestattungen ab 569 Euro. Einfühlsame Trauerreden.

Was einer ist, was einer war, beim Scheiden wird es offenbar.

Wir müssen lernen, loszulassen.

Sie wollte nur weg. Weg auch mit der toten Oma. Am liebsten hätte Sonnie die spillerige Leiche in einen Schuhkarton gepackt und draußen im Garten vergraben. Wie einen Kanarienvogel.

Sie hatte mit ihrer zerbissenen Fingerkuppe in die Hochglanzbroschüre von Pietät Krüger getippt. Sie hatte irgendwas genommen, einen Sarg, ein Ritual, einen Termin. Diese Art von Tod muss erledigt werden.

Sonnie läuft die Hainstraße hoch, sie biegt am Marktplatz ab, umrundet eine Baustellenflucht, biegt ab, biegt noch mal ab.

I don't want to move to a city where the only cultural advantage is being able to make a right turn on a red light.

Wieder das Gefühl, nackt im Spiegelkabinett zu laufen. Sie wünscht sich Chola her und Ezekiel. Sie findet »Auerbachs Keller« nicht. Es ist schon nach acht.

Sie bleibt stehen. Da war etwas. Da war etwas wie ein schwerer Echsenschlag in ihrem Bauch.

»Sonja?«

Vor ihr steht ein Mann in einem Norwegerpullover.

»Bist es doch?«

Der Mann trägt ein Basecap.

»Erkennst mich nicht?«

Er sächselt unmerklich. Langes nachdenkliches Gesicht. Tiefe Kerben um den Mund. Großes Kinn. Viereckige Brille.

»Hab ich mich wirklich so verändert?«

Das »wirklich« klingt vertraut. Wikklisch. Die Stimme klingt vertraut. Aber das Gesicht. Obwohl ... die Sommersprossen auf dem Nasensattel ...

Der Mann nimmt die Mütze ab. Er hat rote Haare.

»Klaus?«

Der Mann umarmt Sonnie.

Klaus, ihr Banknachbar, ihr Jugendfreund.

Sartre. André Gide. Der erste Zungenkuss.

Der Sohn von Rolf, ihrer großen Liebe.

Es war keine gute Idee, herzukommen, denkt Sonnie. Der Koffer ist schuld. Der Koffer ist an allem schuld. Dieser unselige Koffer.

Dann durchströmt sie Wärme. Klaus gibt ihr die Umarmung, die der Vater ihr verwehrt hat. Es war eine gute Idee, herzukommen, denkt Sonnie. Klaus nimmt ihre Hand.

Sie sind wieder sechzehn. Das dickliche Mädchen, das eine Frau werden will. Der schlaksige rothaarige Junge, den alle Pumuckel nennen.

Sie stehen vor »Auerbachs Keller«. Ob Klaus von ihrem Selbstmordversuch weiß? Ob er weiß, dass sie sich die Pulsadern aufgeschnitten hat seines Vaters wegen?

»Wie geht es deinem Vater?«, fragt Sonnie.

Klaus lässt sie los.

»Gut. Er hat die dritte Frau, sie ist siebenundzwanzig«, sagt er.

Sie laufen hintereinander die Treppe hinab.

Alle sind schon da. Dicke, fremde, gesetzte, ältere Menschen mit schütterem Haar.

Sie schauen auf Sonnie.

Sonnie schämt sich ihres Aufzugs. Alle haben sich schick gemacht. Kostüme. Spängchen. Anzüge. Glitzerstiefel. Krawatten. Sie muss in den Augen dieser Menschen wie eine Vogelscheuche aussehen.

Eine vierzigjährige Vogelscheuche.

Klaus tritt an den langen Kneipentisch und begrüßt die Klassenkameraden. Er stellt sie einzeln Sonnie vor, legt hier und da das lange Kinn fragend über seine Schulter und ruft:

»Erinnerst du dich?«

Sonnie nickt. Sonnie erinnert sich nicht. Uwe, Tino, Markus, Maik, Robbie, Sven, Silvio, Monika, Manuela, Anne-Katrin, Katharina, Kerstin, Claudia, noch eine

Claudia, Sabine, noch eine Sabine, noch eine Sabine. Dann steht sie vor ihrer Jugendfreundin Gabi. Gabi hat lange Haare, trägt ein blaues Kleid. Runzeln um die Augen, starrer Blick, maskenhaftes Lächeln. Gabi zieht sie mit einem Ruck an sich heran und schlägt ihr zweimal auf den Rücken. Sie riecht nach Moschus.

»Mein Beileid«, sagt sie.

»Danke«, sagt Sonnie.

»War ja gerade noch rechtzeitig«, sagt Gabi.

Für mich ist es zu spät.

»Wir haben uns ja auch eine Weile nicht gesehen«, sagt Gabi. »Meine Kinder sind schon aus dem Haus.«

Sonnie versucht, sich an Käse-Schabis Kinder zu erinnern. Es waren eine Menge, jedes Jahr eins. Schemen ohne Gesicht. Alle aus dem Haus.

»Zehn Jahre«, sagt Sonnie, »die Beerdigung.« Sie sagt nicht Mutters Beerdigung oder Muttis Beerdigung, sie sagt »die Beerdigung«. Alter Zorn steigt in ihr hoch.

Ein angenehmes Mädchen.

Eine warmherzige Frau.

Da schlägt die Echse wieder mit dem schweren Schwanz in ihrem Bauch. Sonnie setzt sich hin. Wie Talglichter sind ihr die Gesichter zugewandt. Und was soll sie tun, was sagen? Es ist, als hätte man sie ohne Drehbuch in eine Rolle geschubst. In eine Rolle ungewissen Ausgangs.

Die Rolle ungewissen Ausgangs heißt Leben, sagt Ezekiel.

Bleib, wiede bist, sagt der Großvater.

»Wir freun uns, dass du uns auch mal wieder die Ehre gibst.«

Eine Frau mit blondierten Haaren nickt ihr zu. Sie könnte auf einem Amt arbeiten. Auf einem Arbeitsamt.

»Amerika ist sowieso Scheiße«, sagt der ihr als Tino vorgestellte Mann, fader aschblonder Hamsterkopf. Zustimmendes Raunen. Sonnie sieht sich nach Klaus um, aber der steht an der Bar.

»Und der Bush, so ein Idiot. Wie kann man da nur leben?«

Ein Tribunal.

Sonnie wird es wie ihr Vater machen. Sie wird eine Frage stellen, die keine besondere Kenntnis dieser Personen erfordert.

»Und wie ist es euch so ergangen?«

»Wir können nicht klagen«, sagt ein Mann mit Schnauzer. Er nimmt das »wir« auf. Er antwortet im Kollektiv. »Wir könnten, aber wir wollen nicht.«

»Ihr kriegt davon vielleicht nichts mit in eurem Amerika, aber hier sieht es nicht so rosig aus«, sagt eine von den Sabinen. Ihre Nachbarin tippt ihr auf den Oberarm. »Lass mal, sonst sind wir nachher noch die Jammer-Ossis«, sagt sie. »Scheint Sonja ja selbst nicht rosig zu gehen.« Ihr Blick gleitet an Sonnies East-Village-Look herunter. »Hat wohl doch nicht geklappt im Land der unbegrenzten Möglichkeiten?«

»Immer noch so 'n Pech mit Männern?«

»Bist du verheiratet? Ach ... Geschieden?«

»Hast du Kinder?«

»Wie viel verdient man denn da so als Journalistin?«

Sonnie sieht Bilder aus Matthew Barneys *Cremaster-Zyklus*. Ein Widder-Mann, rothaarig wie Klaus, steppt ein Loch in einen Marmorboden. Er steppt und steppt und steppt. Das Loch wird größer und größer. Sie kann die Parallelität dieser Männer sehen, ihre monströsen Innenleben unter akademischer Blässe, rollende Hoden bei Barney, Picasso-Monster bei Rhett, und Beuys, Beuys, der sich zwischen ihren Beinen erhebt und den Hut abnimmt.

Wir sind einander noch gar nicht vorgestellt worden.

Sonnie steppt. Sie steppt ein Loch in den Boden ihrer Erinnerungen. In »Auerbachs Keller« ist inzwischen weitergesprochen worden.

»Back to the roots«, ruft ein gelblicher Mann mit lockerer Gesichtshaut und hebt sein Sektglas. Er hat schwarz gefärbte Haare, rötlich im Ansatz. Schuller. Schuller, der sie immer in den Schwitzkasten genommen und »Lok« oder »Chemie« gefragt hat.

Lok oder Chemie?

Zwei Fußballvereine, die es sicher längst nicht mehr gibt. Das ist es, denkt Sonnie. Ich bin zu meinen Wurzeln zurückgekehrt, aber sie sind weg. Sie sind ausgerissen, verdorrt, krepiert.

»Prost«, ruft Schuller. Es klingt wie eine Drohung.

»Sonnie hat doch noch gar nichts«, ruft Käse-Schabi und schwenkt eine Flasche Rotkäppchensekt, trocken.

»Ich möchte nichts trinken, danke«, sagt Sonnie.

»Sie hat Trauer«, sagt Gabi zu Schuller.

»Ich bin schwanger«, sagt Sonnie.

Sie legt die Hand auf den Echsenschwanz in ihrem Bauch. Es ist die Hand des Großvaters, die auf ihrem Bauch liegt.

Wolf soll es heißen, wenn's ein Knabe ist; Wolf und Kuno!